HERMANN BAUER

Nestroy-Jux

MISSGLÜCKTER JUX Die Amateurschauspieltruppe »Hochlöblichstes Floridsdorfer Welttheater« soll zum 150. Todestag von Johann Nestroy seine Posse »Einen Jux will er sich machen« aufführen. Das Ensemble setzt sich aus Hobbyschauspielern sowie Schülern und Lehrern zusammen. Für die Aufführung wird auf den Tipp eines Insiders hin der ehemalige Profiregisseur Herwig Walters engagiert, der etliche Jahre aus dem Blickfeld verschwunden war. Er löst den bisherigen Leiter der Truppe, Freddie Glomser, ab.

Von Beginn an stehen die Proben im Gymnasium unter keinem guten Stern. Walters' schroffe Art kommt bei den Schauspielern nicht gut an. Als er den 15-jährigen Schüler Toni Haslinger wegen Zuspätkommens ausschließt, lehnt sich das Ensemble gegen ihn in Form eines »Juxes« auf. Keiner soll am nächsten Tag zur Probe erscheinen, stattdessen feiern alle beim Heurigen und nachher im Café Heller. Die Enttäuschung ist groß, als man erfährt, dass auch Walters nicht zur Probe gekommen ist. Man vermutet ein Komplott.

Aber Walters bleibt verschwunden.

Hermann Bauer wurde 1954 in Wien geboren. 1961 übersiedelte er nach Floridsdorf, wo er 30 Jahre seines Lebens verbrachte. Während seiner Zeit am Floridsdorfer Gymnasium begann er, sich für Billard, Tarock und das nahe gelegene Kaffeehaus im Allgemeinen zu interessieren. Seither ist er Stammgast in »seinem« Café. 1982 beendete er sein Studium von Deutsch und Englisch an der Universität Wien erfolgreich. Seit 1983 unterrichtet er an der BHAK Wien 10. »Nestroy-Jux« ist der fünfte Kaffeehauskrimi des Autors.

Bisherige Veröffentlichungen im Gmeiner-Verlag:
Philosophenpunsch (2011)
Verschwörungsmelange (2010)
Karambolage (2009)
Fernwehträume (2008)

HERMANN BAUER

Nestroy-Jux

Ein Wiener Kaffeehauskrimi

GMEINER *Original*

Personen und Handlung sind frei erfunden.
Ähnlichkeiten mit lebenden oder toten Personen
sind rein zufällig und nicht beabsichtigt.

Besuchen Sie uns im Internet:
www.gmeiner-verlag.de

Im Ehnried 5, 88605 Meßkirch
Telefon 07575/2095-0
info@gmeiner-verlag.de

1. Auflage 2012

Lektorat: Claudia Senghaas, Kirchardt
Herstellung: Julia Franze
Umschlaggestaltung: U.O.R.G. Lutz Eberle, Stuttgart
unter Verwendung eines Fotos von: © Hochland / photocase.com
Druck: GGP Media GmbH, Pößneck
Printed in Germany
ISBN 978-3-8392-1301-8

Für das Café Fichtl und die New Generation

1

Ich hör schon das Gras wachsen, in welches ich beißen werd.«
(Nestroy: Die Papiere des Teufels)

Zwei Männer saßen im Dämmerlicht des Wiener Zwölfapostelkellers und tranken Wein. Die wenigen Worte, die sie dabei miteinander wechselten, ohne ihre Stimmen allzu sehr zu erheben, ließen sich kaum aus der allgemeinen Geräuschkulisse herausfiltern. Es schien sich aber um eine wichtige Angelegenheit zu handeln, die sie besprachen.

»Warum?«, fragte der jüngere.

»Weil nicht mehr viel Zeit bleibt«, belehrte ihn der ältere.

»Und weshalb ich?«

Der ältere lächelte müde. »Weil jede erbrachte Leistung eine Gegenleistung erfordert«, erwiderte er. »Das versteht sich doch von selbst.«

»Was ist, wenn ich es nicht tue?«, wollte der jüngere nach kurzem Nachdenken wissen.

»Das wäre unklug. Muss ich dich daran erinnern, dass du auf meine Großzügigkeit angewiesen bist?«

»Es ist ein kurioses und ungewöhnliches Anliegen«, meinte der jüngere kopfschüttelnd.

»Das zu beurteilen steht dir nicht zu«, vermeldete der ältere knapp. Dabei lächelte er sein Gegenüber mit einer Mischung aus Bestimmtheit und Überlegenheitsgefühl an. Offensichtlich genoss er die Situation.

Stickig und schwül hing die Luft in dem alten Gemäuer zwischen den beiden und bildete eine unsichtbare Barriere. Was zu sagen war, war gesagt. Es gab nichts Persönliches, was sie einander noch mitteilen wollten. Der jüngere nippte bedächtig an den letzten Resten in seinem Glas. Er wollte hinaus an die frische Luft, in den lauen Juniabend. Aber er wartete geduldig, bis der ältere ausgetrunken hatte. Der bestellte dann allerdings noch ein Viertel Wein.

»Ich fühle mich wohl in diesem Gewölbe«, versuchte er zu erklären. »Ich mag das düstere Licht, es tut meinen Augen gut. Ich mag die abgestandene Luft, die sich hier gefangen hat. Es ist ein Ort, der mich vergessen lässt, was auf der Welt geschieht und an dem ich mich sicher fühle. Die alten Mauern halten noch etwas aus. Hier hat man Schutz, selbst wenn oben alles zusammenbricht. Aber ich möchte dich nicht aufhalten. Ich sehe, du hast es eilig, wieder hinauf zu kommen.«

Der jüngere stand wortlos auf, drehte sich um und ging, ohne sich zu verabschieden. Bloß weg, ehe ich ersticke, dachte er.

2

»Auch der minder Gebildete kann alle Tag' Sachen genug bemerken, welche deutlich beweisen, dass die Welt nicht lang mehr steht.« (Nestroy: Lumpazivagabundus)

Thomas Korber, Lehrer für Deutsch und Englisch am Floridsdorfer Gymnasium, saß seinem Direktor Marksteiner mit keinem guten Gefühl gegenüber. Die Sekretärin, Frau Pohanka, hatte ihn mit leisem Hüsteln und so unauffällig, dass alle seine Kollegen es bemerken mussten, aus dem Konferenzzimmer zu dieser Besprechung geholt. Das bedeutete: Vorsicht!

»Schön, dass Sie sich Zeit nehmen konnten«, begrüßte Marksteiner ihn. »Ich will auch nicht lange um den heißen Brei herumreden. Ich habe mir die Schularbeitsstatistiken in Deutsch angesehen. Dabei ist mir aufgefallen, dass Ihre 6B bei der letzten Arbeit ganz schlechte Ergebnisse erzielt hat, weit unter dem Durchschnitt der gesamten Schule.«

Aha, daher wehte also der Wind. Der Direktor war mit seinen Noten nicht zufrieden. Korber hatte schon befürchtet, dass Marksteiner wieder einmal eine Unregelmäßigkeit in seinem Lebenswandel beanstanden wollte. »Die Klasse weist derzeit auch ein mehr als bescheidenes Niveau in Deutsch auf«, verteidigte er sich.

»Seltsam. In ihr sitzen, im Vergleich zu anderen Klassen, sogar weniger Schüler mit nichtdeutscher Muttersprache!«

»Das mag sein, aber es ist nicht das Kriterium. Es ist die schlampige Arbeitsweise. Schüler, die mit Deutsch aufgewachsen sind, glauben eben, es könne ihnen bei einem Aufsatz nicht viel passieren. Dann kommt es zu ungenauer

Rechtschreibung und Grammatikfehlern, ganz zu schweigen von den Defiziten dabei, die eigene Meinung zu formulieren oder ein Problem von verschiedenen Seiten zu betrachten. In der 6B sind diese Schwächen ganz besonders stark ausgeprägt.«

»Nun ja, auf jeden Fall stehen jetzt bald die Jahresnoten fest«, betonte Marksteiner. »Lassen sich schon Ergebnisse vorhersagen?« Trotz seiner Ruhe und Sachlichkeit merkte man, dass ihm die Angelegenheit äußerst wichtig war.

»Die Schüler mit negativen Noten absolvieren derzeit ihre entscheidenden Prüfungen«, gab Korber Auskunft. »Es ist in solchen Fällen immer schwierig, Prognosen zu stellen, aber ich fürchte, dass sich nicht alle ihr Nicht Genügend ausbessern werden können.«

»Korber!« Marksteiner erhob seine Stimme für einen Augenblick zu einer für ihn ungewöhnlichen Lautstärke, senkte sie aber sofort wieder. »Haben Sie vergessen, was wir in der Eingangskonferenz besprochen haben? Wir müssen flexibler werden, was unsere Notengebung angeht, und sämtliche vorhandenen Möglichkeiten ausschöpfen. Sie wissen, die Bildung ist uns allen ein Anliegen. Die Noten sind es natürlich auch. Es geht schließlich um die *Behaltequote*.«

Natürlich, die *Behaltequote*, das neue Lieblingswort von Direktor Marksteiner! Da hätte Korber gleich draufkommen können, dass es ihm darum zu tun war. Ziel war demnach, möglichst wenige Schüler durchfallen zu lassen. Dadurch würden diese in den Klassen ›behalten‹, es gäbe nur wenige Wiederholer oder gar Schulabbrecher, das Floridsdorfer Gymnasium würde attraktiver, und die Arbeitsplätze der Lehrer wären gesichert.

»Man muss sich nicht durch Noten Autorität und Respekt verschaffen, das erkläre ich immer wieder«, fuhr Marksteiner auch schon fort. »Oft wirken eine Ermahnung, ein Gespräch mit den Eltern, ein gezielter Hinweis auf die Schwachstellen Wunder. Ein Schüler der sechsten Klasse erkennt dann mit 16 Jahren schon, dass er in der siebenten mehr leisten muss. Wir dürfen den entsprechenden Eifer und die nötigen Kenntnisse ja durchaus verlangen, aber mit Fingerspitzengefühl, Korber, mit Fingerspitzengefühl!«

Mit Fingerspitzengefühl! Dabei stand die Zentralmatura ins Haus, die von oberster Stelle an allen höheren Schulen gleich verordnete schriftliche Reifeprüfung unter absoluter Geheimhaltung der Themen. Da war es dann nicht mehr möglich, dezente Hinweise auf mögliche Fragestellungen zu geben oder beim Korrigieren das eine oder andere Auge zuzudrücken. Da mussten die Kandidaten wirklich eine solide Grundausbildung besitzen. Also war es nur recht und billig, im Vorfeld zu sondieren, wer bereit und in der Lage war, diesen Weg gleich zu gehen, und wer noch ein wenig warten musste. Mit Marksteiners frommen Worten kam man da nicht weit.

»Herr Direktor ...«, versuchte Korber einen Einwand.

»Lassen Sie mich ausreden, Korber«, zeigte Marksteiner keinerlei Lust, unterbrochen zu werden. »Wir tragen alle eine Verantwortung: den Schülern, den Eltern, aber vor allem unserer Schule und unseren Kollegen gegenüber. Es gibt heute mehr Gymnasien und neue Mittelschulen im Bezirk und im weiteren Umkreis, als uns lieb sein kann. Die Schüler können aufgrund der guten Verkehrsverbindungen nach Belieben ausweichen. Es spricht sich sehr schnell herum, wenn bei uns viele Schüler wiederholen müssen, schon gar, wenn das Fach Deutsch davon betroffen ist. Darum sage ich noch einmal: Die Behaltequote ist entscheidend. Wir wollen keine Schüler und damit auch Lehrerposten unnötig verlieren. Motivation statt Notendruck lautet das Zauberwort. Sie arbeiten doch weiß Gott schon lange genug in diesem Beruf, um mich zu verstehen, Korber. Und habe ich mich Ihnen gegenüber nicht immer fair verhalten?«

Dieser kleine, beinahe erpresserische Wink hatte gerade noch gefehlt. Aber er hatte ja kommen müssen. Korber hatte im Zuge seines Hangs zu komplizierten Liaisonen mit dem anderen Geschlecht auch einmal ein Pantscherl mit einer seiner Schülerinnen gehabt. Marksteiner hatte die Sache damals auf sehr gütige Art geregelt. Jetzt nahm er Korber mit dieser Anspielung den letzten Wind aus den Segeln. »Ja, Herr Direktor, das werde ich auch immer respektieren«, musste Korber kleinlaut zugeben.

»Na also! Ich nehme an, dass Ihnen etwas einfallen wird, um in der 6B eine größere Katastrophe in Deutsch zu verhindern«, zeigte Marksteiner sich zufrieden. Im Grunde genommen mochte er Korber und er war auch kein Freund strenger Maßnahmen seinen Lehrern gegenüber. Aber er war immer noch der Meinung, dass an einer Schule, die er leitete, seine pädagogische Meinung vorzuherrschen habe, und die größte Freude bereitete es ihm, seinen Lehrkörper in solchen Gesprächen davon zu überzeugen.

»Sagen Sie, Korber, Sie stehen ja schon voll in den Proben für das diesjährige Theaterstück«, wechselte Marksteiner das Thema. »Wie geht die Sache denn voran?«

»Danke, gut«, antwortete Korber. Er wirkte nun bereits das dritte Mal beim ›Hochlöblichen Floridsdorfer Welttheater‹ mit, einer Gruppe von Amateurschauspielern, die vor einigen Jahren von einem gewissen Freddie Glomser aus der Taufe gehoben worden war. Glomser war ein in die Jahre gekommener Enthusiast, der vorher an zahlreichen Wiener Bühnen immer wieder in Nebenrollen mitwirken hatte dür-

fen. Jetzt hatte er sich den Traum einer eigenen Schauspieltruppe erfüllt. Einmal im Jahr wurde an den zwei Wochenenden vor Beginn der Sommerferien im Floridsdorfer ›Haus der Begegnung‹ ein Stück aufgeführt.

Diese Aufführungen waren eine willkommene Abwechslung im Kulturleben des Bezirkes. Allerdings stellte der hohe Altersdurchschnitt der Schauspieler – Bekannte oder ehemalige Weggefährten Glomsers – von Anfang an ein Problem dar. Wie die Rolle eines jugendlichen Liebhabers, wie die der von ihm Angebeteten besetzen? Außerdem zeigten einige der Mimen nur wenig Ausdauer und verabschiedeten sich bereits nach zwei Saisonen. Die ehrgeizigen Pläne Glomsers waren also schon bald auf eine harte Probe gestellt.

Da sprang das Floridsdorfer Gymnasium ein und bot seine Mithilfe an. Die dortigen Schüler sollten für die notwendige Auffrischung sorgen und dabei erleben, wie es war, auf den ›Brettern, die die Welt bedeuten‹ zu stehen. Damit waren einerseits die Besetzungsprobleme aus dem Wege geräumt, und den Schülern wurde andererseits die Möglichkeit gegeben, ihr schauspielerisches Talent zu beweisen. Zusätzlich sorgte das Gymnasium durch gezielte Werbemaßnahmen für eine beinahe 100%ige Auslastung der Vorstellungen. Mit Hilfe des Schulbudgets konnte das finanzielle Risiko gering gehalten und in diesem Jahr auch erstmals ein professioneller Regisseur engagiert werden. Alles, was Direktor Marksteiner als Gegenleistung verlangte, war der Zusatz ›mit freundlicher und tatkräftiger Unterstützung des Floridsdorfer Gymnasiums‹ in den Programmheften und auf sämtlichen Plakaten. Klar, dass ihn der Fortgang der Proben interessierte.

Heuer war der 150. Todestag von Johann Nepomuk Nestroy, der von vielen immer noch als *der* Wiener Klassiker des Theaters angesehen wird, obwohl Franz Grillparzer zur selben Zeit Dramen schrieb, die dem klassischen Ideal weit näher kamen. Aber Grillparzers Helden waren irgendwo angesiedelt, im klassischen Griechenland oder in Spanien, und wenn schon in Österreich, dann abgehoben am Hof der Habsburger. Nestroys Charaktere hingegen entsprangen direkt der Seele des Wiener Volkes. Sie verkörperten dessen ganze Schläue, Dummheit, Falschheit und Schicksalsgläubigkeit. Sie waren so beliebt, weil der Wiener sich in ihnen wiedererkannte. Sie lachten und sangen, tranken und prassten und vergaßen dabei die Welt, und mit den meisten von ihnen hätte es wohl ein schlechtes Ende genommen, wenn nicht eine Glücksfee im letzten Moment ihr Füllhorn über ihnen ausgeleert hätte. Dass man ein bisschen Glück im Leben braucht, darin waren sich Nestroy und die Wiener einig. Und so endeten seine Stücke in Wohlgefallen und waren allseits beliebt – bis zum heutigen Tag.

Aus Anlass des Todestages machte man sich von Seiten des ›Floridsdorfer Welttheaters‹ daran, Nestroys Posse ›Einen Jux will er sich machen‹ aufzuführen, ein wildes Verwirrspiel ganz in der Tradition des Wiener Volksstückes: Der Gewürzkrämer Zangler fährt in die Stadt, um einige Dinge, vor allem seine bevorstehende Vermählung mit Madame Knorr, zu regeln. Das Geschäft überlässt er seinem Angestellten Weinberl und dem Lehrbuben Christopherl. Die beschließen allerdings, auch einmal ›verfluchte Kerle‹ zu sein, ebenfalls in die Stadt zu fahren und sich dort einen Jux zu machen – selbstredend ohne Geld. Bald kommt es zu den turbulentesten Verwechslungen. Natürlich verliebt sich Weinberl in Frau von Fischer, Madame Knorrs Freundin, und wird durch einen missglückten Scherz für deren Mann gehalten. Zanglers Mündel Marie ist gleichzei-

bei der einem das kurzärmelige Hemd am Leibe kleben bleiben könnte. Auch das Kartenspiel erscheint mit einem Male viel zu anstrengend. Ständig sind die Hände beschäftigt und vollführen schweißtreibende Bewegungen: ausspielen, stechen, Stiche einsammeln, zählen, zahlen oder einkassieren. Alles ist viel zu mühsam, auch das Zeitunglesen, Kaffeetrinken, Denken und Reden. Deshalb verharren die Menschen zu Hause in ihren Schlupflöchern, bis die Dämmerung herabsinkt und für erträgliche Temperaturen sorgt. Aber selbst dann sitzen sie lieber in einem lauschigen Gastgarten oder beim Heurigen als im Kaffeehaus.

Leopold, seines Zeichens Oberkellner im Floridsdorfer Café Heller, konnte ein Lied von allen derartigen Unbilden der heißen Jahreszeit singen. Auch heuer hatte sie wieder einmal beinahe überfallsartig eingesetzt. Aber was sollte man tun? Zusperren würde ein Sakrileg bedeuten. Ebenso unmöglich erschien es ihm, und Gott sei Dank auch Herrn und Frau Heller, einfach ein paar Tische und Sessel auf den Gehsteig zu stellen und damit einen sogenannten Schanigarten aufzubauen. Das war die ordinäre Antwort der Wirtshäuser, Eisdielen und Tschocherln auf die allgemeine Wetterlage. Ein Haus mit Niveau, das von seiner inneren Ausstrahlung lebte, hatte das nicht notwendig. Das Geschäft lief irgendwie auch so weiter, an wolkenverhangenen Tagen sogar überraschend gut.

Man musste sich halt so einiges anhören, denn wenn dem Wiener heiß ist, dann grantelt er gerne. Die meisten Gäste vergaßen über ihrem Unmut, dass hohe Temperaturen für diese Jahreszeit etwas völlig Normales waren. »Bei dieser Hitze schmeckt einem ja nicht einmal mehr der Kaffee«, murrte ein Gast kopfschüttelnd.

»In der Zeitung steht auch nichts Gescheites«, feixte ein

anderer. »Sauregurkenzeit! Nichts tut sich! Da muss man sich fragen, ob es überhaupt Sinn macht, ins Kaffeehaus zu gehen, nur um sich mit journalistischem Schwachsinn herumzuärgern.«

»Leopold, warum ist denn heute der Herr Bendl nicht da?«, erkundigte sich wiederum ein anderer.

»Vermutlich, weil er gestern da war, und Sie nicht da gewesen sind«, antwortete Leopold dienstbeflissen.

»Seltsam. Und wann kommt er wieder?«

Leopold zuckte die Achseln. »Wenn *Sie* wieder kommen, hat er gesagt. Mehr weiß ich auch nicht.

»Trostlos«, erwiderte der Gast. »Wenn der Herr Bendl nicht da ist, mit wem soll ich denn dann diskutieren? Warum bin ich überhaupt da? Ich glaube, es ist besser, ich bleibe die nächsten Tage zu Hause.«

So ging es ständig, und Leopold war froh, dass die meisten Stammgäste ihre Drohungen nur in gemäßigter Form wahrmachten. Ein einziger Mensch stand jeden Tag ab etwa 13 Uhr an der Theke und trank sein Viertel Weißwein, ohne sich um die sommerlichen Temperaturen oder die stickige Luft zu kümmern. Er war allen bekannt als ›der Herr Otto‹. Ehemals Beamter im Wiener Rathaus, war er vor etwas über einem Jahr in Pension gegangen. Nun tauchte er mit derselben Regelmäßigkeit, mit der er früher Akten geordnet hatte, in den Lokalen rund um die Alte Donau und den Floridsdorfer Spitz auf. Seine Tour begann um neun Uhr vormittags und dauerte bis etwa sieben Uhr abends. Um diese Zeit wandte er sich dann, die nötige Bettschwere im Kopf und in den Gliedern, heimwärts. Kein Mensch hatte ihn in diesem Jahr woanders als in einer Gaststätte oder auf dem Weg dorthin gesehen. Die Route variierte aufgrund diverser Ruhetage, aber das war auch schon alles. So hatte sein Leben die

Beständigkeit aus den Berufstagen beibehalten, wenngleich nicht unbedingt zu seinem Vorteil.

»Noch ein Vierterl, Herr Otto?«, ermunterte ihn Leopold wie gewohnt, die übliche Menge nicht zu unterschreiten.

Mit einem Blick, der die Ferne der hinteren Kaffeehauswand fokussierte, während er den Rauch seiner Zigarette tief in sich einsog, deutete Herr Otto mit dem Finger in Richtung seines Glases und zeigte damit, dass er für eine Nachfüllung bereit war. »Eigentlich ist es ja völlig egal, ob ich noch eines trinke oder nicht«, sinnierte er. »Aber schaden tut es auf keinen Fall.«

»Ich verstehe, der Herr Otto haben heute wieder seinen nachdenklichen Tag«, bemerkte Leopold diskret.

»Es ist im Prinzip auch egal, ob ich nachdenke oder nicht«, fuhr Herr Otto fort. »Bald ist überhaupt alles egal. Es kommt nämlich der Komet.«

»Der Komet! Natürlich, Herr Otto!« Leopold kannte die Geschichte, die jetzt kommen würde, bereits in- und auswendig, aber im Augenblick war nicht viel los, also hörte er geduldig zu.

»Ja, der Komet. Es kann natürlich auch ein anderer Himmelskörper sein, Leopold, etwa der Nibiru. Irgendein Ding kracht auf unsere Erde, und dann ist es aus.«

»So richtig ganz aus, meinen Sie?«

»Selbstverständlich! Bedenke doch nur, Leopold, welche katastrophalen Folgen ein kleiner Riss am Grunde des Ozeans hat: Seebeben, Tsunami, mörderische Flutwellen und so weiter. Seit den letzten Unglücksfällen dreht sich unsere Erde auch schneller, zwar nur um den Bruchteil einer Sekunde, aber immerhin. Was glaubst du, was da erst los ist, wenn ein gewaltiger Himmelskörper mit unserem Planeten kollidiert.«

»Das wird einen ziemlichen Kracher geben.«

»Was heißt Kracher! Das ist die Vernichtung, Leopold, die absolute Vernichtung! Das mit den Dinosauriern vor ein paar Millionen Jahren war ein Dreck dagegen. Es bedeutet den Weltuntergang, kein Mensch wird überleben. Und was das Schlimmste ist: Dieser Untergang steht unmittelbar bevor!«

»Haben Sie Beweise?«, fragte Leopold, während er Gläser, Schalen und Häferln auf ihren Platz stellte und überhaupt schaute, dass alles seine rechte Ordnung hatte.

»Beweise?« Herr Otto lachte heiser in sich hinein. »Hast du schon einmal beobachtet, wie viele Himmelskörper sich da oben im All herumbewegen? Hier erlischt ein Stern, da entsteht ein neuer. Aber was da so blinkt und leuchtet zieht eben nur scheinbar regelmäßig seine Kreise oder Ellipsen. Eine winzige Abweichung, schon gerät so ein Ding aus dem Gleichgewicht und die Katastrophe ist fertig. Ist alles eine Sache von Masse und Schwerkraft. Es kann ständig passieren, nur sind wir uns unserer Lage nicht bewusst. Warum bilden wir uns bloß ein, wir könnten auf immer und ewig von einer Kollision verschont bleiben? Die Mayas waren da anders! Sie haben ihren Kalender am 21. Dezember dieses Jahres enden lassen. Eine seherische Leistung ersten Ranges und für mich ein sicheres Zeichen.«

»Ah ja!« Leopold räumte das schmutzige Geschirr in die Spülmaschine.

»Spotte nicht, Leopold!« Herr Otto hob warnend seinen Zeigefinger. »Das sind alles Tatsachen, furchtbare aber unbestreitbare Tatsachen. Ich bin jedenfalls gewappnet.« Seine kleinen Augen begannen jetzt seltsam zu funkeln, sei es, dass eine frühnachmittägliche Weinseligkeit von ihm Besitz ergriff, sei es, dass er eine Vision von der Apokalypse hatte.

»Sie haben diesbezüglich alles geregelt? Das Testament liegt beim Notar?«, warf Leopold gedankenlos ein.

»Du hast den Ernst der Sache wirklich nicht begriffen! Wer soll mich beerben? Es sind ja dann alle tot, alle! Man kann sein Geld höchstens noch hier und jetzt anbringen.«

»Also auf ins Kasino!«

Herr Otto schüttelte missbilligend den Kopf. »Du willst mich einfach nicht verstehen, Leopold. Dabei gibt es durchaus noch sinnvolle Dinge, die man machen oder unterstützen kann. Komm, schenk mir noch ein Vierterl ein, ehe du weiteren Unsinn redest.«

Leopold tat, wie ihm geheißen. Währenddessen kam Frau Heller aus ihrer kleinen Küche und betrachtete kurz mit fachmännischem Blick die gesamte Szene. Bei den Billardtischen in der Mitte des Lokals war nichts los, bei den Kartentischen hinten auch nicht. Im vorderen Lese-, Plauder- und Rauchbereich konnte man die Gäste an den Fingern einer Hand zählen. Die Brille rutschte ihr bis an die Spitze ihrer Nase hinunter. »Kommen Sie einen Augenblick, Leopold«, forderte sie. »Ich habe Ihnen etwas mitzuteilen.« Sie zog ihn ein wenig auf die Seite. »Schauen Sie sich um, und sagen Sie mir dann, was Sie sehen«, bat sie ihn.

»Was soll ich schon sehen?« Leopold ließ seinen prüfenden Blick durchs Kaffeehaus schweifen. »Kartentische, wo keiner Karten spielt, und Billardtische, wo keiner Billard spielt. Drei Leute sitzen beim Fenster, einer in der Ecke links hinten. An der Theke steht der Herr Otto, und draußen scheint die Sonne.«

»Sehr gut beobachtet«, nickte Frau Heller beifällig. »Das Wesentliche haben Sie erkannt: Das Wetter ist schön, und uns fehlen die Gäste.«

»Na ja, jetzt, kurz nach Mittag, ist freilich nicht viel los«, versuchte Leopold zu relativieren. »Bis zum Abend wird das Geschäft schon besser, und Thomas Korber kommt sicher noch mit einigen Schauspielern nach der Theaterprobe vorbei.«

»Das ist leider mehr oder minder uninteressant. Jeden Sommer ist es dasselbe: Die Menschen setzen sich ans Wasser, in einen Biergarten oder zum Heurigen. Unsereiner als Kaffeehaus kommt dagegen nicht an.«

»Sie wollen doch nicht gar einen Schanigarten …«

»Papperlapapp, Schanigarten. Sie sind der Erste, der mir zu jammern beginnt, wenn Sie ständig hinauslaufen und die zwei Stufen hinauf- und hinuntersteigen müssen. Außerdem ändert das ja nichts. Es kommen keineswegs mehr Leute, nur sitzen alle draußen, und herinnen ist es ganz leer. Nein, Leopold, ich habe Größeres vor.«

Leopold kannte seine Chefin. Sie bekam jetzt dieses Leuchten in den Augen, das anzeigte, dass Gefahr drohte. »Ich habe beschlossen, dass wir im August einen Monat zusperren«, platzte es da auch schon aus ihr heraus.

»Zusperren?« Leopold verschlug es vor Schreck für einen Augenblick die Sprache.

»Jawohl! Um diese Zeit sind sowieso alle auf Urlaub. Und Sie können auch einmal wegfahren und ausspannen. Na, ist das nicht schön?«

»Wegfahren? Wo soll ich denn hin?«, fragte Leopold verzweifelt.

»An irgendeinen schönen Ort, das wird ja nicht so schwer sein. Dort rasten Sie sich einmal gründlich aus und lassen es sich so richtig gut gehen. In der Zwischenzeit werden wir das Kaffeehaus hier gründlich renovieren.«

Leopold sagte jetzt gar nichts mehr. Er hielt sich mit der Hand an einer Stuhllehne fest, damit er nicht gleich umfiel. Der Schock saß tief.

»Der hintere Teil mit den Kartentischen wird zu wenig genützt«, legte Frau Heller unbeirrt ihre Pläne dar. »Die Kartenspieler, die ohnedies gerne rauchen, setzen wir deshalb vorne in den Eingangsbereich und stellen die Billardtische nach hinten. Im mittleren Teil machen wir eine gemütliche Lounge für unsere jüngeren Gäste.«

Das Wort ›Lounge‹ sorgte für einen stechenden Schmerz in Leopolds Ohr. Es klang so nach Schalensitz und Flughafen.

»Natürlich wird alles neu tapeziert und auf Hochglanz gebracht«, fuhr Frau Heller fort. »Wir sind zwar ein altehrwürdiges Kaffeehaus, aber wir müssen mit der Zeit gehen. Von unserem Stammpublikum im gesetzten Alter alleine können wir nicht leben. Wir müssen neue Zielgruppen ansprechen, damit wir die Zukunft meistern!«

Leopolds Blick schweifte durch das Café Heller, durch die ihm vertraute und die Jahre hindurch so lieb gewonnene Ordnung. Blind konnte er hier hindurch gehen und würde nirgendwo anstreifen. Alles hatte seinen festgefügten Platz zugeteilt bekommen, den es in guten wie auch in schlechten Zeiten behauptet hatte: die Kartentische mit ihrer Auflage aus grünem Filz, die Billardtische, die runden Marmortischchen, die gepolsterten Bänke und Sessel, das Kästchen, auf dem täglich fein säuberlich in ihre Rahmen eingespannt die neuesten Zeitungen lagen und der Schrank mit seiner ganz persönlichen Lade, in der er seit jeher alles aufbewahrte, was ihm wichtig erschien. Hier sollte etwas verändert werden? Und ihn schaffte man bei dieser Gelegenheit mit der fadenscheinigen Begründung aus dem Haus, dass man jetzt zusperren musste und er seinen wohlverdienten Urlaub antreten konnte?

»Schlagen Sie sich das aus dem Kopf, Frau Chefin«, sagte er deshalb mit ungewohnter Schärfe.

Frau Heller stutzte. »Sie wollen mir Befehle erteilen, Leopold?«, gab sie ebenso scharf zurück, obgleich sie die Unbeherrschtheit ihres Oberkellners in Wirklichkeit amüsierte.

»Nein, Frau Chefin, natürlich nicht«, zog Leopold die Notbremse. »Es gibt nur gewisse Konstellationen, unter denen man ein solches Unterfangen auf keinen Fall durchziehen sollte.«

»Meinen Sie etwa die Mondphasen? Da droht keine Gefahr, da kenn ich mich aus. Ich nenne sogar einen Mondkalender mein Eigen.«

»Der Mond ist das geringere Übel. Der ist der Erde zwar relativ nahe, bleibt jedoch immer im gleichen Abstand zu ihr. Aber sonst schwirren im Weltall Kometen und Sterne herum, von denen Sie überhaupt keine Ahnung haben. Einer davon wird demnächst in unsere Erde krachen, und dann ist es finster.«

»Jetzt verzapfen Sie aber einen gewaltigen Unsinn, Leopold. Wer redet Ihnen denn so etwas ein?« erwiderte Frau Heller verständnislos. In ihrem Kopf lief bereits detailgenau jener Plan ab, der zu einer glorreichen Wiederauferstehung des Café Heller führen sollte.

»Mir braucht niemand etwas einzureden. Das pfeifen ja die Spatzen von den Dächern. Werfen Sie Ihren Mondkalender weg und legen Sie sich einen Maya-Kalender zu, da drinnen steht alles genau verzeichnet«, klärte Leopold seine Chefin auf. »Heuer am 21. Dezember ist es soweit. Der Maya-Kalender hört auf, und unsere Welt auch. Weihnachten fällt diesmal leider flach. Ich würde also kein Geld in die Renovierung eines Lokals investieren, das in ein paar Wochen aussehen wird wie ein Bombentrichter. Wenn Sie die Marie schon anbringen wollen, dann machen Sie noch schnell eine Weltreise oder spenden Sie es für die Armen, damit die ein paar schöne letzte Tage haben.«

Frau Heller sah Leopold entgeistert an. »Tut Ihnen die Hitze vielleicht nicht gut?«, fragte sie vorsichtig.

»Nein, nein, der Leopold hat schon recht«, meldete sich da noch einmal Herr Otto von der Theke. »Der Weltuntergang steht unmittelbar bevor.«

3

»Für die ganze Zukunft will ich mir die leeren Wände meines Herzens mit Bildern der Erinnerung schmücken – ich mach mir einen Jux!« (Nestroy: Einen Jux will er sich machen)

Fritz Stössl sah sich um, ob vor der Theaterprobe auch alle Requisiten auf ihrem Platz waren. Er tat dies mit äußerster Sorgfalt und peinlichster Genauigkeit, denn er erachtete es als seine wichtigste Aufgabe, weitaus bedeutungsvoller als seine eigentliche Tätigkeit als Schulwart des Floridsdorfer Gymnasiums. Seit dem Zeitpunkt, als man ihn für das Auf- und Absperren und das Überwachen des Proberaumes in der Schule auserwählt hatte, war er mit solcher Begeisterung dabei, dass er dieses Jahr sogar erstmals beim ›Hochlöblichen Floridsdorfer Welttheater‹ mitspielen durfte – in einer kleinen Rolle zwar nur, doch das war ihm egal. Dabei sein und Theaterluft schnuppern dürfen, was wollte man mehr?

Doch wurde er beim Memorieren seines Textes wieder von seiner alten Nervosität befallen. Er hatte Angst, nicht mit den anderen mithalten zu können. Es waren nur wenige Worte, die er als Schneidermeister Hupfer zu Anfang des Stückes mit dem Gewürzkramer Zangler anlässlich der Anprobe von dessen neuer Schützenuniform wechseln sollte, doch auch diese mussten rechtzeitig, richtig und vollständig gesagt werden. Stössl fürchtete nichts mehr, als einen Fehler zu begehen und dafür ausgelacht zu werden. Schon von Kindheit an hatte sein kleiner Wuchs bei vielen seiner Spielgefährten und Schulkameraden für Heiterkeit gesorgt. ›Meterprügel‹ hatten sie ihn genannt. Er hatte damit leben gelernt, aber Balsam für sein Selbstvertrauen war es nicht gewesen. Ein Auftritt vor vielen Menschen würde ihn wohl einiges an Überwindung kosten. Darum musste er genau und mit Bedacht an die Sache herangehen. Dann konnte er sämtlichen Gefahren trotzen, und sein Auftritt am Theater würde ihn in höhere Sphären heben, wie er das in seinen stillen Träumen immerzu hoffte. Aber würde es ihm auch gelingen?

Nach und nach schüttelte er, ohne sich vom Lernen ablenken zu lassen, die Hände der Teilnehmer an der heutigen Probe. Peter Pribil, Darsteller des Zangler, kam wie immer als Erster, ein wenig später Sonja Friedl (Dienstmädchen Gertrud), Sven Biedermann (Weinberl) sowie Thomas Korber, und zu guter Letzt Freddie Glomser (Hausknecht Melchior). »Das ist klassisch«, begrüßte Stössl ihn wie immer mit jenem Satz, den dieser sozusagen als Markenzeichen das ganze Stück über bei jeder Gelegenheit von sich gab.

»Das ist mein Text«, lachte Glomser. »Schön, dass du ihn schon so gut beherrschst. Und wie schaut's mit deinem aus, Fritz?«

»Gut Ding braucht Weile«, bemerkte Stössl mit erhobenem Zeigefinger. Es war ihm natürlich eine große Freude, von seinen Kollegen als ihresgleichen angenommen zu werden. Um im Gespräch zu beweisen, dass er bildungsmäßig durchaus mit ihnen mithalten konnte, hatte er sich angewöhnt, ständig mit Zitaten und Lebensweisheiten um sich zu werfen. Das bereitete ihm einen unendlichen Genuss.

»Und wo bleibt der Meister?«, erkundigte Pribil sich und schaute dabei nervös auf die Uhr.

»Geht unten auf und ab und raucht seine Zigarre fertig«, informierte Glomser ihn mit vielsagendem Blick.

»Es ist schon zehn Minuten über die Zeit«, bemängelte Pribil. »Und dann muss wieder alles ruckzuck gehen. Ich wage nicht, daran zu denken, was los ist, wenn sich unsereiner diese Unpünktlichkeit leistet.«

»Er redet ununterbrochen mit sich selbst. Ich glaube, er ist nicht gut drauf«, warnte Glomser.

»Kann mir jemand sagen, wann er einmal gut drauf ist?«, mischte sich Sonja Friedl in das Gespräch ein.

»Ich möchte euch nur vorsichtig darauf hinweisen, dass heute wahrscheinlich wieder nicht gut mit ihm Kirschen essen sein wird«, bemerkte Glomser achselzuckend.

»Er sollte sich nicht zu viel herausnehmen, wenn er nicht selbst mit gutem Beispiel vorangeht«, meinte Friedl dazu.

»Er kann aber, denn immerhin ist er der Regisseur«, meldete sich Korber lakonisch.

Fritz Stössl blickte kurz von seinem Textbuch, in dem er mittlerweile Zuflucht gesucht hatte, auf und sagte: »Pünktlichkeit ist die Höflichkeit der Könige.« Stolz auf seine Weisheit überzog er sein Gesicht mit einem breiten Grinsen. Doch die Umstehenden, denen sein Zitatenschatz in solchen Situationen gewaltig auf die Nerven ging, reagierten nur mit einem lapidaren, in vielstimmigem Chor hingeworfenen »Stössl!«, worauf dieser sofort wieder in der Lektüre seines Textes versank.

Jetzt wurde lautes Räuspern hörbar. Regisseur Herwig Walters war im Anmarsch. Als er den Probenraum betrat, umwehte ihn noch das kalte Aroma seiner Zigarre. Walters war nicht unbedingt groß, aber dennoch ein stattlicher Mann. Rotes, nicht ganz schulterlanges Haar umwallte sein Haupt. Um den breiten Mund trug er einen dichten Backenbart. Wenn er so aufrecht wie jetzt dastand, konnte er die Ansätze zu einem Bäuchlein gerade noch kaschieren. Offenbar hatte er zu diesem Zweck auch in der warmen Jahreszeit immer ein Sakko an.

Sein ansonsten federnder Schritt – das Einzige, was an ihm jugendlich und leicht wirkte – war schwerer und langsamer als sonst. Über seinem Gesicht lag ein deutlicher Schatten. Er nahm sich eine Tasse Kaffee aus der bereitgestellten Thermoskanne, begrüßte die Umstehenden mit »Hallo, allerseits« und warf einen prüfenden Blick auf die Szene. »Stössl, versetzen Sie den provisorischen Durchgang weiter nach hinten«, ordnete er an. »Wir brauchen den Platz. Wie oft soll ich Ihnen noch sagen, dass unsere Bühne nur bis zu der Markierung mit dem Klebestreifen geht? Und machen Sie bitte rasch, ich möchte nicht schon wieder unnötig Zeit verlieren.«

Pribil stieß Glomser leicht an. »Was hab ich dir gesagt?«, flüsterte er.

»Glomser, sind die Termine für die Anprobe im Kostümhaus fixiert?«, wollte Walters wissen, während Stössl den kleinen Umbau vornahm. Er setzte sich auf den für ihn bereitgestellten Stuhl.

»Freitag und Samstag nächster Woche«, nickte Glomser, der sich bereit erklärt hatte, die Regieassistenz zu machen.

»Gut. Dann nehmen Sie bitte Aufstellung«, kam es im Befehlston von Walters. »Welche Szenen sind heute dran? Ach ja, wir proben den ersten Akt noch einmal von Anfang an durch. Also Auftritt Zangler, Sonders. Und mit etwas mehr Pep als beim letzten Mal, wenn ich bitten darf!«

Pribil und Korber nahmen ihre Plätze ein. Sie sollten einander jetzt, am Beginn des Stückes, ein wildes Wortgefecht liefern, das Zangler, Maries Onkel und Vormund, mit ihrem von ihm gar nicht geschätzten Liebhaber Sonders austrug. Walters gab das Zeichen, und während die beiden von hinter der Bühne hervorkamen, entspann sich, beginnend mit Zangler, der Dialog:

»Ich hab Ihnen jetzt ein für allemal g'sagt-«
»Und ich Ihnen ein für allemal erklärt-«
»Dass Sie meine Nichte und Mündel nicht kriegen!«
»Dass Marie die Meine werden muss!«
»Das werd ich zu verhindern wissen!«
»Schwerlich so sicher, als ich es durchzusetzen weiß!«
»Kecker Jüngling!«
»Hartherziger Mann!«

»Stopp! Aus! Alles noch einmal von vorne!« Walters bedeckte mit seiner rechten Hand Augen und Stirn. »Das ist doch nicht die Möglichkeit! Mit Pep habe ich gesagt! Die beiden Kontrahenten sind drauf und dran, sich gegenseitig an die Gurgel zu fahren, woran sie nur ein letzter Rest von Anstand hindert, und was sehe ich hier? Nichts! Keine Emotion, nur eingeschlafene Füße. Das ist der Stückbeginn, da muss es krachen. *Krachen*, versteht ihr?« Er schlug mit der Faust auf die Tischplatte, um seine Anweisungen zu untermauern.

»Wir haben diese Szene erst zweimal geprobt«, erinnerte ihn Korber.

»*Schon* zweimal«, berichtigte Walters. »Deshalb sollte sie ja bereits besser laufen. Natürlich muss man dazu seinen Text so weit beherrschen, dass man sich ganz auf die emotionale Ebene konzentrieren kann. Also bitte, meine Herren, mehr Power. Und vor allem rasch, rasch! Sie sollten schon wieder auf Ihren Plätzen sein!« Walters war gereizt, und er ließ es von Beginn an alle merken.

Die Szene wurde nochmals abgespult, zwar mit kaum mehr Elan, doch diesmal ohne Unterbrechung. Dann ging es Schritt für Schritt und Bild für Bild weiter in den ersten Akt hinein. Walters stellte nun eher Gleichgültigkeit zur

Schau. Nur einmal verlor er noch kurz die Contenance, als Stössl in seinem Übereifer zu früh in den Auftritt hineinplatzte. »Zuerst kommt der Hausdiener Melchior, dann erst der Schneidermeister, verdammt noch einmal«, brüllte er. »Ist das denn so kompliziert?«

»Aller Anfang ist schwer«, seufzte Stössl und zitterte dabei wie Espenlaub.

»Schon gut.« Walters fuhr sich erneut mit der Hand über die Stirn. Er begann zu schwitzen. »Sie brauchen deshalb nicht gleich einen Nervenzusammenbruch zu bekommen. Weiter bitte, weiter!«

Dann lehnte er sich wieder in seinen Sessel zurück und ließ die einzelnen Szenen kommentarlos an sich vorüberlaufen. Er schien zwischendurch in Gedanken ganz woanders zu sein. Seine Lethargie wurde nur dadurch unterbrochen, dass er fallweise mit einem Finger in der Nase bohrte. Das ging so lange, bis Sven Biedermann seinen Auftrittsmonolog als Handlungsdiener Weinberl hinter sich gebracht hatte. Nun wurden Walters' Augen wieder wach. Unruhig kreisten sie im Raum umher. »Wo ist unser Christopherl?«, fragte er lauernd. »Wo ist der Junge?«

Die Umstehenden sahen einander betreten an.

»Wo ist der Junge, zum Teufel? Wie heißt er doch gleich? Toni, glaube ich.«

»Toni Haslinger«, assistierte Korber. »Ich weiß auch nicht. In der Schule war er heute jedenfalls. Und Bescheid über die Probe müsste er auch wissen.«

»Die E-Mails mit den Probenzeiten sind schon vor einer Woche rausgegangen«, beeilte Glomser sich zu sagen.

»Und warum ist der Kerl dann nicht da?«, wetterte Walters. »Wie sollen wir jetzt ohne unseren Lehrjungen weiterspielen? Kann mir das jemand sagen?«

»Springen wir einfach bis zum nächsten Auftritt, in dem er nicht vorkommt«, schlug Sonja Friedl vor.

»Das wird aber ein gewaltiger Sprung«, ätzte Walters. »Gute zehn Seiten im Text. Nein, für dieses amateurhafte Getue bin ich nicht zu haben. Los, Glomser, anrufen.«

Glomser holte sein Handy, schaltete es ein und rief Haslinger an. »Er hebt nicht ab«, gab er nach einigen Augenblicken Auskunft.

»Wir könnten es am Festnetz probieren«, schlug Korber vor.

»Die Nummer habe ich nicht«, sagte Glomser achselzuckend.

»Sie liegt im Klassenkatalog auf. Ich muss nur hinüber ins Konferenzzimmer, dann habe ich sie gleich«, meinte Korber.

»Ach was, gleich. Und während Sie suchen, geht der Erste aufs Klo, der Zweite rauchen und der Dritte frische Luft schnappen, oder wie?« Walters war am Höhepunkt seiner üblen Laune angelangt. »Nicht mit mir, meine Herrschaften. Wenn es schon bei der künstlerischen Arbeit Probleme gibt, dann sollte wenigstens sonst alles klappen. Ich sehe mich gezwungen, die Probe abzubrechen und morgen fortzufahren – allerdings ohne diesen Toni Haslinger. Der kann das Theaterspielen vergessen. Eine solche Undiszipliniertheit dulde ich nicht!«

»Es wird sicher einen Grund für seine Abwesenheit geben«, versuchte Korber einzulenken.

»Natürlich! Einen Grund gibt es ja immer. Aufgrund der Umstände nehme ich allerdings nicht an, dass es sich um ein Begräbnis, eine Hochzeit, eine Taufe oder Ähnliches handelt. Ich vermute vielmehr, dass es der häufigste Grund ist, warum ein Schüler fehlt. Stageln hat man es zu unserer Zeit genannt. Daran hat sich, glaube ich, nichts geändert.«

»Und wenn er einen Unfall gehabt hat?«

»Dann erfahren wir es ja rechtzeitig. Wir würden in diesem Fall jedoch auf den jungen Mann in nächster Zeit ohnehin nicht zählen können.« Walters hatte bereits die Türschnalle in der Hand. »Schauen Sie sich um einen talentierten Ersatz um, ein bisschen Zeit haben wir schließlich noch. Wir müssen ja auch noch einen Einbrecher für die letzte Szene organisieren. Morgen um fünf bitte alle zur Probe erscheinen. Die Betonung liegt auf *alle*, es gilt also auch für diejenigen, die morgen keinen Auftritt haben. Wir dürfen jetzt auf keinen Fall diverse Laxheiten einreißen lassen. Glomser, bitte umgehend *alle* von dieser Änderung in Kenntnis setzen. Ich erwarte außerdem die höchstmögliche Konzentration. Der Christopherl wird einstweilen hineingelesen.« Damit verschwand er nach draußen und hinterließ nur dicke Luft.

»Dem gehört doch …« Sonja Friedl war die Erste, die versuchte, ihrem Ärger Luft zu machen.

»Jetzt beruhige dich einmal. Vielleicht meint er es nicht so«, sagte Pribil.

»Sicher meint er es so!« – »Er kann doch jetzt nicht auf einmal den Toni ausschließen.« – »Ein Regisseur kann alles, wenn er will.« – »Eine Sauerei ist das!« – »Na, und was willst du dagegen machen?« Die Stimmen gingen mit einem Mal kunterbunt durcheinander.

Da öffnete sich die Türe, und mit einer gewissen Verwunderung über die allgemeine Lage trat Toni Haslinger ein. Obwohl bereits hochaufgeschossen, nahm man ihm den heranwachsenden Jugendlichen noch nicht ab. Er wirkte eher wie ein aus allen Fugen geratenes Kind, wenn er so wie jetzt mitten in eine Szene platzte. »Was ist denn los?«, fragte er. »War mein Auftritt schon dran?«

»Dein Auftritt? Du wirst keinen mehr haben, fürchte

ich. Herr Walters hat dich hinausgeschmissen«, informierte Glomser ihn aufgeregt.

»Warum konntest du denn nicht pünktlich sein?«, erkundigte sich Pribil.

Toni starrte nur einmal kurz zu Boden. Es war die Haltung eines Schülers, der alle Hoffnung in eine Prüfung setzt und am Schluss vom Lehrer mitgeteilt bekommt, dass er die Erfordernisse nicht erfüllt hat. Mühsam rang er nach Worten. »Ich habe keine Uhr mit. Auf mein Handy hab ich nicht geschaut. Deswegen kann er mich doch nicht rauswerfen. Das darf nicht wahr sein! So eine Scheißfigur«, entfuhr es ihm schließlich.

»Er war heute überhaupt nicht gut drauf«, versuchte Korber, besänftigend auf ihn einzuwirken. »Vielleicht sieht morgen schon wieder alles anders aus. Wir haben versucht, dich anzurufen, aber du hast dich nicht gemeldet.

Toni nahm sein Handy heraus. »Ist ja klar«, stellte er fest. »Auf lautlos gestellt. Aber das kann's doch nicht gewesen sein, bitte! Dieser Vollkoffer!«

Langsam stellte sich nun auch Stössl, der noch immer in seinem Textbuch geblättert hatte, dazu. »Wer zu spät kommt, den bestraft das Leben«, bemerkte er mit erhobenem Zeigefinger.

»Stössl!!!«, riefen alle wie aus einem Mund und erhoben drohend die Faust.

*

Bei Schauspielern handelte es sich um einen Menschenschlag, der Leopold von Grund auf verdächtig vorkam. Spielleute, fahrendes Volk, Mimen, Darsteller, Akteure – wie man sie auch bezeichnete, es kam immer das Gleiche dabei heraus:

Es waren Leute, die für den Großteil ihres Lebens große Anstrengungen darauf verwandten, in die Rolle eines anderen zu schlüpfen. Man wusste nie, wann sie beliebten, sie selbst zu sein und wann nicht. Sie konnten einem jederzeit etwas vorgaukeln. Es war ihr Beruf, zu täuschen. Oft gelang ihnen diese Täuschung so perfekt, dass man sie nur als diejenigen kannte, welche sie im Theater oder auf der Leinwand verkörperten.

Natürlich, die Mitglieder des kleinen Grüppchens, das im Café Heller beim letzten Fenster um zwei Tische herum saß und heftig diskutierte, waren Amateure, die nur zeitweise ins Theaterleben hineinschnupperten. Das tat allerdings nichts zur Sache. Bei Amateuren musste man sogar befürchten, dass sie ihre Aufgabe zu ernst nahmen. Ein Profi war sich bei aller Scharade doch bewusst, dass es sich nur um eine Scharade handelte. Bei einem Amateur konnte es schon einmal vorkommen, dass er so sehr in seiner Rolle aufging, dass er gar nicht mehr aus ihr herausfand. Durfte man einem solchen Fanatiker trauen, wenn er auf der Bühne mit gezücktem Messer auf einen zulief? Würde er sich im entscheidenden Augenblick vergegenwärtigen, dass er Teil eines Spiels war und die Attacke, wenngleich sie echt aussehen musste, nur verhalten und ohne Folgen für den Mitspieler durchgeführt werden durfte? Leopold hatte da so seine Zweifel. Er witterte in dieser Ballung von Emotionen jederzeit die Möglichkeit für eine Gewalttat.

Selbst sein Freund Thomas Korber verwandelte sich in den Zeiten, wo er mit der Truppe spielte, in einen anderen Menschen. Wenn er eine Rolle auswendig lernte, begann er zuweilen im Kaffeehaus laut zu deklamieren, sodass manch ein Gast sich irritiert nach ihm umdrehte und man ihn dezent darauf aufmerksam machen musste, dass er sich im Augenblick nicht auf der Bühne befand. Seine Augen funkelten dann geradezu besorgniserregend. Auch bei ihm hieß es also, vorsichtig sein.

Keine Frage, dass Leopold die Treffen der Schauspieler des ›Hochlöblichen Floridsdorfer Welttheaters‹ nach den Proben im Kaffeehaus mit wenig Enthusiasmus verfolgte. Am meisten daran störte ihn jedoch der Gefallen, den seine Chefin mittlerweile an dem Theatertreiben fand. Sie wollte das Kaffeehaus renovieren – schlimm genug. Doch war es außerdem ihr Plan, dem Café Heller durch künstlerische Darbietungen ein einzigartiges kulturelles Flair zu verleihen. Also scharwenzelte sie munter zu den Akteuren und biederte sich bei ihnen an, wann immer sich die Gelegenheit dazu bot. Sie erkundigte sich dann, ob nicht im Herbst eine szenische Lesung oder sonst ein Vortrag möglich wäre. Und immer wollte sie auch wissen, wann denn Herr Walters endlich einmal mitkäme, denn Herr Walters hätte sicher eine bekannte Schauspielgröße für einen Abend im Heller an der Hand. So ging das die ganze Zeit, und Leopolds einziger Trost war, dass sich die Truppe heute schlecht gelaunt und kurz angebunden zeigte. »Lassen Sie uns bitte heute mit Herrn Walters in Frieden«, hörte er Freddie Glomser sagen. »Auf den sind wir momentan alle nicht gut zu sprechen.«

Walters' Selbstherrlichkeit, die er am Nachmittag zur Schau gestellt hatte, nagte immer noch an den Gemütern. Aus dem üblichen fröhlichen Beisammensein war eine richtige Krisensitzung geworden. Auch jene Ensemblemitglieder, die bei dem Eklat nicht dabei gewesen waren, hatten sich eingefunden: die Schwestern Simone und Elfriede Bachmann (Madame Knorr und Frau von Fischer), die Schülerin Anette Riedl (Mündel Marie), sowie Korbers Kollegin Ilona Patzak (Fräulein von Blumenblatt). Alle hatte man verständigt, alle wollten an der Debatte teilnehmen.

Erneut war es Sonja Friedl, die sich für Haslinger stark machte: »Eine echte Gemeinheit, das mit dem Toni«, protestierte sie.

»Vielleicht überlegt Walters sich die Sache bis morgen doch noch einmal«, stellte Peter Pribil in Aussicht.

»Da würde ich mir keine allzu großen Hoffnungen machen«, schränkte Freddie Glomser sofort ein. »Bauchgefühl.«

»Heißt das, dass ich jetzt tatsächlich nicht mehr mitspielen darf?«, beschwerte sich Toni Haslinger, der bis jetzt ruhig dagesessen war. »Wegen so einer Kleinigkeit? Das ist doch bescheuert! Echt krank!« Er trank dabei schon recht routiniert von seinem weißen Spritzer. Niemand, nicht einmal den Lehrern, war in der Aufregung aufgefallen, dass er Alkohol bestellt hatte.

»Und wer soll jetzt bitte seine Rolle übernehmen?«, fragte Ilona Patzak. »Das ist ja schließlich keine Kleinigkeit.«

»Wir haben Schüler, die als Ersatz bereitstehen und ihren Text ebenfalls hätten lernen sollen«, gab Korber Auskunft. »Aber erfahrungsgemäß tun das Ersatzleute nur äußerst ungern. Ich befürchte, das wird nicht funktionieren. Der nächste Konflikt ist also vorprogrammiert.«

»Schuld ist doch nicht der Toni, schuld ist dieser komische Walters«, meldete sich jetzt wieder Sonja Friedl zu Wort. »Er hat einfach nicht das richtige Einfühlungsvermögen. Wir sind nun einmal Amateure, keine Profis. Wie ist es denn eigentlich hergegangen, dass er unser Regisseur wurde?«

»Mich wollte man ja nicht mehr«, erläuterte Freddie Glomser nicht ohne Sarkasmus.

»Es ging nicht gegen dich, Freddie«, beteuerte Korber. »Unser Direktor wollte es heuer einfach mit einem Profiregisseur versuchen. Von mir aus hättest du noch 100 Jahre lang die Spielleitung innehaben können.«

»Danke für die Blumen! Nun, ich bin über diese Entscheidung mittlerweile leidlich froh. Die Regiearbeit ist zusammen mit dem Spielen in den letzten Jahren immer anstrengender geworden. Ein wenig Regieassistenz genügt auch.«

»Schön und gut, aber weshalb müssen wir uns ausgerechnet mit diesem Herrn Walters abg'frettn? Wer ist für seine Wahl verantwortlich?«, beharrte Sonja Friedl.

»Da ich die meisten Kontakte zu Leuten vom Theater habe, hat man natürlich mich gebeten, mich ein wenig umzuschauen«, erklärte Glomser. »Den Tipp habe ich dann vom Erich Wondratschek bekommen. Der Wondratschek kennt sich aus, er ist eine der besten Quellen. Der Name Walters ist mir selbst ja noch aus den 80er Jahren ein Begriff. Walters führte Regie in Sankt Pölten, in der Kleinen Komödie und bei diversen Sommertheateraufführungen. Spezialist für alle Arten von Volksstücken, natürlich auch für Raimund und Nestroy. Später hat sich seine Spur verloren, es schien so, als habe er mit dem Theater Schluss gemacht. Jetzt ist er aber wieder aufgetaucht und hat ein neues Betätigungsfeld gesucht.«

»Und wer ist dieser Wondratschek?«

»Einer, der auf allen möglichen Bühnen herumgelaufen ist. Sein Lebtag hat er nur Nebenrollen gespielt, die aber mit Freude und Begeisterung, zuletzt im Gloria-Theater hier bei uns. Der kennt alles und jeden, natürlich auch den Walters. Walters sei mit allen Wassern gewaschen und für eine solche Aufgabe genau der Richtige, hieß es laut Wondratschek. Es gehe ihm darum, wieder ein bisschen auf sich aufmerksam zu machen, darum sei er auch günstig zu haben.«

»Laut Wondratschek«, ergänzte die Friedl.

»Er ist jedenfalls schnell mit Direktor Marksteiner einig geworden«, behauptete Glomser. »Und, Herrschaftszeiten, er arbeitet ja auch gut mit uns. Was er macht, hat Hand und Fuß. Er bringt gehöriges Tempo in das Stück. Das hätte ich so nicht geschafft. Er hat halt nur seine Launen, wie jeder Künstler.«

»Er bohrt Nase, während wir spielen.« – »Für den existieren wir zeitweise gar nicht!« – »Er ist ein Diktator und nimmt auf niemanden Rücksicht. Er tut nur, was ihm beliebt.« – »Das mit dem Toni zeigt ja wohl, wie arrogant er ist.« – »Er regt sich auf, dass er zu spät kommt, dabei ist er selber immer unpünktlich.« Die Wortmeldungen gingen jetzt wild durcheinander, jeder machte seiner Verärgerung Luft.

»Meiner Schwester und mir schaut er sowieso nur auf die Brust«, meldete sich Elfriede Bachmann zu Wort. »Ich bin schon gespannt, wie tief der Ausschnitt von unseren Kostümen sein wird.«

»Er schaut nur auf das, was ihr allzu deutlich vor seinen Augen herumtanzen lasst«, maulte Anette Riedl. »Immer ohne BH in diesen engen T-Shirts!«

»Das ist der Neid der Besitzlosen. Bring uns nicht in Rage, Kleine«, fuhr Simone Bachmann sie an.

»Denn das schickt sich nicht«, ergänzte ihre Schwester Elfriede mit dem für die von Anette dargestellten Marie charakteristischen Satz, der sich als ›Running Gag‹ durch das Stück zog.

»Kommt, Kinder! Streitet nicht! Überlegt lieber, was wir in dieser Situation tun können«, mahnte Peter Pribil.

»Wir müssen durchsetzen, dass der Toni spielt!« – »Aber wie?« – »So leicht nimmt der Walters seinen Entschluss nicht zurück, sonst blamiert er sich ja!« – »Dann müssen wir ihn eben dazu zwingen!« Wieder platzte jeder unkontrolliert mit seiner Meinung heraus.

»Ich hab's«, sagte auf einmal Elfriede Bachmann, die ältere

der Schwestern. »Ich weiß, wie wir dem Ekel einen Denkzettel verpassen können. Wir halten uns einfach an Nestroy und an unser Stück und machen uns morgen einen Jux! Keiner kommt zur Probe, stattdessen treffen wir uns alle und gehen feiern!«

Einen Augenblick war es still, dann schwappte die Begeisterung über: »Jawohl, so machen wir ihn fertig!« – »Soll er uns doch gleich alle wegen Nichteinhaltung des Probentermins ausschließen.« – »Das schaue ich mir an, da bekommt er nämlich Schwierigkeiten mit Marksteiner.« – »Das blöde Gesicht vom Walters möchte ich morgen sehen!«

Nur Fritz Stössl gab mit erhobenem Zeigefinger zu bedenken: »Gefährlich ist's, den Leu zu wecken«, wurde dafür aber allseits mit dem schon zur Gewohnheit gewordenen »Stössl!!!« bedacht. Die Stimmung war im Steigen begriffen.

»Weißt du was, Stössl«, schlug Korber vor. »Anstatt uns mit deinen Zitaten zu quälen, machst du endlich einmal etwas Vernünftiges: Du hältst morgen die Stellung in der Schule und lässt Walters in den Probenraum ein, als ob alles ganz normal wäre. Wenn er dir Fragen stellt, weißt du von nichts. Sobald er in seiner Verzweiflung gegangen ist, stößt du zu uns und schilderst ausführlich, wie dumm er dreingeschaut hat.«

»Und der Walters blicket stumm in dem Probenraum herum«, nickte Stössl.

»Genau! Das wird ein Jux und eine echte Gaudi!« Korber rieb sich die Hände. »Ich schlage vor, wir treffen uns zunächst um fünf in Stammersdorf beim Heurigen – der Krischan hat zum Beispiel offen. Später übersiedeln wir dann hierher ins Heller, hören uns den Bericht vom Stössl an und lassen noch einmal so richtig die Sau raus. Na, was meint ihr?«

Toni Haslinger machte einen ziemlichen Schluck von seinem Glas, das offenbar wieder nachgefüllt worden war. »Und was ist mit Anette und mir?«, fragte er vorsichtig. Korber wollte etwas sagen, aber Simone Bachmann war schneller. »Natürlich müssen *alle* dabei sein, sonst ist es ja kein Jux«, verkündete sie feierlich.

Nun ging man daran, die Details zu besprechen. Leopold sah die Zeit des Abkassierens gekommen. Bei Schauspielern wusste man nie, da musste man rechtzeitig einschreiten, damit sie einen nicht um die Zeche prellten. »Gestatten der Herr, 9 Euro 50 macht's aus. Ergebensten Dank, beehren Sie uns bald wieder. Was haben wir gehabt, Gnädigste? Eine Melange und einen Apfelstrudel? Macht 6 Euro 80. Wenn Sie's kleiner hätten, wär' mir sehr geholfen.« So schaute er, dass das Aufbegehren der Truppe gegen ihren Regisseur auch für das Kaffeehaus und ihn den entsprechenden Teil abwarf. Und alle waren ausnehmend brav beim Bezahlen, gaben sogar ordentlich Trinkgeld, sodass er schon an seiner vorgefassten Meinung zu zweifeln begann.

Nur Thomas Korber fischte nervös in seinen Taschen herum. »Zu blöd! Jetzt habe ich doch glatt meine Geldbörse in der Schule liegen lassen«, brummte er missvergnügt. »Ich glaube, ich muss heute bei dir anschreiben lassen, Leopold.« Es war ihm sichtlich unangenehm, vor seinen Kollegen derart blank dazustehen.

»Nein, das kommt gar nicht in Frage«, sprang sofort Simone Bachmann ein. »Hier hast du 50 Euro, Thomas. Sonst kannst du dir heute ja gar nichts mehr gönnen.«

»Lass das bitte! Ich laufe schnell mit Stössl zurück zur Schule«, meinte Korber.

»Ausgeschlossen, das ist ja lächerlich! Ich bestehe darauf, dass du das Geld nimmst« beharrte Simone. »Morgen beim Jux gibst du es mir dann zurück. Und deiner Brieftasche wird in der Zwischenzeit schon nichts passieren.«

»Da muss ich mich demnächst revanchieren!«

»Gar nichts musst du! Aber wenn du willst, kannst du mich ja einmal auf ein Getränk einladen.« Sie zwinkerte ihm zu. »Wollten wir nicht schon immer einen gemütlichen Abend zu zweit verbringen?«

»Ja, ich glaube, das wollten wir«, beeilte Korber sich zu sagen.

*

Sonja Friedl ging eilenden Schrittes in Richtung Floridsdorfer Bahnhof, Sven Biedermann hastete hinterher. »So warte doch«, rief er.

Sie drehte sich um und fragte: »Wo sind die anderen?«

»Weg. Es ist keiner mehr da.«

Sie verlangsamte ihr Tempo und ließ ihn zu sich aufschließen. »Was ist denn? An sich haben wir beschlossen, dass …«

»Ich weiß, Sonja«, unterbrach er sie. »Aber ich möchte dir etwas sagen, was mich schon die ganze Zeit beschäftigt. Ich muss es einfach loswerden.«

Sie blieb nun stehen und blickte ihn erwartungsvoll an. »Etwas, das so wichtig ist, dass du mir nachläufst?«

Er nickte. »Ja. Walters hat mir mitgeteilt, dass du nach seinem Tod eine reiche Frau sein wirst.«

Sonja Friedl verzog kurz überrascht das Gesicht. »Da schaue ich aber. Wann hat er dir denn das erzählt?«

»Vorige Woche. Er hat ein großes Geheimnis daraus gemacht, hat sich extra mit mir getroffen. Ich musste im Zwölfapostelkeller Wein mit ihm trinken, in einem muffigen Gewölbe sitzen, statt draußen an der frischen Luft zu sein. Zuerst hat er nicht viel geredet, nur so Firlefanz übers Theater, wollte gar nicht richtig raus mit der Sache. Plötzlich hat er sich umgesehen, ob auch ja keiner herschaut, und hat dann gemurmelt: ›Sag der Friedl, dass sie nach meinem Tod über viel Geld verfügen wird.‹ Ich sollte noch warten, bis unsere Aufführungen vorüber sind und er wieder weg ist. Aber ich kann es einfach nicht so lange für mich behalten.«

»Was du für Zeug daherredest.« Sie schüttelte den Kopf. »Das ergibt doch keinen Sinn, oder?«

»Ich weiß auch nicht. Es schien ihm jedenfalls sehr ernst mit der Sache zu sein. Und richtig inszeniert hat er das Ganze, wie eine Szene aus einem Stück.«

»Bis der tot ist, fließt ohnehin noch viel Wasser die Donau hinunter«, machte Sonja Friedl eine wegwerfende Handbewegung.

»Du musst mir versprechen, dass du nicht mit ihm darüber sprichst«, beschwor Biedermann sie. »Er darf nicht erfahren, dass ich es dir jetzt schon verraten habe.«

»Glaubst du, er hat etwas bemerkt? Ahnt er, dass wir zusammen sind?«

»Darüber habe ich mir noch keine Gedanken gemacht.«

»Alles klingt so unwirklich und seltsam«, sinnierte Friedl. »Ich habe überhaupt kein gutes Gefühl.«

»Tröste dich, ich auch nicht«, pflichtete ihr Sven Biedermann bei.

Sie blickten sich unruhig um, ob denn auch wirklich niemand da war, den sie kannten, dann küssten sie einander eiliger, als es notwendig gewesen wäre, ehe sie auseinander gingen.

Der Abend war so schwül, dass man selbst jetzt, nach Einbruch der Dunkelheit, Lust nach einem erfrischenden Bad verspürte.

*

»Pagat Ultimo! Mit fünf Tarock! Und gewonnen auch noch! So was kann ich nur gegen euch Weh spielen!« Schallend platzte es aus dem Herrn Adi heraus, als er die kleinste Tarockkarte von seiner schon sehr hohen Stirn, auf die er sie vor dem Spiel gepresst hatte, zum Zeichen des Triumphes auf den Tisch herunterpurzeln ließ. Er machte mit ihr den letzten Stich, und damit war die Partie gewonnen. Herr Adi war Mitglied jener legendären Tarockpartie, die schon seit Jahren an mindestens zwei Abenden in der Woche im Heller Karten spielte. Außer ihm zählten noch der Herr Kanzleirat, der Herr Hofbauer und der liebevoll ›g'schupfter Ferdl‹ genannte ehemalige Heurigensänger Ferdinand Brettschneider dazu. Ungewöhnlich laut und ungewöhnlich gut aufgelegt waren sie heute, die Herren.

»Da hinten geht's heute ganz schön zu«, bemerkte Korber. Er lehnte jetzt an der Theke und delektierte sich an einem Glas Bier. Simone Bachmanns 50 Euro hatten es möglich gemacht.

»Jetzt stell dir einmal vor, wie es sein wird, wenn die zweimal in der Woche hier *vorne* tarockieren«, sah Leopold Böses auf sich zukommen. »Da laufen uns die ganzen anderen Gäste davon. Das hält ja keiner aus, der nur gemütlich dasitzen und plaudern will. Und die Chefin glaubt, sie kann die Kartenspieler so einfach mir nichts, dir nichts in den vorderen Bereich übersiedeln. Jede Veränderung hat ihre Folgen.«

»Aber nicht nur schlimme! Du bist eben hoffnungslos konservativ in deinem Denken, Leopold. Alles, was neu ist, löst bei dir schon Katastrophenstimmung aus. Dabei muss ein Lokal seinen Gästen alle 10 bis 15 Jahre etwas Neues bieten, damit es attraktiv bleibt.«

»Im Heller ist alles beim Alten geblieben, seit ich hier zu

arbeiten begonnen habe, und das ist mittlerweile mehr als 30 Jahre her«, erklärte Leopold. »Das hat uns nicht geschadet, im Gegenteil! Die Leute sind Gewohnheitsmenschen. Wenn ihnen etwas gefällt, wollen sie es gar nicht anders haben. Sie brauchen eine Ordnung, an der sie sich festhalten können, keine ständigen Neuerungen. Sie wollen die Dinge so haben, wie sie sind, und nicht anders.«

»Wenn es nach dir ginge, lebten wir wahrscheinlich noch mitten in Nestroys Zeit, im sogenannten Biedermeier. Da haben die Menschen genauso große Angst vor dem Fortschritt gehabt. Ich bin eben aus anderem Holz geschnitzt. Als Schauspieler ist man flexibel und wandlungsfähig, kurz gesagt, offen für alles. Aber das wirst du wohl kaum verstehen. Während sich alles ständig bewegt, siehst du es nur starr und still wie auf einem Foto.«

»Bilde dir nur ja nicht zu viel auf deine momentane Schauspielerei ein«, mahnte Leopold. »Schau dir nur einmal eure Truppe an. Kaum gibt es die ersten Meinungsverschiedenheiten, wird schon eine Revolution angezettelt. Statt dass ihr eure Proben ordentlich abliefert, wollt ihr euren Regisseur versetzen. Ich nenne das nicht flexibel, sondern in höchstem Maße unseriös. Ein klassischer Fall von Arbeitsverweigerung!«

»Wir müssen ein Zeichen setzen«, rechtfertigte sich Korber. »Wir können uns von diesem Herrn Walters nicht alles gefallen lassen. Es geht um den Buben. Er muss noch eine Chance bekommen.«

»Der Bub, für den du dich da einsetzt, ist ein ganz schönes Früchterl. Hat bei eurer Besprechung drei weiße Spritzer getrunken. Die ganzen Lehrer und Pädagogen hat das überhaupt nicht gestört.«

»Er hat seine Enttäuschung darüber hinuntergespült, dass

ihn der Regisseur hinausgeworfen hat. Da kann man schon einmal ein Auge zudrücken.«

»Kann man eben nicht, Thomas.« Leopolds Augen fixierten durch die großen Kaffeehausfenster einen imaginären Punkt auf der Straße. »Der Alkohol hat in dem jungen Mann vielleicht die letzte Hemmschwelle gebrochen. Hoffen wir, dass er nicht von seinen Aggressionen übermannt wird«, sagte er, und es klang besorgt.

»Du siehst Gespenster«, tat Korber diese Befürchtungen ab. »Gib es doch zu: Deine heile Welt hier im Kaffeehaus ist ein bisschen aus den Fugen geraten. Das hat dich durcheinandergebracht. Jetzt läuft in deinem Hirn natürlich schon wieder ein Kriminalfilm ab. Aber sei unbesorgt. Weder ist der Toni ein Verbrecher, noch wird unsere kleine Aktion zu irgendeiner Missetat führen.«

»Wer weiß, wer weiß«, seufzte Leopold. »Ich habe da so eine Vorahnung, und die hat mich noch selten getäuscht. Ich sehe schon, was ihr mit eurem ›Jux‹ heraufbeschwört: einen Eklat, Gewalt, ein Verbrechen.«

»Ja, ja, Leopold, träume nur von Mord und Totschlag«, wirkte Korber ob der letzten Ausführungen amüsiert. »Andere Lösungen für menschliche Probleme kannst du dir wohl gar nicht vorstellen. Hast du vielleicht noch so eine ›Vorahnung‹?«

»Allerdings«, antwortete Leopold ohne Zögern. »Betrifft leider dich. Du bist wieder einmal auf dem besten Weg, auf die Verführungskünste eines weiblichen Wesens hereinzufallen.«

»Meinst du Simone Bachmann?« Korber stutzte kurz, dann brach er in schallendes Gelächter aus. »Alle Achtung! Jetzt hörst du wirklich schon das Gras wachsen, Leopold.«

»Lach nicht, ich kenne dich nur zu gut.«

»Sie hat mir 50 Euro geborgt, die zahle ich ihr morgen zurück. Und?«

»Habe ich mich verhört, oder war da nicht auch von einem Abend zu zweit die Rede?«

»Hör zu: Ich kann nichts dafür, dass Geli momentan nicht da ist. Natürlich geht sie mir ab, und ich hoffe auch, dass ich noch eine Chance bei ihr bekomme. Aber sie hält sich, wie du weißt, derzeit in Salzburg auf«, brachte Korber die Sache auf den Punkt. Leopold hatte nie ein Geheimnis daraus gemacht, dass er Angela ›Geli‹ Bauer als Lebenspartnerin seines Freundes bevorzugen würde. Korber störten seine gut gemeinten Ratschläge jedoch außerordentlich. »Was ich in der Zwischenzeit tue, mit welchen Frauen ich fortgehe oder sonst etwas unternehme, geht niemanden etwas an, auch dich nicht«, fuhr er deshalb fort.

»Kennst du diese Simone? Weißt du, was sie macht?«, fragte Leopold misstrauisch.

»Sie arbeitet vorne am Spitz in einem Reisebüro. Heuer ist sie das erste Mal bei unserem Theater dabei. Sie kennt Freddie Glomser gut, er bucht alle seine Reisen über sie und hat sie überredet, mitzumachen. Ihre Schwester Elfriede, eine ehemalige Schauspielschülerin, ist daraufhin auch zu uns gestoßen. Ich bin froh darüber, die beiden bringen ein bisschen Leben in die Bude.«

»Ich dachte schon, dass sie Schwestern sind, weil sie sich so ähnlich sehen«, konstatierte Leopold. »Pass bitte auf jeden Fall auf, ich meine das ernst. Die Dame ist kühl wie ein Fisch im Wasser.«

»Auch nicht schlecht, jetzt, wo es so heiß ist«, witzelte Korber. »Jedenfalls sehe ich traurigen Zeiten entgegen. Der Direktor hat mir verboten, mir etwas mit unserer Anette Riedl anzufangen, du unternimmst alles, um mich von einer näheren Begegnung mit Simone Bachmann abzuhalten. Gibt es überhaupt ein weibliches Wesen, mit dem ich ein paar Worte wechseln kann, ohne gleich von irgendjemandem gemaßregelt zu werden?«

In diesem Augenblick wurde es bei den Kartentischen wieder lauter. Der Herr Adi hatte offenbar noch einmal einen Pagat Ultimo gewonnen. »Ihr habt's keine Ahnung von dem Spiel«, rief er triumphierend. »Mit euch spiel ich Verstecken in der Wüste! Leopold, eine Runde Achteln, aber dalli! Die Verlierer zahlen!«

Dienstbeflissen schenkte Leopold vier Gläser voll und brachte sie auf einem Silbertablett nach hinten. Noch waren die legendären Tarockierer gut aufgelegt, aber was würden sie zu Frau Hellers Plänen sagen, wenn sie von diesen erfuhren? Leopold hatte noch eine Vorahnung: Auch im Kaffeehaus würden sich die Dinge nicht kampflos regeln lassen. Man konnte die Menschen nicht einfach von einem Tag auf den anderen zu einer neuen Ordnung umerziehen.

Thomas Korber stand indessen an der Theke, und seine Gedanken wanderten zu Simone Bachmann. Er hatte es Leopold gegenüber zwar nicht zugegeben, aber er war schon seit Beginn der Proben in diese junge Frau verliebt.

4

»Zur ernsten Besserung wie zum totalen Bösewicht zu schwach, wandelt er den breiten Weg zwischen Reue und Verstocktheit.« (Nestroy: Reserve und andere Notizen)

Es war noch zeitig in der Früh, doch über Floridsdorf lag bereits drückende Schwüle. Ein weiterer heißer Tag kündigte sich an. Im Café Heller werkte noch die Putzfrau, Leopold verrichtete seine ersten Tätigkeiten, und Frau Heller bezog Stellung in ihrer kleinen Küche. Ein junges Pärchen saß händchenhaltend in der Loge, zwei nicht mehr ganz so junge Männer mit Geheimratsecken blätterten in den Zeitungen und rührten in ihren Kaffeetassen. Ansonsten ließen die Ereignisse auf sich warten. Die Uhr zeigte ja erst halb acht.

Plötzlich stand er in der offenen Tür. Der Backenbart glänzte im Morgenlicht, auf dem roten Haar saß ein schwarzer Hut. Eine Sonnenbrille verdeckte die Augen, um den Hals war ein rotes Tuch geknüpft. Darüber hinaus trug er noch ein zartgelbes Hemd, ein leichtes braunes Sakko, die obligaten schwarzen Lederjeans und ebenso schwarze Schuhe. »Ich bin Herwig Walters«, verkündete er feierlich. »Ist mein Freund Freddie Glomser da?«

Leopold musterte den Gast mit noch verschlafenem Blick von der Kaffeemaschine aus. »Der kommt normalerweise immer nur am Abend mit den Schauspielern«, gab er Auskunft. »Im Augenblick ist er nicht anwesend, wie Sie sehen. Aber er kann ja noch kommen. Wollen Sie einstweilen Platz nehmen? Ein kleines Frühstück vielleicht?«

»Glomser nicht hier? Wie schade! Ich bin in Eile, ich muss gehen.«

Schon war er wieder draußen. Da kam Frau Heller wie ein Blitz aus ihrer Küche geschossen. »Herr Walters, so warten Sie doch einen Augenblick«, rief sie und lief ihm auf die Gasse hinaus nach. »Herr Walters, ich muss Sie kurz sprechen. Endlich treffe ich Sie einmal persönlich. Ich habe vor, das Kaffeehaus ein wenig umzubauen. Ein neuer kultureller Treffpunkt soll hier entstehen. Vielleicht können wir demnächst gemeinsam eine Veranstaltung organisieren. Sie beschaffen ein paar Künstler, und ich besorge den Rest. Na, ist das nicht eine tolle Idee?«

Er drehte sich kurz um. »Frau Heller, besprechen wir das ein andermal. Ich habe es wirklich eilig. Ich muss meinen Freund Glomser suchen und laufe dann schon zum nächsten Termin.« Er beschleunigte seine Schritte.

Frau Heller schaute dem Hut nach und überlegte kurz, ob sie die Verfolgung aufnehmen sollte. »Bitte warten Sie, Herr Walters«, schrie sie jetzt noch lauter. »Es dauert nur eine Minute!« Doch der Hut tauchte in der morgendlichen Menge der sich zur Arbeit begebenden Menschen unter.

Missmutig stapfte Frau Heller zurück. Sie fand Leopold in der Küche hantierend. »Na, haben Sie ihn noch erwischt?«, fragte er mit leicht ironischem Unterton. »Hat es sich ausgezahlt, dass Sie das Ham and Eggs sträflich vernachlässigt haben?«

»Um Gottes willen, das Ham and Eggs für Herrn Lohn!« Sie griff sich an den Kopf. »Schön, dass Sie es gerettet haben, Leopold. In der Begegnung mit dem wahrhaft Großen vergisst man eben zuweilen völlig das Irdische. Ich war, wie man so sagt, geblendet.«

»Von der Sonne?«

»Nein, Leopold, von dieser außergewöhnlichen Persönlichkeit natürlich. Herr Walters hat ein Charisma, dass es einem trotz der Hitze ganz kalt den Rücken hinunterläuft. Leider ist er mir enteilt. Aber ich bin überzeugt, dass es uns beiden gelingen wird, den Glanz der großen Theaterwelt in unser Kaffeehaus zu bringen.«

Leopold hörte nur mit einem Ohr zu. Er ließ seine Chefin reden. Wichtiger war ihm sein Werk, das er jetzt stolz betrachtete. Die Eier waren noch so weich, dass sie bei der kleinsten Berührung mit Messer oder Gabel ihre dottergelbe Schönheit über den Schinken verteilen würden. Er stellte Salz, Pfeffer, Paprika und Ketchup mit aufs Tablett, nahm den Korb mit dem herrlich duftenden frischen Gebäck und brachte alles zu Herrn Lohn. »Wohl bekomm's, der Herr«, säuselte er dabei dienstbeflissen.

Während sich Frau Heller ausmalte, welche baulichen und künstlerischen Höhepunkte sie demnächst setzen würde, beschäftigte ihn ein ganz anderes Problem. Weshalb suchte Herwig Walters seinen Assistenten Freddie Glomser in aller Herrgottsfrühe hier im Kaffeehaus? Und warum hatte er es so eilig?

*

Frau Pohankas säuerliches Lächeln war ein Spiegel des gesamten Schulsystems. Es wirkte freundlich, aber verkrampft, unterwürfig und gleichzeitig beherrschend. Es schien aus einer Zeit mit einem anderen Geist zu kommen, einem Geist, der jedoch trotz aller Reformen geblieben war und sich stets über alle Neuerungen hinweggesetzt hatte. Betrat Frau Pohanka das Lehrerzimmer, so wurde dieses Lächeln stets von einer mysteriösen Botschaft begleitet, deren Unabwendbarkeit für den Betroffenen von vorneherein feststand, deren Inhalt sie aber so gekonnt verschleierte, dass sämtlichen Gerüchten Tür und Tor offen standen. Denn was war eine Schule ohne Gerüchte?

Zu den Gerüchten am heutigen Morgen hatte bereits Ilona Patzak beigetragen, indem sie ihren Kollegen detailliert von der Theaterprobe am Vortag erzählt hatte. Dann hatte sich auch noch die Nachricht herumgesprochen, dass Toni Haslinger heute nicht zum Unterricht erschienen war. Dass Frau Pohanka schließlich mit notdürftig hochgezogenen Mundwinkeln Ilona Patzak und Thomas Korber zum Direktor beorderte, war nur noch eine Art Draufgabe. Die Mitglieder des Lehrkörpers steckten ihre Köpfe zusammen und tuschelten. Bald würden die verschiedensten Versionen über den Fall kursieren.

Direktor Marksteiner zeigte sich inzwischen Patzak und Korber gegenüber alles andere als zufrieden. »Eigentlich hätte ich mir von einem Regisseur mehr Fingerspitzengefühl erwartet«, wetterte er. »Aber ich bin ja selber schuld. Ich hätte den Toni Haslinger nicht mitspielen lassen dürfen, es gab genügend Gründe, die dagegen sprachen. Jetzt ist er auch noch dem Unterricht ferngeblieben!«

»Irgendwie verstehe ich ihn«, entfuhr es Ilona Patzak.

»Ihr Verständnis in Ehren, Frau Kollegin, aber ich habe gerade mit Tonis Eltern telefoniert«, berichtete Marksteiner. »Er hat die Wohnung um dieselbe Uhrzeit wie immer verlassen, ist aber, wie wir wissen, nicht in der Schule aufgetaucht. Nebenbei bemerkt soll er gestern Abend spät und alkoholisiert nach Hause gekommen sein. Alles nicht gerade beruhigend, oder?«

»Es wird schon nicht so schlimm sein. Vielleicht macht er sich bloß irgendwo einen schönen Tag«, versuchte Korber, seinen Direktor zu beruhigen.

»Indem er trinkend durch Lokale zieht? In einem seelisch

äußerst unausgeglichenen Zustand? Ich muss doch sehr bitten!«, entgegnete Marksteiner aufgebracht. »Es gibt keinen Grund, die Sache auf die leichte Schulter zu nehmen, im Gegenteil! So junge Menschen kommen oft auf die eigenartigsten Gedanken.«

»Er wird sich ja nicht gleich umbringen«, streute Ilona Patzak ein.

»Wissen Sie es? Können Sie es mit Sicherheit vorhersagen?« Marksteiner verlor immer mehr jene Contenance, die ihn sonst auszeichnete. »Mit solchen Dingen spaßt man nicht, schnell ist etwas geschehen. Die Eltern sind nach meinem Anruf natürlich beunruhigt. Die ganze Situation ist verfahren, schrecklich verfahren, und wir tragen unseren Teil der pädagogischen Verantwortung. Aber was können wir tun?«

»Wir müssen abwarten«, schlug Korber vor. »Vorläufig können wir ohnedies nicht viel unternehmen.«

Marksteiner durchmaß seine Direktionskanzlei mit regelmäßigen Schritten. Dabei gewann er seine Fassung langsam wieder. »Wahrscheinlich ist es das Beste«, gestand er ein. »Man darf nicht gleich an das Schlimmste denken. Aber diesen Regisseur knöpfe ich mir vor, heute noch.« Er blieb kurz stehen und überlegte. »Nein, heute geht es nicht, ich habe ja einen wichtigen Termin. Und heute ist Freitag, es kommt schon das Wochenende. Also reden Sie noch einmal mit ihm, Korber, er muss den Haslinger wieder mitspielen lassen, hören Sie?«

Typisch, dachte Korber. Jetzt sollte er die Kastanien aus dem Feuer holen. Dabei war es Marksteiner gewesen, der für die heurige Aufführung auf einem Profiregisseur bestanden hatte. Korber hatte da von Anfang an seine Bedenken gehabt. Welchen Professionalisten würde man für die Arbeit mit Schülern, Lehrern und anderen Amateuren schon bekommen, wenn man niemanden bei der Hand hatte? Meistens eben nur solche Typen wie Walters, Leute, die aus irgendeiner Versenkung auftauchten und auf die Schnelle wieder ins Rampenlicht wollten. Marksteiner konnte nun Eindruck schinden, Walters kassierte scheinbar leichtverdientes Geld, aber das Einfühlungsvermögen blieb dabei auf der Strecke. Mit Glomser wäre der ganze peinliche Zwischenfall nicht passiert. Mit Glomser als Regisseur war überhaupt nie etwas Derartiges vorgefallen.

»Sie machen ihm das klar, Korber, noch bei der heutigen Probe, verstanden? Ich erwarte am Montag Ihren Bericht. Hoffentlich taucht der Haslinger in der Zwischenzeit auch wieder auf«, ordnete Marksteiner an.

»Selbstverständlich, Herr Direktor«, antwortete Korber gedankenverloren.

»Na, dann hoffen wir, dass die Sache zu einem guten Ende kommt. Sie, Frau Kollegin Patzak, unterstützen unseren Korber natürlich tatkräftig!« Mit einem etwas verkrampften Lächeln schüttelte Marksteiner beiden die Hand und komplimentierte sie wieder aus seiner Kanzlei hinaus.

Draußen auf dem Gang fasste Ilona Patzak Korber am Arm. »Schönes Pech«, meinte sie enttäuscht. »Jetzt müssen wir heute mit Walters wegen Toni verhandeln. Da können wir unseren ganzen Jux vergessen.«

Erst jetzt fiel Korber ein, dass sich hier ein ungewolltes Hindernis aufgebaut hatte. »Den Jux? Den vergessen wir natürlich nicht«, stellte er entschieden fest. »Der Jux ist Pflicht. Den Walters müssen wir so richtig einfahrn lassen. Alles bleibt wie besprochen.«

»Und wie willst du dann dein Versprechen dem Direktor gegenüber erfüllen?«

»Keine Angst, da fällt mir schon was ein«, versprach Korber. »Aber zuerst lassen wir es so richtig krachen!«

*

Obwohl draußen die helle frühnachmittägliche Sommersonne schien, war der Raum abgedunkelt und nur von künstlichem Licht erhellt. Sessel standen in mehreren Reihen, darauf saßen Leute mit Masken, in einfache Umhänge gehüllt. Es war mucksmäuschenstill, nur ein Beamer surrte und warf die Worte ›Scheidungsrate 43,2%‹ auf eine Leinwand. Vor dieser Leinwand stand, mit Anzug, weißem Hemd und Krawatte, aber ebenfalls maskiert, ein Mann. Er räusperte sich zum Zeichen, dass er bereit war, anzufangen.

»Meine Damen und Herren«, begann er. »Wie die Zahl auf der Leinwand Ihnen zeigen soll, gibt es in Österreich derzeit sehr viele Scheidungen, beinahe schon die Hälfte der neu geschlossenen Ehen enden so. Eine Scheidung ist also statistisch nichts Außergewöhnliches, aber jeder Fall wirkt auf den Einzelnen nachhaltig und bedrückend und wird zum ganz persönlichen Problem. In meiner Darstellung möchte ich Sie deshalb kurz mit den näheren Umständen vertraut machen, die dazu führten, dass ich mich von meiner Frau – ich möchte sie im Folgenden Jenny nennen – getrennt habe.

Zwölf Ehejahre hatten ihre Spuren hinterlassen, unsere Beziehung hatte deutlich an Leidenschaft verloren. In dieser Situation lernte ich ein junges Mädchen kennen, in das ich mich hoffnungslos verliebte. Nichts allzu Bemerkenswertes, gewiss, aber schon bald wurde mir der Ehealltag unerträglich. Es kam der Augenblick, von dem an ich nicht mehr konnte, wo mein ganzes Denken nur mehr auf das junge Geschöpf fokussiert war. Nichts sehnte ich mehr herbei als eine Trennung von Jenny, die immer unvermeidbarer schien. Gleichzeitig wusste ich, dass sie nie in eine solche einwilligen würde, beziehungsweise nur unter finanziellen Bedingungen, die ich mir nicht leisten konnte.

Was tun? Natürlich bestand vor allem die immense Gefahr, dass Jenny hinter mein Verhältnis kommen würde. Dann war überhaupt alles aus. Also musste ich den Spieß umdrehen.«

Mit einem Mausklick wurde ein neues Bild nach vorne geworfen. »Vielleicht ahnen Sie, worauf ich hinauswill«, fuhr er fort. »Es ist leichter, schuldig geschieden zu werden, als jemand anderem schuldhaftes Verhalten in der Ehe nachzuweisen. Worin etwa würde so eine Schuld bestehen?«

Er deutete nun auf die einzelnen auf der Leinwand angeführten Vergehen und kommentierte fachmännisch jedes einzelne von ihnen: Zanksucht oder Hysterie, Vernachlässigung der Haushaltsführung, böswilliges Verlassen des Ehepartners, ständige alleinige Freizeitaktivitäten ...

»Meiner Frau war natürlich mit keinem dieser Verstöße beizukommen. Was Sie hier sonst noch finden, ›Verletzung der Unterhaltspflicht‹ oder ›ständige Misshandlungen‹, kann als irrelevant betrachtet werden. Also blieb mir nur eins, nämlich Jenny zu einem effektiven Ehebruch zu bringen.

Bei Jennys lauem Temperament schien das so gut wie unmöglich. Da erinnerte ich mich daran, dass sie einmal am Beginn unseres Ehelebens gewisse Sympathien für einen meiner Freunde – nennen wir ihn im Folgenden Jim – entwickelt hatte. Ich beschloss, den Versuch zu wagen, Jim, der immer noch Single war, auf Jenny anzusetzen. Er erklärte sich bereit, gegen ein kleines Entgelt mitzumachen. Also arrangierte ich einen Abend zu dritt und hoffte, dass Jenny bei Jim anbeißen würde.

Es dauerte einige Zeit, und ich begann schon, die Hoffnung aufzugeben. Jenny war wirklich eine treue Seele. Sie trafen sich zwar regelmäßig, aber nichts, was an ein ehewidriges Verhalten herankam, geschah. Dann war es endlich so weit. Ich bekam von Jim telefonisch eine Vollzugsmeldung. Jetzt musste die Sache nur noch bewiesen werden. Jim und ich beschlossen, noch kurz zu warten und dann den richtigen Zeitpunkt für eine Entdeckung in flagranti zu wählen.«

Der Mann unterbrach seine Rede und trank gierig einige Schlucke Wasser, ehe er weitersprach:

»Von da an klappte die Sache hervorragend. Ich möchte Ihnen jetzt die näheren Details ersparen. Jenny gab alles zu, und ich erreichte die Scheidung zu meinen Gunsten. Kurzfristig dachte ich sogar, sie und Jim würden zusammenbleiben. Aber er war ein eingefleischter Junggeselle und ging schon bald wieder seine eigenen Wege.«

Ein erneuter Klick mit der Maus, ein neues Bild:

›Ist-Zustand:
Jim allein
Jenny allein
Ich allein‹

»Ich habe seither nie wieder etwas von Jim gehört«, sagte der Mann trocken. »Er hat weder auf Anrufe noch auf Mails von mir reagiert. Die Gründe kenne ich nicht, aber sie werden wohl mit dieser Geschichte zu tun haben. Jenny lebt irgendwo in Wien ohne nennenswerte Kontakte zur Außenwelt. Als Jim sie verließ, hat sie wohl schnell gemerkt, dass es sich um ein abgekartetes Spiel gehandelt hatte. Sie verachtet mich, und ich respektiere das. Meine eigene Beziehung, wegen der ich alles inszeniert hatte, ging ebenfalls in die Brüche. Sie dauerte nicht einmal ein Jahr. Das Mädchen verließ mich wegen einem anderen, jüngeren.

Ich bin heute kein glücklicher Mensch. Oft denke ich über die Geschehnisse nach, die ich Ihnen soeben geschildert habe. Ich möchte behaupten, dass ich in eine totale Gefühllosigkeit hineingedriftet bin. Schon lange bin ich nicht mehr in der Lage, so etwas wie Freude oder Schmerz zu empfinden.

Ich bin jetzt am Ende meiner Ausführungen angelangt und bedanke mich für die Zeit, die Sie sich genommen haben, um mir zuzuhören. Mein Verhalten hat in vielerlei Hinsicht zu wünschen übrig gelassen, doch hoffe ich ein wenig, dass der eine oder andere das tut, was ich mir eigentlich nicht erwarten darf – mir verzeihen. Danke für Ihre Aufmerksamkeit!«

Eine kurze, angedeutete Verbeugung. Erst zögernder, dann stärkerer, anerkennender Applaus. Aus der ersten Reihe sprang ein Mann in einem beigefarbenen Sommeranzug auf, der Einzige ohne Maske. Er lief, immer noch klatschend, nach vor und fasste den Vortragenden an der Schulter. Er wartete einige Sekunden, bis es wieder ruhig war, dann fragte er: »Nun, wie fühlen Sie sich?«

»Erleichtert«, kam die Antwort. »Wirklich erleichtert.«

»Haben sich Ihre Erwartungen erfüllt?«

Kurzes Nachdenken, dann: »Eigentlich habe ich es mir einfacher vorgestellt. Es war weitaus schwieriger als bei unseren vorbereitenden Gesprächen. Plötzlich hören einem so viele Leute zu. Aber das ergibt einen kolossalen reinigenden Effekt.«

»Das Publikum hat Ihnen also geholfen?«

»Ja, natürlich! Diese Ruhe, diese knisternde Spannung – das trägt einen gewissermaßen ins Ziel.«

Der Graumelierte, der hier die Aufgabe des Moderators übernommen hatte, wendete sich an das Publikum: »Haben Sie irgendwelche Fragen an unseren Vortragenden?«

Ein weibliches Wesen zeigte auf. »Warum haben Sie nicht versucht, mit Ihrer Frau …«

»Unerlaubte Frage«, unterbrach der Graumelierte sofort. »Entschuldigen Sie, dass ich Ihnen ins Wort falle, aber Sie wurden alle klar darauf hingewiesen, dass negative Fragen mit ›warum nicht‹ nicht gestattet sind. Noch jemand?«

Ein Herr aus der zweiten Reihe meldete sich: »Haben Sie Ihre Frau eigentlich geliebt?«

»Gewiss«, nickte der befragte Mann. »Auf eine gewisse Art und Weise habe ich sie immer geliebt. Leider war ich verblendet. Verblendet durch eine Jüngere. Heute sehe ich die Dinge wieder anders.«

»War es Ihr Plan, dass Ihr Freund sich in Ihre Frau verliebt?«, rief jemand nach vorn.

»Nein, ich wollte nur eine Scheidung zu meinen Gunsten. Aber vielleicht hätte ich mir denken können, dass es zu Emotionen kommen würde.«

Jetzt wurde es ruhig, nur da und dort ein Hüsteln. »Wollen wir nun zur Abstimmung kommen«, kündigte der Graumelierte an. »Wer der Meinung ist, dass unser Kandidat seine Sache gut gemacht hat, der zeige mit dem Daumen nach oben. Wer glaubt, dass er noch einmal vor uns treten muss, um seine Last loszuwerden … nun ja, den Daumen nach unten, bitte!«

Nach einem kurzen Innehalten, wobei niemand wirklich überlegte, welche Entscheidung er treffen sollte, gingen sämtliche Daumen nach oben. Der Mann war überwältigt. »Danke«, flüsterte er kaum hörbar, deutete noch einmal eine Verbeugung an und verließ den Saal durch die Türe rechts von ihm.

»Bitte warten Sie noch einen Augenblick«, verkündete der Moderator. »Sobald das grüne Licht blinkt, benutzen

Sie bitte beide Ausgänge, und folgen Sie den Anweisungen unseres Personals, was die Masken betrifft.«

Schweigend löste sich die Gruppe langsam auf. Die Veranstaltung war beendet.

5

»Jetzt frag' ich aber, zahlt sich so ein Jux aus, wenn man ihn mit einer Furcht, mit drei Schrocken, fünf Verlegenheiten und sieben Todesängsten erkauft?« (Nestroy: Einen Jux will er sich machen)

Ein Jux – eine Teuxelei, ein Schelmenstück, ein Spitzbubenstreich. Bei Nestroy der Entschluss eines Angestellten und eines Lehrbuben, die Abwesenheit ihres Prinzipals zu einem Ausflug in die Stadt zu nützen, was zu einer ganzen Reihe von Verwechslungen und Missverständnissen führt. Eine leichthin herbeigeführte Pflichtvergessenheit, ein kurzes Infragestellen der Autoritätsverhältnisse, eine Justament-Aktion sozusagen.

Eine solche Narretei sollte es auch bei den Mitgliedern des ›Hochlöblichen Floridsdorfer Welttheaters‹ werden. Noch verlief die Revolution aber still und gesetzt. Man saß im schattigen Garten des Heurigen Krischan in Stammersdorf und hatte Schwierigkeiten, in die Gänge zu kommen. Es wurde Small Talk betrieben, und der führte unweigerlich zu einigen platten Anspielungen auf das Stück, die von Freddie Glomser bei allen passenden oder unpassenden Gelegenheiten mit einem kräftigen »Das ist klassisch« kommentiert wurden.

Nur das Auftauchen von Toni Haslinger hatte kurz Aufsehen erregt, denn sein Fehlen vom Vormittag hatte sich schnell herumgesprochen. »He, Toni, hast du mit dem Jux schon heute in der Früh angefangen?« – »Was macht man bei so einem schönen Wetter auch in der Schule!« – »Deine Lehrer haben sich schon Sorgen um dich gemacht!« Solche und ähnliche Sachen musste er sich anhören, zog es jedoch vor, dazu zu schweigen. Seine ganze Körpersprache deutete an, dass man ihn gefälligst in Ruhe lassen sollte.

Er suchte einen Platz möglichst weit weg von Ilona Patzak und Thomas Korber, um nur ja nicht gleich über sein Fernbleiben ausgefratschelt zu werden. Dabei kam er neben Elfriede Bachmann zu sitzen. »Toni …«, sprach sie ihn nach einer Weile an.

»Ja?«

»Ein cooles T-Shirt, das du da anhast. Habe ich dich noch nie tragen gesehen. Spitzenklasse! Ist es neu?«

»Einigermaßen«, drückte Toni herum.

»Komm, komm! Nicht einigermaßen. Das ist sicher ganz neu. Selbst gekauft?«

Toni gab keine Antwort.

»Du hast das heute gekauft, heute Vormittag. Als du in der Schule sein hättest sollen. Hab ich recht?«

»Hör mal, was geht dich das an? Es zerreißen sich ohnedies schon alle den Mund, weil ich gefehlt habe. Die Stunden sind unentschuldigt, weil die Schule meine Eltern kalt erwischt hat, okay? Und jetzt Schluss damit!«

Elfriede Bachmann fuhr verspielt mit dem Zeigefinger über den Rand ihres Weinglases. »Versteh mich nicht falsch, Toni! Ich will dir nichts Böses«, beteuerte sie. »Kein Mensch will dir Böses. Du siehst ja, was wir alles tun, damit du deine Rolle wiederbekommst. Du hast das T-Shirt von deinem Geld gezahlt, stimmt's?«

»Was soll denn das schon wieder? Natürlich!«

»Das ist es eben, worüber ich mich ein wenig wundere. Du trägst immer so schöne, neue Sachen. Erst gestern sind mir deine Sportschuhe aufgefallen, die haben noch richtig geglänzt. Und unlängst hattest du diese nette Kette um den

Hals. Woher hast du bloß das Geld? Von deinen Eltern? Dein Vater ist doch Straßenbahnfahrer, oder nicht?«

Toni versuchte, von Elfriede Bachmann wegzurücken. »Ich würde gern wissen, was du so alles treibst«, sagte sie.

»Was wird das? Ein Verhör?«, gab er störrisch zurück.

»Es ist die reine Neugierde«, versicherte sie ihm. »Wenn du nicht mit mir darüber reden willst, lasse ich dich auch schon in Ruhe. Denk trotzdem darüber nach. Ich meine es nur gut!«

Toni Haslinger hatte das Gesicht schon weggedreht. Er machte einen großen Schluck von seinem Kracherl. Am liebsten wäre er jetzt ganz tief in den Erdboden versunken.

*

Nach einer Weile stellte sich der Übermut, der zum Jux einfach dazu gehört, ganz von selbst ein. Man hatte allseits gut gegessen, einen warmen Schweinsbraten, ein faschiertes Laibchen, oder auch nur eine Kleinigkeit vom kalten Buffet. Auf dem Tisch standen mittlerweile vier mit Wein gefüllte Literkrüge, die herumgereicht wurden, und von denen sich jeder außer der standhaften Anette Riedl einschenkte.

Die Sitzordnung wurde nicht mehr streng eingehalten, sondern man wechselte den Platz, wie es gerade beliebte. Sven Biedermann, der von Sonja Friedl krampfhaft auf Distanz gehalten wurde, vergnügte sich mit den Bachmann-Schwestern. Zitate aus der Gasthausszene – der turbulentesten im ganzen Stück – wurden einander in unbeschwerter Form zugespielt. Dabei hob Simone Bachmann immer wieder demonstrativ ihr Glas in die Höhe, rollte mit den Augen, verkündete ihren Lieblingssatz »Ich trinke nie Bier« und kippte dann eine gehörige Menge Wein hinunter.

So war es Korber mehr oder minder unmöglich, seiner neuen Favoritin Simone, der er übrigens die 50 Euro sofort zurückerstattet hatte, ein wenig näher zu kommen. Er trank aus diesem Grund schneller als ursprünglich beabsichtigt und hörte seiner Kollegin Patzak zu, die jetzt beim zweiten Glas in einen richtigen Redefluss kam. Nie hätte er sich träumen lassen, dass er an diesem Spätnachmittag von ihrer unerfüllten Liebe zu einem Fahrlehrer und der dominanten Rolle ihres Vaters während ihrer Kindheit erfahren würde. Er war aber zu träge, um sich aus ihrer wachsenden körperlichen Nähe zu befreien. Als Pribil und Glomser näher rückten, um ihm Gesellschaft zu leisten, stand ihm die Erleichterung ins Gesicht geschrieben.

»Jetzt ist es so weit«, meinte Pribil. »Jetzt sollten wir ihn anrufen.«

»Wen?« Korber wandte sich den beiden sofort zu und ignorierte dadurch die traurige Tatsache, dass Ilona Patzak zu Hause noch mit 15 Jahren Ohrfeigen bekommen hatte.

»Unseren Fritz Stössl«, erklärte Glomser. »Wir können es kaum noch erwarten. Wir wollen wissen, wie das Ding in der Schule abgelaufen ist.«

»Es ist jetzt halb acht. Eigentlich müsste alles schon längst vorüber sein«, versicherte Pribil.

»Nein«, schüttelte Korber vehement den Kopf. »Das ist ja gerade der Jux, dass wir uns hier zunächst einmal nur um unsere Gaudi kümmern. Der Stössl soll seinen Bericht im Kaffeehaus machen. Dann hören es auch alle gleichzeitig, und wir haben nicht ständig diese lästige Fragerei. So lange halten wir es schon noch aus.«

»Außerdem ist der Stössl am Handy sicher anstrengend«, mischte sich Sonja Friedl in die Debatte ein.

»Dann brechen wir halt schön langsam auf«, schlug Pribil vor. »Sonst geht der Stössl am Ende nach Hause und versetzt uns.«

»Das wär klassisch«, kam es von Glomser. »Aber nicht lustig!«

»Stellt euch den Stössl einmal vor, alleine und Auge in Auge mit Walters«, lachte Elfriede Bachmann überaus beschwingt auf. »Dem fällt doch das Herz in die Hose, wenn Walters ihn mit seinen Augen groß anschaut und fragt: ›Na, Stössl, wo sind denn alle abgeblieben?‹ Da bringt er doch kein Wort heraus.«

»Er wird es uns sicher heldenhaft schildern.« – »Worauf warten wir dann noch?« – »Auf ins Kaffeehaus! Dort kann ich endlich ein Bier trinken«, gingen die Stimmen durcheinander.

»Ich trinke nie Bier«, gluckste Simone Bachmann.

»Kommen Sie, Madame Knorr, ab in ein feineres Etablissement«, forderte Pribil sie auf, für einen Augenblick ganz in seiner Rolle als Zangler aufgehend.

So zahlte man und trank aus. Die Neugier hatte schnell von allen Besitz ergriffen. Gemeinsam spazierte man zur Straßenbahnlinie 31, was allgemein als willkommene Gelegenheit zur Ausnüchterung empfunden wurde. Einem geübten Auge wäre dabei aufgefallen, dass Sven Biedermann kurz die Hand von Sonja Friedl in die seine nahm, dass Korber verzweifelt den Anschluss an Simone Bachmann suchte, während Pribil weiter forsch ihren Verlobten Zangler mimte, dass Ilona Patzak sich inzwischen bei Korber eingehängt hatte, dass Toni Haslinger, um den es bei der ganzen Sache ja mehr oder minder ging, ein wenig einsam und desinteressiert mit den anderen mitschlenderte, und dass Anette Riedl ein wenig wackelig auf den Beinen war, weil sie noch schnell unbemerkt drei beim Gehen hastig im Stich gelassene, gut gefüllte Gläser Wein geleert hatte. Doch um diese Zeit hatte niemand mehr ein sicheres Auge.

Nachdem Glomsers Versuch, mit keineswegs geübter Stimme ein Wienerlied zu trällern, im Keim erstickt worden war, ging es in der von der Abendsonne beschienenen Tramway zurück in Richtung Floridsdorf am Spitz. Die Gespräche verebbten, die Stimmung wurde plötzlich wieder ernst. Jeder wollte wissen, was sich am Nachmittag in der Schule getan hatte.

Als die Theaterleute aufmarschierten, lag das Café Heller ruhig und verlassen, beinahe wehrlos, vor ihnen. Die sommerliche Hitze hatte ihren Tribut gefordert. Es roch noch nach Kaffee und Zigarettenrauch, aber die Sessel, Bänke und Billardtische waren leer. Nur Fritz Stössl saß an einem der großen Fenster und ließ sich sein Bier schmecken.

»Na, Fritz, was ist los?«, schoss es aus Pribil, der sich kaum noch zurückhalten konnte, heraus.

Stössl blickte schelmisch auf. »Was soll denn los sein?«

»Mensch, was war los mit Walters? Was hat er gesagt? So red schon!«

Stössl genoss die Situation. Jetzt stand er im Mittelpunkt. Bedächtig deklamierte er: »Ich konnte nicht gehen. Ich musste warten. Warten … wie auf Godot.«

»Und?«

»Und er ist nicht und nicht gekommen, der Herr Walters – genauso wenig wie der Godot!«

*

»So überhaupt gar nicht ist er gekommen?«

»Nein, so überhaupt gar nicht.«

»Und was hast du da gemacht, Stössl?«, fragte Sonja Riedl verständnislos.

Stössl zuckte mit den Achseln. »Ich konnte nicht gehen.

Ich musste warten. Da habe ich eben noch einmal meine Monologe auswendig gelernt.«

»Welche Monologe?«, ätzte Sven Biedermann.

»Also zunächst einmal meinen ersten Monolog, wo ich sage: ›Da bin ich, das Meisterwerk ist vollendet‹.«

»Aber da komme ja gleich drauf ich dran, dann wieder du. Das ist kein Monolog, sondern ein Dialog«, belehrte Pribil ihn.

»Kein Monolog?«, zeigte Stössl sich erleichtert. »Gott sei Dank! Ich hab schon gedacht, so viele Monologe lernen, das wird schwierig. Und Angst hab ich gehabt, dass mich der Walters alle abprüft, wenn er kommt, aus Wut, dass niemand da ist.«

»Du bist wirklich eine seltene Flasche, Stössl«, griff sich Biedermann an den Kopf.

Mittlerweile hatten alle um Stössl herum Platz genommen. Korber überlegte kurz, dann ergriff er das Wort: »Egal, was wir jetzt von Fritz erfahren, Tatsache bleibt, dass Walters nicht zur Probe erschienen ist. Das muss uns zu denken geben. Worin liegt der Grund seiner Abwesenheit? Hat etwa einer von euch …?«

»… es ihm gesagt? Ausgeschlossen«, protestierte Elfriede Bachmann. »Wir wissen ja nicht einmal, wie wir ihn erreichen können.«

In der Zwischenzeit hatte sich Leopold angepirscht, um nach Bestellungen Ausschau zu halten. Er beschloss, die Debatte noch ein wenig anzuheizen. »Entschuldigen Sie, Herr Glomser, hat Herr Walters Sie heute noch erreicht?«, erkundigte er sich scheinheilig.

»Herr Walters? Mich?« Glomser sah drein, als verstünde er überhaupt nichts.

»Ja! Er war ganz zeitig in der Früh hier und hat nach Ihnen gefragt. Offensichtlich hat er Sie dringend gesucht.«

»Davon weiß ich nichts!«

»Worum es genau ging, hat er nicht gesagt, aber es schien wichtig zu sein«, erläuterte Leopold.

»Ha, jetzt habe ich dich, Freddie«, rief Korber angriffslustig. »Die Sache ist doch offensichtlich. Du hast Walters unsere Aktion gesteckt. Du hast dich mit ihm getroffen und ihm brühwarm alles erzählt. Weißt du eigentlich, dass das so etwas wie Hochverrat ist?«

»Ich habe ihm nichts erzählt, zum Teufel! Ich habe ihn nicht einmal gesehen.« Glomser schien alles immer noch ein Rätsel zu sein.

Leopold brachte zur Abkühlung einige Krügel Bier vorbei. Er sah sich in seiner Meinung bestätigt: Schauspieler waren ein unberechenbares Volk, bei denen ein sogenannter ›Jux‹ offenbar in Streit und Pöbelei endete und man Acht geben musste, dass sie sich nicht in die Haare kriegten. Er beschloss deshalb, besonders aufzupassen und auch ein wenig zuzuhören.

»Überleg doch einmal logisch«, forderte Korber in der Zwischenzeit Glomser auf. »Woher sollte Walters etwas gewusst haben, wenn nicht von dir? Du bist außerdem der Einzige, der seine Adresse und Telefonnummer hat.«

»Weder habe ich ihn angerufen, noch er mich«, stellte Glomser dezidiert fest. »Walters telefoniert nicht gerne, er möchte immer alles persönlich von Angesicht zu Angesicht besprechen.«

»Dann habt ihr euch eben irgendwo getroffen.«

»Aber nein! Vielleicht wollte mir Walters etwas mitteilen, aber es ist nicht dazu gekommen. Ich verbitte mir solche Anschuldigungen! Wahrscheinlich ist es um etwas Harmloses gegangen, etwa um unseren Termin im Kostümhaus. Schließlich bin ich Regieassistent.«

»Unter Umständen wollte er den ›Fall Haslinger‹ mit dir besprechen«, mutmaßte Ilona Patzak.

»Oder es gab etwas, weswegen er nicht zur Probe kommen konnte, das er aber nur dir sagen wollte«, überlegte Sven Biedermann.

»Die Botschaft hör ich wohl, allein, mir fehlt der Glaube«, sinnierte Stössl.

»Ich trinke nie Bier«, verkündete Simone Bachmann feierlich und tat sich an der Schaumkrone ihres Glases gütlich. »Außer, wenn ich vorher Wein getrunken habe.«

»Stell dich nicht so an, Simone«, mahnte ihre Schwester Elfriede. »Wir haben ein ernsthaftes Problem!«

»Ruf Walters doch einmal an, und frag ihn, was er von dir wollte«, ließ Korber nicht locker.

»Ich habe dir schon gesagt, er hat das nicht gerne«, wand sich Glomser.

Aber nun forderten auch die anderen Mitglieder der Gruppe, dass er Walters sofort kontaktieren solle. Nur widerwillig nahm Glomser sein Handy heraus und klickte auf die entsprechende Nummer. Er wartete, aber offenbar hob niemand ab. »Sicher hat er auf lautlos gestellt«, meinte er nur. »Ich kenne das. Er nützt sein Mobiltelefon ganz selten.«

Zunächst gelang es ihm, die Anwesenden damit zufrieden zu stellen. Aber die Spannung war heraußen, der Jux bröckelte auseinander. Korber versuchte weiterhin erfolglos, in entscheidenden Kontakt zu Simone Bachmann zu kommen, die bereits hinlänglich beschwipst und nur mehr zu eingeschränkter Konversation fähig war. Anette Riedl hatte sich still und heimlich einen Campari Soda bestellt, worauf sie sich von Pribil ein »Das schickt sich nicht« einhandelte, jenen Satz, den sie als Marie im Stück ständig strapazieren musste. Sven Biedermann zog es Richtung Sonja Friedl, doch setzte sich ihm Elfriede Bachmann in den Weg und verwickelte ihn in ein Gespräch. Ilona Patzak saß irgendwo am Rand und hatte den Anschluss verloren. Und Toni Haslinger war anscheinend gar nicht mehr da.

Leopold reichte es. Der letzte Akt gestaltete sich derart zäh, dass er der Darbietung mit einem lauten »Sperrstunde« ein Ende setzte. Das Abkassieren würde ohnedies wieder reichlich Komplikationen mit sich bringen, und die Aussicht auf Trinkgeld stand nicht gerade rosig.

»Um Gottes willen«, erinnerte sich Ilona Patzak und wandte sich an Korber. »Wir wollten doch mit Walters sprechen, damit er den Toni wieder nimmt.«

»Ja, das wollten wir«, fiel es auch Korber wieder ein. »Aber weil er nicht da war, hatten wir nie die Gelegenheit dazu, selbst wenn wir bei der Probe erschienen wären.«

»Und was sagen wir dem Direktor? Ich glaube, die Sache ist ihm sehr ernst.«

Korber überlegte. Mit einem Mal sah er wieder eine Chance, herauszubekommen, was Walters veranlasst hatte, der Probe fernzubleiben. Sein zielsicherer Blick traf noch einmal Glomser. »Auch wenn Walters am Telefon nicht antwortet, so weißt du doch, wo er wohnt, Freddie. Ich glaube, du hast sogar einmal gesagt, es ist nicht weit weg. Also wirst du Ilona und mich jetzt schleunigst dorthin bringen. Du hast gehört, dass Direktor Marksteiner, unser aller Brötchengeber, ganz dringend durch mich mit ihm verhandeln will.«

»Um diese Uhrzeit? Unmöglich«, wehrte Glomser ab.

»Bitte behaupte nicht, dass Walters schon schläft. Wenn er außer Haus ist, haben wir Pech gehabt. Aber die Sache ist in jedem Fall einen Versuch wert. Und ich wäre auch bereit, deinen kleinen Vertrauensbruch nicht weiter zu hinterfragen.«

»Hat das nicht bis Montag Zeit?«

»Nein, wir dürfen die Sache nicht so lange anstehen lassen. Außerdem ist es besser, wenn Marksteiner von dem ganzen Jux nichts erfährt. Und schließlich wollen wir Toni helfen. Also los!«

»Na, ich bin gespannt, ob das gut geht«, gab Glomser achselzuckend nach. Leopold nahm ihm und den beiden Lehrern noch schnell ihr Geld ab, ehe sie zur Türe hinausmarschierten. Er konnte nicht verhehlen, dass auch er sehr gespannt war, ob die Sache gut gehen würde.

*

»Im zweiten Stock brennt noch Licht.« Glomser deutete nach oben. »Soweit ich mich erinnere, sind das die Fenster von Walters. Wir scheinen Glück zu haben.«

»Na also«, seufzte Korber erleichtert. »Und merk dir: Jetzt steht *er* unter Zugzwang. *Er* muss *uns* erklären, warum er nicht bei der Probe erschienen ist. Du hast ihm wirklich nichts verraten?«

»Nein, wo denkst du hin? Ich weiß nicht, was ihr alle habt. Ich bin schon ganz neugierig, was er von mir wollte.«

Glomser läutete an der Gegensprechanlage. Er hörte etwas Unverständliches und nuschelte etwas ebenso Unverständliches hinein. Jedenfalls wurde die Tür geöffnet. Schweren Schrittes gingen alle drei in den zweiten Stock hinauf.

Oben am Treppenabsatz erwartete sie schon ein Herr im Schlafrock: ein großer, graumelierter Mann mit Vollbart. Glomser und Korber sahen einander irritiert an. Ilona Patzak trat mutig einen Schritt nach vorn und sagte entschlossen: »Ist Herr Walters da? Wir möchten gerne zu ihm.«

»*Was* möchten Sie?«, fragte der Mann. Seine Stimme klang gereizt und ungeduldig.

»Mit Herrn Walters sprechen«, wiederholte Ilona Patzak eine Nuance lauter.

»Wecken Sie nicht gleich das ganze Haus auf«, herrschte der Mann sie an, dass sie gleich wieder zwei Schritte zurück machte. »Wissen Sie nicht, wie spät es ist? Sie wollen zu einem ... Herrn Walters?«

»Ja! Er wohnt nämlich hier«, erklärte Korber möglichst zurückhaltend.

»Ausgeschlossen, denn *ich* wohne hier«, entgegnete der Mann mit derart erhobener Stimme, dass es jetzt wirklich so manchen aus dem Bett werfen musste. »Ich, Felix Berndorfer! Steht auf dem Türschild, steht unten, steht überall. Und wo Berndorfer draufsteht, ist auch Berndorfer drin, verstanden? Einen Herrn Walters kenne ich nicht!«

»Entschuldigung«, piepste Ilona Patzak.

»Nichts da – Entschuldigung«, fauchte Berndorfer. »Sie verschwinden jetzt alle miteinander auf der Stelle, sonst hole ich die Polizei wegen nächtlicher Ruhestörung. Ich halte nämlich nichts davon, wenn sich drei Betrunkene um diese Zeit einen Jux machen.«

*

Anette Riedl atmete die Nachtluft tief ein. So ruhig sie auch dagesessen war, sie hatte den Abend genossen: zuerst die lustige Stimmung beim Heurigen, dann die Aufregung und die Diskussionen im Kaffeehaus. Das alles war so spannend gewesen wie die Schauspielerei. Und sie mochte das Theaterspielen und ihre Schauspielerkollegen. Selbst die Lehrer ihrer Schule verhielten sich hier lockerer als sonst. Es war schön, dass sich alle für Toni Haslinger einsetzten, der zwar ein eigentümlicher Bursche war, aber einfach dazugehörte. Nur die Bachmann-Schwestern mochte sie nicht. Die wussten immer alles besser.

Sie überquerte den Franz Jonas-Platz mit flottem Schritt und marschierte an der Autobushaltestelle vorbei. Sie beschloss, auf die Busfahrt zu verzichten und zu Fuß nach Hause zu gehen. Es war doch eine gewisse Menge an Alkohol zusammengekommen, an die ihr junger Körper nicht gewöhnt war. So konnte eine Viertelstunde Bewegung nicht schaden. Außerdem wollte sie noch ein bisschen ihren Gedanken nachhängen. Gewisse Dinge gingen ihr nicht aus dem Kopf, so sehr sie es sich auch wünschte.

Ihre Eltern hatten finanzielle Sorgen. Ihr Vater war zurzeit arbeitslos, und der Verdienst ihrer Mutter als Teilzeitsekretärin war nicht gerade umwerfend. Zum Leben reichte es, aber es musste auch ein Kredit zurückgezahlt werden, der seinerzeit für den Ausbau des Gartenhauses aufgenommen worden war. Die Beschäftigungslosigkeit drückte zusätzlich auf das Gemüt des Vaters. Er wich den Menschen und sämtlichen Aktivitäten aus, musizierte nur mehr selten in einer Band mit seinen Ex-Kollegen. Anette war mehr davon betroffen, als ihr lieb war: Sie erlebte den ständigen Streit ihrer Eltern hautnah mit. Sie musste sich mit weniger Taschengeld bescheiden als ihre Mitschüler. Sie konnte an ihrer Garderobe kaum Veränderungen vornehmen.

Sie fühlte sich in einer beschissenen Lage und gab ihrem Vater die Schuld daran. Und irgendwann fragte sie sich, ob es überhaupt ihr leiblicher Vater war. Einmal, während einer heftigen Diskussion ihrer Eltern, vermeinte sie, ihre Mutter sagen gehört zu haben: »Das ist *meine* Tochter!« Seither bildete sich in ihr diese fixe Idee. Sie sprach aber nicht mit ihrer Mutter darüber. Sie tröstete sich nur damit, dass der Verursacher allen Unglücks womöglich gar nichts mit ihr zu tun hatte.

Anette Riedl grübelte gedankenverloren vor sich hin. Dann waren sie plötzlich wieder da: die Schritte.

Irgendwann in letzter Zeit hatte es angefangen und wiederholte sich in unregelmäßigen Abständen. Es beschlich sie das Gefühl, dass jemand hinter ihr herging, sich näherte und dann wieder zurückfallen ließ. Anfangs hatte sie es nicht gewagt, sich umzudrehen. Als sie es später doch einmal tat, bemerkte sie nichts Unauffälliges. Wer immer ihr nachgegangen war, schien sich in Luft aufgelöst zu haben.

Heute hatte sie sich beschwingt genug gefühlt, auch nach 23 Uhr noch den kleinen Spaziergang durch die Jedleseer Straße nach Hause zu machen. Sie war ja kein ängstlicher Mensch. Doch unversehens hörte sie es auf der vermeintlich leeren Straße wieder hinter sich: trapp, trapp, trapp …

Sie befand sich jetzt unweit des Einganges zum Aupark. Die Schritte wurden schneller. Sie drehte den Kopf leicht nach links, um aus dem Augenwinkel heraus etwas erspähen zu können. Da war tatsächlich jemand, der sich ihr näherte.

Sie blieb stehen. Augenblicklich war es still. Als sie sich ganz umwandte, glaubte sie zunächst, es sei niemand da. Hatte sich dieser Jemand wieder in Luft aufgelöst? Hatten ihre Sinne ihr einen Streich gespielt? Nein, die Gestalt stand nun beim Park und beobachtete sie, sie konnte es deutlich erkennen.

Einen Augenblick lang traute sich Anette nicht weiter. Dann schrie sie laut auf und lief, bis sie keuchend vor ihrer Haustüre ankam.

Die ganze Nacht lang machte sie kein Auge zu.

6

»Etwas Verzweiflung, a bissel Jammer, a wenig Wahnsinn – und zum Schluss – mein Gott, sterben müssen wir ja alle – der Tod!« (Nestroy: Der gemütliche Teufel)

Leopold stierte mit traurigem Blick von der Theke durchs samstagmittägliche Kaffeehaus. »Was ist denn heute los mit dir?«, wollte Thomas Korber wissen. »Was soll diese weinerliche Grimasse? So kenne ich dich gar nicht.«

»Ich schau mir nur noch alles so an, wie es war, bevor es weg ist«, antwortete Leopold mit tonloser Stimme.

»Du meinst, wegen dem Umbau?« Korber konnte sich ein Schmunzeln nicht verkneifen. »Das hat doch noch ein wenig Zeit. Da passiert erst im August etwas, wenn ich dir richtig zugehört habe.«

»Das ist schon schlimm genug. Aber du kennst meine Chefin ja. Wer sagt, dass sie so lange warten möchte? Wer weiß, welche Gedanken ihr bereits im Kopf herumschwirren? Ich würde mich nicht wundern, wenn ich am Montag hereinkäme und mich gar nicht mehr auskennen würde«, jammerte Leopold.

»Na, ich würde mir wegen der Sache nicht jetzt schon graue Haare wachsen lassen«, sah Korber die Sache gelassen.

»Jedenfalls trau ich der Sache nicht«, meinte Leopold. »Jede Minute kann die Katastrophe hereinbrechen, wo die Chefin doch grad so aktiv ist.«

»Radioaktiv? Hat da einer der Herren radioaktiv gesagt?« Herr Otto lehnte vor seinem Weinglas und schien schon ziemlich einen in der Birne zu haben. »Nein, die Radioaktivität wird nicht zur Auslöschung unseres Planeten führen. Die Menschen werden sich an sie gewöhnen, und der eine oder andere Reaktorunfall wird höchstens dazu beitragen. In zwei, drei Generationen wird sich unser Erbgut an sie angepasst haben. Es wird wie bei den Krankheitserregern sein, die mittlerweile in friedlicher Koexistenz mit den gegen sie eingesetzten Antibiotika leben. Die Strahlung, mit der wir übrigens schon immer auskommen mussten, wird überschätzt. Die Gefahr für unsere Erde kommt aus dem Weltall.« Er leerte sein Glas, ohne abzusetzen.

»Heute sind Sie aber äußerst flott unterwegs«, bemerkte Leopold, der solcherart aus seinen trüben Gedanken gerissen wurde. »So, als ob Sie dadurch entscheidend zur Rettung unseres Planeten beitragen könnten.«

»Red nicht, Leopold, sondern schenk mir noch ein Vierterl ein«, forderte Herr Otto ihn auf. »Rettung gibt es keine, merk dir das. Wir sollten vielmehr unsere Tätigkeiten schon langsam auf Grundbedürfnisse wie Essen und Trinken reduzieren. Alles andere macht dank unserer trostlosen Aussichten keinen Sinn mehr. Außer einer Sache vielleicht: den inneren Frieden zu finden.«

»Da könnte ich ja gleich nach Hause gehen und bräuchte nichts mehr zu arbeiten«, überlegte Leopold. »In diesem Fall wären Sie mit Ihren Grundbedürfnissen ziemlich aufgeschmissen.«

»Die Versorgung wird bis zum Schluss einigermaßen funktionieren, glaube ich. Die meisten Menschen behalten ihr Ordnungsdenken Gott sei Dank bis zur letzten Minute bei. Ich muss es wissen, ich war ja jahrelang Beamter im Wiener Rathaus.« Herr Otto vertiefte sich in sein wieder vollgeschenktes Weinglas. »Am besten, man findet sich einfach mit allem ab«, fuhr er fort. »Man kann sowieso nichts ändern, es ist alles vorherbestimmt. Wenn es soweit ist, suche ich mir einen ruhigen, dunklen Raum, in dem ich dem Ende entgegensehe. So habe ich das bei der letzten großen Sonnenfinsternis auch gemacht. Ich bin einfach im Rathaus nach unten in den Keller geflüchtet. Ich mochte die Sonnenfinsternis nicht, ich hatte Angst davor.«

»Na, dann suchen Sie sich doch einen Keller und sperren Sie sich dort ein. Ein bisschen Zeit haben Sie ja noch«, warf Korber ungeduldig ein. Er machte kein Hehl daraus, dass er Herrn Otto und sein Weltuntergangsthema nicht leiden konnte.

»In der Tat«, nickte Herr Otto. »Ein bisschen Zeit haben wir alle noch.« Er blickte auf seine Uhr, legte ein paar Münzen auf die Theke und trank aus. Es war Zeit, zum nächsten Lokal weiterzugehen.

»Was bist du ihn denn so angefahren?«, wollte Leopold von Korber wissen.

»Er geht mir zeitweise gewaltig auf den Nerv. Außerdem hat er gerade zu quatschen begonnen, als ich mit dir über mein merkwürdiges Erlebnis gestern Abend reden wollte.«

»Über deinen nächtlichen Ausflug? Was war denn?«, erkundigte sich Leopold so beiläufig wie möglich.

Korber schilderte in kurzen Worten, was vorgefallen war. »Wenn du mich fragst, war alles abgekartete Sache«, behauptete er schließlich. »Glomser hat mich absichtlich zu einem falschen Haus geführt.«

»Aha!« Leopold wirkte nicht sehr überzeugt.

»Er hat einfach geschaut, wo noch Licht brennt, und angeläutet. Natürlich hat dort jemand komplett anderer gewohnt. Von Walters keine Spur.«

»Und warum hätte er das tun sollen?«

»Ganz einfach: Er hat mit Walters gemeinsame Sache

gemacht. Er hat ihm unseren Jux verraten. Natürlich wollte er dann auf keinen Fall, dass jemand an diesem Abend noch mit Walters zusammentrifft. Deshalb musste er sich etwas einfallen lassen, als wir lästig geworden sind. Das ist eben dabei herausgekommen.«

»Komische Theorie«, meinte Leopold. »Warum sollte er euch aufs Geratewohl irgendwohin führen? Wenn, dann war die Sache ausgemacht. Aber auch das wäre seltsam.«

»Wieso? Glomser und Walters stecken unter einer Decke, das ist doch offensichtlich. Du hast selbst behauptet, dass Walters gestern früh etwas von Glomser wollte. Vielleicht kennen sich die beiden doch besser, als sie zugeben. Ich würde nur zu gerne wissen, was da abläuft und warum.«

Die Zeiger der in Würde gealterten Kaffeehausuhr gingen ein wenig hintennach, dennoch kündigten sie an, dass die im Sommer vorverlegte samstägliche Sperrstunde nahte. Dann blieb das Café Heller bis zum Montag sich selbst überlassen. Würde es beim Aufsperren noch genauso aussehen wie jetzt? Leopold wollte sich nicht mit diesem Thema befassen. Er brauchte Ablenkung. »Wie war doch gleich die Adresse, Thomas?«, fragte er.

*

Leopold hatte Glück. Die Haustüre stand offen. Er ging in den zweiten Stock hinauf und läutete an Tür Nummer 9. Diesmal öffnete Felix Berndorfer in einem weißen T-Shirt, einer kurzen Hose und schwarzen Hausschuhen. »Bitte?«, knurrte er misstrauisch.

Leopold hielt ihm für Sekundenbruchteile etwas unter die Nase, was man bei oberflächlicher Betrachtung durchaus für einen gültigen Ausweis halten konnte. »Hofer mein Name,

Hausverwaltung«, stellte er sich vor, und es klang sehr offiziell. »Darf ich einen Augenblick hereinkommen?«

»Worum geht es denn?«

»Ich möchte nur überprüfen, ob Sie hier auch tatsächlich alleine leben, wie Sie angegeben haben.«

»Und deswegen kommen Sie an einem Samstagnachmittag zu mir? Können Sie so etwas nicht unter der Woche erledigen und sich vielleicht vorher anmelden?«, reagierte Berndorfer schroff.

»Leider nicht«, gab Leopold Auskunft. »Verdunkelungsgefahr. Also: Haben Sie derzeit einen nicht gemeldeten Mitbewohner?«

»Nein! Sie können sich gerne davon überzeugen.«

Berndorfer machte eine nicht gerade einladende, aber doch den Zutritt gewährende Handbewegung. Leopold machte ein paar Schritte in den kleinen Vorraum der Junggesellenwohnung. Nichts deutete darauf hin, dass Berndorfer einen Gast hatte. »Es sieht so aus, als ob Sie alleine hier leben«, gab er zu. »Aber das war in letzter Zeit nicht immer so, habe ich recht?«

»Woher wollen Sie das wissen?«

»Es hat Beschwerden gegeben!«

»Beschwerden?« Berndorfer horchte auf. »Davon hat er mir nichts gesagt. Weshalb …«

»Davon hat Ihnen *wer* nichts gesagt?«, bohrte Leopold. Die Leute machten immer Fehler, man musste nur hartnäckig sein.

Berndorfer spürte leise Wut in sich aufsteigen. Warum nur hatte er seine kühle Wohnung der Hitze draußen vorgezogen? Warum lag er nicht schon längst irgendwo am Wasser und ließ seine Seele baumeln? Das hatte er nun davon. »Na gut, es ist was dran an der Geschichte«, gab er zu. »Aber die

Sache war völlig harmlos, ich schwöre es Ihnen. Ich habe vor einiger Zeit einen Mann kennengelernt – zufällig, beim Wein. Er hat für ein paar Wochen eine Bleibe gesucht, und zufälligerweise hatte ich zur selben Zeit im Ausland zu tun. Ich bin nämlich dienstlich immer wieder länger weg, müssen Sie wissen. Also habe ich ihm angeboten, meine Wohnung zu benutzen. Er hat mir die Miete im Voraus bezahlt, bar auf die Hand, und sogar eine Kaution hinterlegt. Sechs Wochen war er hier herinnen, hat alles tadellos hinterlassen, sich noch einmal recht schön bedankt – es hat alles gepasst. Hätte ich gleich von Pontius zu Pilatus laufen sollen? Wie viele Menschen quartieren ihre Eltern oder Kinder bei sich ein, wenn sie auf Urlaub fahren, damit die nach dem Rechten sehen. Und wer meldet so etwas schon an? Welche Beschwerden hat es denn gegeben?«

»Das Übliche«, gab Leopold möglichst gelangweilt Auskunft. »Man hat den Herrn öfter mit einem eigenen Schlüssel ein- und ausgehen gesehen, das ist aufgefallen. Zu den Mietern war er unhöflich und grantig. In der Nacht hatte er den Fernsehapparat immer sehr laut aufgedreht. Das reicht schon, damit es böses Blut gibt.«

»Mir gegenüber war er immer seriös und zuvorkommend«, beteuerte Berndorfer.

»Wir wollen kein großes Aufsehen machen«, schlug Leopold vor. »Ich bin bereit, die Sache zu vergessen, wenn Sie mir Namen und Adresse des Betreffenden nennen.«

»Die derzeitige Adresse weiß ich leider nicht, nur den Namen.«

»Und der wäre?«

»Meyer. Johann Meyer. Mit ›ey‹ glaube ich.«

Leopold stutzte. Natürlich hatte er mit einer solchen Antwort rechnen müssen, aber sie überraschte ihn trotzdem.

»Also Meyer Johann«, wiederholte er und kritzelte etwas in ein Notizbuch. »Wie hat er denn ausgesehen?«

»Ist das wichtig? Na schön. Mitte bis Ende 50, untersetzt, Glatze, ansonsten stinknormal.«

»Keine auffällige Kleidung?«

»Was man halt so trägt, Hemd, Hose, Jackett und so weiter. War's das jetzt?«

Leopold klappte das Notizbuch zu und steckte es ein. »Gewissermaßen ja«, antwortete er. »Ich hoffe, dass die Sache damit erledigt ist. Sie dürfen so etwas halt nicht wieder machen. Und falls Sie den Herren noch einmal sehen sollten …« Er überreichte Berndorfer einen Zettel mit seiner Telefonnummer.

»Hat er vielleicht etwas ausgefressen? Mit derartigen Dingen möchte ich nichts zu tun haben. Ich habe mir nichts dabei gedacht«, versicherte Berndorfer noch einmal.

»Wie gesagt, machen wir kein großes Aufsehen drum«, sagte Leopold. »Erzählen Sie nichts weiter, dann wird die Sache auch keine Folgen haben. Auf Wiedersehen und guten Tag.«

Er ging die Stiegen einigermaßen flott hinunter. Man konnte nie wissen, ob Berndorfer nicht doch noch Verdacht schöpfen würde. Immerhin war Leopold zu einigen Informationen gekommen, wenngleich sie ihn ein wenig verwirrten. Wer war dieser Johann Meyer? Hatte er etwas mit Walters zu tun? Welche Rolle spielte Glomser bei der ganzen Geschichte? Und hatte Berndorfer alles gesagt, was er wusste?

Er musste zugeben, dass er sich kein genaues Bild von der Situation machen konnte. Andererseits: Was ging ihn die Geschichte eigentlich an? Er war wieder einmal neugierig gewesen, hatte gehofft, einige Indizien für Thomas Korber zusammentragen zu können, die dessen Verdacht Glomser und Walters gegenüber verhärten oder unbegründet erscheinen lassen würden. Im Grunde war es aber nicht gut, wenn er sich allzu sehr in die Angelegenheit einmischte. Das waren Schauspieler, denen man allesamt nicht über den Weg trauen konnte. Wie sie sich gegenseitig austricksten, und wer von ihnen schließlich die Oberhand behalten würde, konnte Leopold egal sein.

7

»Er liegt von höh'rer Macht gefesselt, und doch ist er frei und unabhängig, denn er ist Verweser seiner selbst – er ist tot.« (Nestroy: Der Talisman)

Herwig Walters erschien auch nicht zur Probe am kommenden Montag. Er reagierte auf keinerlei Telefonanrufe, SMS oder auf seine Box gesprochene Nachrichten. Die allgemeine Meinung ging dahin, dass ihn die Arbeit mit Amateuren überfordert habe, ohne dass er es zugeben wolle. Angesichts der für ihn unvorstellbaren disziplinären Schwierigkeiten habe er sich an einen Ort zurückgezogen, wo er für einige Zeit unauffindbar bleiben wolle. Natürlich werde er wieder aus dieser Versenkung auftauchen, aber wie und wann sei nicht vorherzusehen. Als Künstler liebe er eben das Theatralische. Sei es nicht damals in den 80er Jahren dasselbe gewesen? Man müsse nur einmal den Wondratschek fragen, meinte Glomser, der könne darüber allerlei Geschichten erzählen.

Und was sollte mit der Theatertruppe und der Aufführung vom ›Jux‹ geschehen? Spielen musste man wohl, denn eine Absage kostete Geld und Renommee. Nach kurzem Überlegen einigte man sich, Glomser mit der Spielleitung zu betrauen. Er hatte den Job in den letzten Jahren schließlich auch gemacht und kannte als Regieassistent schon die wesentlichen Teile der Inszenierung. Außerdem durfte man nicht mehr unnötig Zeit verlieren, der Tag der Premiere rückte näher und näher. Also hieß es, frisch ans Werk, selbstverständlich mit Toni Haslinger, der noch verständigt werden musste, dass er ab sofort wieder mitspielte.

Marksteiner zeigte sich über die Ereignisse verwundert,

gab aber, der Not gehorchend, zu allem seine Zustimmung. Toni Haslinger bockte zuerst ein bisschen – er ließ sich, mit einem Wort, bitten – war dann jedoch sofort mit Begeisterung dabei. Schon bald kam neuer Schwung in die Sache, und man konnte nicht leugnen, dass alle mehr Spaß bei den Proben hatten als unter Walters. Glomser bewies zudem ein ›Handerl‹, nämlich die Gabe, aus jedem seiner Persönlichkeit und seinem Talent entsprechend mehr herauszuholen, als man zu hoffen gewagt hatte. Noch nie etwa hatte Ilona Patzak die Sentimentalität des Fräulein Blumenblatt mit einer derartigen Souveränität gemeistert, noch nie war die exakte Abfolge der turbulenten Gasthausszene so gut gelungen wie jetzt. Man durfte zurecht auf eine gelungene Aufführung hoffen. Die gedämpfte Stimmung unter dem launenhaften und herrschsüchtigen Walters war bald vergessen. Ja, der ganze Herr Walters war nach kurzer Zeit vergessen.

Niemand fragte sich mehr, wo er tatsächlich abgeblieben war.

*

Die Woche blieb heiß. Von der möglichen Gewitterzone, die im Wetterbericht zaghaft angedeutet wurde, war einstweilen nichts zu merken. Wer nicht zu arbeiten hatte, legte sich untertags ans Wasser. Die Bäder und Strände an der Alten Donau waren überfüllt. In den Zeitungen stand wieder viel über den Klimawandel zu lesen.

Nach Sonnenuntergang wurden die Temperaturen erträglicher, und das Leben verlagerte sich überallhin, wo man noch ein gutes Glas im Freien genießen konnte. Thomas Korber saß mit Simone Biedermann im idyllischen Garten des Strandgasthauses Birner. Es war Donnerstagabend, genau eine Woche, nachdem er sich von ihr die 50 Euro ausgeborgt hatte, und er hatte sie, wie versprochen, zum Abendessen eingeladen. Leopolds Kommentar dazu war äußerst knapp ausgefallen. »Eigentlich ist es egal, ob es heiß oder kalt ist, du machst immer und überall denselben Blödsinn«, hatte er seinem Freund mitgeteilt.

»Erstens darf ich auch mit anderen Frauen außer Geli fortgehen, vor allem, wenn Geli in Salzburg ist, und zweitens bin ich Simone dieses Essen schuldig. Es handelt sich um eine reine Gefälligkeit«, hatte Korber ebenso knapp geantwortet. Nein, er hatte absolut keine Schuldgefühle, im Gegenteil. Er hatte gut gespeist und genoss jetzt seinen weißen Spritzer und Simones Gegenwart.

»Schön ist es hier«, schwärmte Simone. »Ich bin mit meiner Schwester ja im vierten Bezirk, mitten unter Häusern, groß geworden. Der Park vom Belvedere war so ziemlich meine einzige Begegnung mit der Natur. Ich habe nie das Gefühl gekannt, irgendwo ›draußen‹ zu sein, wenn du verstehst, was ich meine. Ich war eben ein richtiges Stadtkind.«

»Wärst du in deiner Kindheit lieber hier an der Peripherie gewesen?«, fragte Korber und nippte an seinem Glas. Nur nicht betrunken werden, dachte er.

»Eigentlich schon«, meinte Simone nachdenklich. »Ich wäre mir wahrscheinlich viel freier vorgekommen. Bist du hier in Floridsdorf aufgewachsen?«

»Ich lebe in Floridsdorf, seit ich denken kann«, erzählte Korber. »Meine Mutter lebt heute zwar in Niederösterreich, aber als Kind bin ich im Sommer immer mit ihr hier am Ufer gelegen. Oft hat sie mich von der Schule abgeholt, und dann habe ich ihre guten Marillenknödel zu essen bekommen. Ich habe so viele in mich hineingemampft, dass sie mich über eine Stunde lang nicht ins Wasser gelassen hat, aus Angst, ich könnte ertrinken.«

»Schaut nicht so aus, als ob du ertrunken wärst«, lachte Simone.

»Ich habe früh schwimmen gelernt, wie viele der Kinder hier. Früher einmal war ich eine richtige Wasserratte, die gar nicht aus dem kühlen Nass herauswollte. Heute bin ich faul geworden und liege, wenn es heiß ist, lieber irgendwo im Schatten.«

Es war mittlerweile dunkel geworden, und auch die letzten Badegäste und Bootsfahrer hatten den Heimweg angetreten. Simone rauchte genüsslich eine Zigarette. »Das Wasser liegt so ruhig und romantisch da. Direkt einladend«, überlegte sie. »Was hältst du davon, wenn wir hineinhüpfen und ein wenig hinausschwimmen?«

»Ich weiß nicht …«, zögerte Korber.

»Jetzt zier dich nicht so! Ihr seid als Kinder sicher auch einmal nackt geschwommen, wenn ihr grade keine Badesachen dabeihattet.«

Natürlich hatte Korber das, und es war immer ein Riesenspaß gewesen. Wenn sie in einer lauen Nacht von irgendwo dahergekommen waren, von ihren ersten Partys oder vom Lernen, und sie hatten sich klebrig und verschwitzt gefühlt, waren sie rasch aus ihren paar Kleidungsstücken geschlüpft und ins Wasser gesprungen. Alles war ganz unbeschwert vor sich gegangen.

Diese Unbeschwertheit fehlte Korber jetzt. Damals waren keine Mädchen dabei gewesen, schon gar keine Simone Bachmann, in die er gerade im Begriff war, sich zu verlieben. Schon viel zu oft hatte er sich ihren nackten Körper in Gedanken ausgemalt, als dass es ihm leicht fallen würde, sich mit ihr gemeinsam zu entkleiden. »Du brauchst keine Angst zu haben, ich bin nicht prüde«, hörte er Simone sagen. »Du kannst herschauen oder weggucken, das ist mir ganz egal.

Und sonst sieht um diese Zeit sicher niemand zu. Außerdem bin ich bei so etwas immer recht schnell. Im Auto habe ich eine alte Decke, mit der können wir uns nachher abtrocknen. Na, was meinst du? Das wäre doch ein toller Abschluss des heutigen Abends.«

»Klingt verlockend«, gab Korber zu. »Aber ob ich das in meinem Alter noch einmal probieren soll?«

»Komm schon, alter Mann«, munterte sie ihn auf und nahm ihn dabei kurz bei der Hand. »Da ist doch nichts dabei. Oder genierst *du* dich etwa?«

»Nein, nein«, versicherte Korber eilig. Eigentlich war ihm die ganze Sache jedoch äußerst unangenehm. So wenig er in jeder anderen Situation gegen ein gemeinsames Ausziehen gehabt hätte, so sehr störte ihn im konkreten Fall die Aussicht auf kameradschaftliche Nacktheit.

Trotzdem stand er, nachdem er gezahlt hatte, auf und folgte Simone, die vorausging, zum nahen Ufer.

*

Wie ausgestorben, dachte Leopold. Wiederum war das Café Heller knapp nach Sonnenuntergang beinahe leer. Ein einsamer Mann stand am ersten Billardtisch und übte sich im Stellungsspiel, zwei junge Mädchen plauderten etwas gelangweilt und rauchten Unmengen an Zigaretten, ein schwarzhaariger Mittvierziger schlürfte seinen Kaffee an der Theke, das war's.

Es gab nicht viel zu tun und wenig Trinkgeld. Unerfreulich, aber eben der Jahreszeit entsprechend. Immerhin hatte Leopold seine gewohnte Beschäftigung. Aber was würde er tun, wenn das Kaffeehaus wirklich für einen Monat seine Pforten schloss? Daran wollte er gar nicht denken. Es war eine Situation, die in seinem langen Leben als Oberkellner praktisch noch nie vorgekommen war, eine Situation, die in ihm die schlimmsten Vorahnungen aufsteigen ließ. Gründlich ausrasten sollte er sich, hatte Frau Heller gesagt, und es sich so richtig gut gehen lassen. Sie hatte offenbar keine Ahnung, wie schwierig das war.

Der Herr an der Theke bestellte noch einen großen Braunen. Während er an der Kaffeemaschine herumhantierte, überlegte Leopold, ob es nicht tatsächlich das Beste sein würde, irgendwohin auf Urlaub zu fahren. Das hatte er schon so lange nicht getan, dass er das Gefühl gar nicht mehr kannte. Aber wohin sollte er? Und vor allem mit wem? Mit Thomas Korber? Unmöglich! Das würde nur seine Nerven auf das Äußerste strapazieren. Und alleine? Nein, das war viel zu kompliziert und zahlte sich ja doch nicht aus.

»Nun, Leopold?«, riss ihn da Frau Hellers Stimme aus seinen Gedanken. »Wie schaut es aus? Sommerlich lau, wie es scheint. Ich denke, wir machen Sperrstunde. Dann haben Sie auch noch etwas von dem schönen Abend.«

»Bitte sehr, wenn Sie es wünschen, gnä Frau«, nahm Leopold diese Entscheidung mit einer leichten Verbeugung zur Kenntnis.

»Ich werde mich noch ein wenig inspirieren lassen«, verkündete Frau Heller. »Schön langsam müssen meine Pläne das Lokal betreffend konkreter werden. Aber ich denke, die Linie ist vorgegeben. Nach meiner Begegnung mit Herrn Walters habe ich die Gewissheit, dass Kunst und Kultur in unserem Kaffeehaus in Zukunft eine bedeutende Rolle spielen werden. Ich glaube, es ist deshalb am besten, wenn wir im hinteren Bereich eine kleine Bühne aufbauen.«

»Aber dort hätten doch die Billardtische hinkommen sollen«, warf Leopold ein.

»Dann bleiben sie eben, wo sie sind, und wir machen die Lounge hinten bei der Theaterbühne. Bei Veranstaltungen bauen wir kurzfristig um. Man muss flexibel sein, Leopold, und sich dann für die vernünftigste Lösung entscheiden. Meine Tochter Doris wird mir dabei helfen. Sie muss gleich da sein.«

»Ah, das Fräulein Tochter ist in Wien?«, erkundigte sich Leopold. Doris Heller studierte Architektur in Graz. Böse Zungen behaupteten, sie habe den Ortswechsel vorgenommen, um nur ja recht weit weg vom Kaffeehaus zu sein, aber in letzter Zeit kam sie wieder öfter auf Besuch. Immerhin schien es, als würde der Umbau auch sie interessieren.

Da kam das schlanke, große Fräulein auch schon mit wehendem brünettem Haar zur Türe hereingeschossen. »Grüß dich, Mama, Servus, Leopold«, rief sie und küsste Frau Heller flüchtig auf die Wange. Leopold konnte sich nicht helfen, aber er hatte bei ihr immer den Eindruck, als habe sie es besonders eilig. »Grüß Sie, Fräulein Doris. Jetzt fehlt ja nur noch der Herr Papa zur Besichtigung«, sagte er.

»Mein Gatte ist leider ein Mensch wie Sie, Leopold«, seufzte Frau Heller. »Alle Veränderungen sind ihm ein Gräuel. Er wird nicht kommen. Er zieht den Fernsehapparat und die Fernbedienung einer Entscheidung über die zukünftige Entwicklung des Café Heller vor. Es soll mir recht sein. Ich habe die ständigen Debatten mit ihm über die Verschönerung und Erneuerung unseres Lokals ohnedies satt.«

»Dann möchte ich nicht länger stören«, erklärte sich Leopold bereit zum Rückzug. Es war jetzt wirklich notwendig, dass er sich schnell aus dem Staub machte. Mutter und Tochter würden in trauter Zweisamkeit einen Plan nach dem anderen schmieden und wieder verwerfen, ein ›vielleicht‹ hier und ein ›eventuell‹ da anbringen und schließlich alle wichtigen Entscheidungen vertagen. Das war nur Gift für seine Nerven.

Aber womit konnte er sich ablenken? Was würde seine Gedanken vom drohenden Renovierungsszenario ablenken?

Er kassierte ab, dann machte er einen Blick in seine Lade, sein Heiligtum, in dem er alles aufbewahrte, was ihm lieb und wert war. Schon kam ihm die Eingebung, auf die er gewartet hatte. Natürlich! Dass er nicht gleich daran gedacht hatte! Es gab für ihn heute noch durchaus etwas Wichtiges zu erledigen.

Leopold nahm also rasch ein paar Sachen an sich, schlüpfte aus dem Dienstanzug in sein Privatgewand und verließ das Café Heller schließlich durch die kleine Küche und den Hintereingang, um seine Chefin und ihre Tochter Doris nicht mehr zu stören.

*

Die Alte Donau lag ruhig und verlassen da, so als müsse sie nach dem heißen Tag und den zahlreichen Badegästen neue Kräfte sammeln. Simone Bachmann und Thomas Korber machten sich unter einem Weidenstrauch bereit für ihr nächtliches Bad. »Ich kann es kaum mehr erwarten«, freute sich Simone, und während Korber noch umständlich an seiner Hose herumknöpfte, sah er bereits ihren nackten Hintern im Wasser verschwinden. »So komm doch«, rief sie ihm, wild mit den Füßen strampelnd, zu. »Es ist herrlich hier herinnen.«

Korber kämpfte damit, aus seinen Hosenbeinen herauszukommen. Die Situation wurde ihm immer unangenehmer. Vorsichtig sah er sich um, ob auch ja niemand nach ihm spähte.

»Was ist denn? Traust du dich nicht?«, rief Simone ihm zu.

»Ich weiß nicht. Es kommt mir vor, als würde ich beobachtet«, gab Korber verunsichert zurück. Er hatte tatsächlich das bedrückende Gefühl von etwas Fremdem in seiner Nähe, das er aber nicht ausmachen konnte.

Simone Bachmann konnte sich nicht helfen, sie musste lachen: »Du glaubst, ein Voyeur betrachtet heimlich deinen Körper? Zahlt sich das denn überhaupt aus? Lass mal sehen!«

»Bitte, mach keine Scherze!«

»Ich will bloß, dass du endlich ins Wasser kommst. Dann sieht auch niemand was von dir. Weißt du, wie du dich anstellst? Wie ein kleines Kind, das Angst hat, es könnte ihm zu kalt sein und vor lauter Angst versteinert am Ufer stehen bleibt. Dabei ist die Temperatur geradezu traumhaft!«

Wenn es Simone darauf angelegt hatte, ihn zu reizen, so war ihr das gelungen. Korber ließ sich schnell ins Wasser gleiten und schwamm auf sie zu. »Na endlich, du Feigling«, schalt sie ihn. Daraufhin steigerte er seine Bewegungen, um ihr ein wenig Angst zu machen.

»Willst du mich fangen? He, so habe ich das nicht gemeint«, protestierte Simone.

»Wie hast du es denn gemeint? Gleich hab ich dich«, scherzte Korber, schon deutlich besser aufgelegt.

»Nicht! Bitte!« Simone bemühte sich jetzt offenbar um Schadensbegrenzung. Je näher Korber ihr kam, desto hastiger und unbeholfener wurden ihre Schwimmtempi. Bald hatte er sie eingeholt. Ihr ganzes Strampeln nutzte nichts. Er legte eine Hand um ihre Schulter. »Na? Jetzt bin ich bei dir, wie du es wolltest«, verkündete er herausfordernd.

»Lass mich los, sonst gehe ich unter.«

Korber fand Gefallen an ihrer Aufgeschrecktheit. Es erregte ihn, dass sie so zappelte und er dabei Teile ihrer nackten Haut spürte. Gleichzeitig hatte er das Bedürfnis, in die Beschützerrolle zu schlüpfen. »Soweit ich mich erinnern kann, ist da vorne eine seichte Stelle«, sagte er. »Bei der Hitze der letzten Tage ist der Wasserspiegel sicher ein wenig gesunken, sodass wir dort stehen und uns ausrasten können. Komm, schwimm mir nach.«

Es dauerte nicht lange, da hatte Korber tatsächlich festen Boden unter den Füßen. Simone atmete erleichtert auf. Sie war auf den letzten Metern ein wenig kraftlos geworden. »Meine Kondition war auch schon einmal besser«, gab sie zu. Dann sagten beide nichts mehr und lauschten der beinahe vollkommenen Stille, die nur durch von weit her kommende Motorengeräusche gestört wurde. Noch einmal legte Korber seine Hand um sie, nur glitt sie diesmal hinunter Richtung Taille. Nun spürte er auch ihre Hand, die sich streichelnd an seiner Seite auf und ab bewegte. Es war gut, dass die Dunkelheit nicht viel von ihren Gesichtern preisgab, denn das nahm die Angst vor dem ersten, zaghaften Kuss, dem sogleich ein intensiverer folgte.

»Du schmeckst mir«, lächelte Simone. »Ich würde gerne noch mehr von dir kosten.«

Natürlich wollte Korber dasselbe. Er fühlte sich nahe am Ziel seiner Wünsche. Während er noch rätselte, ob sie wohl bei ihm landen würden oder bei ihr, spürte er jedoch eine Wasserbewegung, die nicht von ihnen selber kam. Jetzt sah er auch etwas, das vorher nicht da gewesen war, etwas Dunkles auf dem Wasser, keine zehn Meter von ihnen entfernt. Simone hatte es offenbar ebenfalls bemerkt. »Was ist das?«, fragte sie.

»Ich weiß nicht«, kam Korbers geistreiche Antwort.

»Sieht aus wie jemand, der auf einer Luftmatratze liegt.«

»Da ist aber keine Luftmatratze.«

Simone tat so, als wolle sie näher hin, guckte, hielt aber einen Respektabstand ein. Kurz entschlossen, vielleicht auch aus Frust über das unterbrochene Liebesspiel, gab ihr Korber von hinten einen Stoß. Simone schrie laut auf, weil sie nun mit den Füßen den Boden nicht mehr spürte. Durch ihre unkontrollierten Bewegungen kam sie automatisch fast ganz an das Objekt heran. Dann schrie sie gleich noch einmal, nur diesmal viel länger und lauter. »Das ist ein Mann, und er ist tot«, kreischte sie. »Tot! So hilf mir doch, Thomas!«

»Du musst erst seinen Puls fühlen oder ihm in die Augen schauen«, erklärte ihr Korber, der sich erinnerte, einmal von Leopold unterwiesen worden zu sein, dass ohne genauere Prüfung jede Aussage über den Lebendigkeitszustand eines Menschen äußerst fehleranfällig war.

»Bist du wahnsinnig?«, schrie Simone ihn an. »Nichts wie weg hier. Nackt ist er offensichtlich auch noch.« Sie drehte sich Richtung Ufer und begann, wie wild zu schwimmen.

»Vielleicht wollte er so wie wir ein nächtliches Bad nehmen und ist dabei ertrunken«, überlegte Korber.

»Mir egal. Ich zittere am ganzen Körper. Jeden Augenblick glaube ich, ich drehe durch, und du redest nur dummes Zeug«, ärgerte sich Simone.

Korber ärgerte sich auch. Anstatt sich mit Simone auf angenehme Art und Weise zu vergnügen, würde er sie beruhigen und die Polizei verständigen müssen. Die Lustbarkeiten, die so nahe schienen, waren in weite Ferne gerückt. Vielmehr würde er den unendlichen Fragereien der Beamten ausgesetzt sein und sich vielleicht sogar für sein kleines Abenteuer rechtfertigen müssen. Keine verlockenden Aussichten.

Er hatte Simone eingeholt. Beide waren nicht mehr weit vom Ufer entfernt. Da vermeinte er, in der Nähe ihrer Habseligkeiten eine dunkle Gestalt auszumachen. War sie es gewesen, die ihn schon vorhin irritiert hatte? Vielleicht. Jedenfalls fiel sie diesmal auch Simone auf. »Auch das noch! Da ist wirklich so ein Scherzbold«, schluchzte sie.

»Wir müssen trotzdem aus dem Wasser«, raunte Korber ihr zu. »Aber keine Sorge! Wenn das ein Spechtler ist, bekommt er es mit mir zu tun.«

Vorsichtig stiegen sie ans Ufer. Jetzt schien der Fremde wieder weg zu sein. Aber Korber traute dem Frieden nicht. Während Simone mit der Decke verschwand und sich in sicherer Entfernung anzog, prüfte er den Strauch und seine nähere Umgebung.

»Rühren Sie sich nicht, junger Mann«, hörte er da plötzlich eine männliche Stimme hinter sich. Er dreht sich um und zuckte zusammen. Das musste die unheimliche Gestalt sein, die ihn verfolgte: schwarzes Hemd, schwarze Hose, schwarze, tief ins Gesicht gezogene Stirnkappe.

Als er genauer hinschaute, war er erleichtert: Es war Leopold.

Trotzdem sah man Korber den Schrecken noch an. »Was machst du denn hier? Hast du mir etwa nachspioniert?«, wollte er wissen.

»Man kann dich einfach nicht aus den Augen lassen«, erwiderte Leopold. »Das ist es offenbar, was herauskommt, wenn du aus reiner Gefälligkeit mit einer Dame essen gehst. Nur dass ihr so schnell aus euren Kleidern heraus seid, hätte ich nicht vermutet.«

»Du warst also die ganze Zeit über da. Schämst du dich nicht? Einfach umherzuschleichen wie so ein perverses Ekel. Was soll überhaupt dieser Aufzug?«

»Gefällt er dir? Ich habe eine kleine Anleihe bei euch Schauspielern gemacht. Verkleidung ›Tarnanzug‹ sozusagen. Nicht schlecht, was? Ihr habt zwar einen Verdacht gehabt, aber entdeckt habt ihr mich nicht. Ich habe euch beim Birner herausgehen sehen und war eben neugierig, was man an einem förmlichen Abend so alles treibt.«

»Weißt du, was du bist, Leopold? Du …«

»Psst, nicht so laut. Wir wollen die Dame nicht erschrecken«, säuselte Leopold. »So, und bevor sie zurückkommt, erzählst du mir noch schnell, was draußen los war.«

»Was gibt's da viel zu erzählen? Auf einmal machte es schwupp, und die Leiche ist neben uns aus dem Wasser aufgetaucht.«

»Ja, ja, gerade als ihr es euch so richtig gemütlich machen wolltet. Hast du sie dir angesehen, Thomas?«

»Es ist ein Mann, und er ist nackt. Genügt dir das?«

»Wer es ist, hast du nicht erkannt?«

»Wie denn? Der Leichnam war fünf bis zehn Meter von uns entfernt. Glaubst du, es ist Walters?«

»Möglich«, mutmaßte Leopold. »Aber alleine werden wir das nicht herausfinden. Hinausschwimmen will von uns wohl keiner mehr. Also muss der Tote aus dem Wasser geholt werden. Von Fachleuten. Ich werde einmal meinen Freund, Oberinspektor Juricek, anrufen.«

*

Mitternacht war bereits vorüber. Trotz der fortgeschrittenen Stunde hatten sich zahlreiche Schaulustige jenseits der polizeilichen Absperrung eingefunden. Simone Bachmann war nach Hause entlassen worden, nachdem sie ihre Aussage gemacht hatte. Leopold und Korber warteten neben Oberinspektor Juricek und Inspektor Bollek darauf, dass der Tote ans Ufer gebracht wurde.

Endlich war es soweit. »Ich kann euch den unangenehmen Anblick nicht ersparen«, bereitete Juricek beide vor. »Ihr müsst jetzt versuchen, den Leichnam zu identifizieren.«

Korber blickte kurz in das aufgedunsene, bereits entstellte Gesicht, ehe er sich mit Schaudern abwandte. »Nein, den … den kenne ich nicht, denke ich«, beteuerte er.

»Es handelt sich also nicht um Herwig Walters?«, wollte Bollek wissen.

»Nein, der sah irgendwie anders aus. Vor allem hatte er rote Haare, keine Glatze.«

»Und was meinst du, Leopold?«, fragte Juricek.

»Ich habe Herrn Walters nur kurz gesehen, als er vor seinem Verschwinden zu uns ins Kaffeehaus kam«, meinte Leopold achselzuckend. »Das ist er nicht. Aber es könnte ein Mann namens Johann Meyer sein.«

»Wer ist denn das schon wieder?«, kam es diensteifrig von Bollek.

»Das ist jetzt vielleicht ein bisschen kompliziert, vor allem für Sie, Herr Inspektor«, konnte sich Leopold eine spitze Bemerkung nicht verkneifen. »Herr Johann Meyer war der kurzfristige nicht angemeldete Mitbewohner des zu dieser Zeit nicht anwesenden Felix Berndorfer in der Schenkendorfgasse.«

Bollek kratzte sich an seinem Kopf, der bedenklich rot wurde, und ging dann seiner Wege. Juricek trug den Namen in sein Notizheft ein. »Die Geschichte erzählst du uns später«, meinte er zu Leopold. »Es ist spät. Ihr könnt also beide zur Identität des Toten nichts aussagen?«

»Leider ist es so«, bestätigte Leopold. »Was wirst du jetzt unternehmen?«

»Das ist nicht schwer. Wir müssen zunächst einmal herausfinden, mit wem wir es hier zu tun haben, wie er zu Tode gekommen ist, und vor allem wann. Er ist sicher schon ein paar Tage hier drinnen gelegen, aber auch nicht länger, glaube ich. Wenn das Wasser warm ist, so wie jetzt, kommen sie schneller herauf. Die Todeszeit könnte also durchaus mit dem Verschwinden von Walters übereinstimmen. Ist er es vielleicht doch? Wir hätten Simone Bachmann nicht so schnell gehen lassen sollen, aber sie ist unter Schock gestanden und war nicht sehr hilfreich. Wir müssen eben noch einige Leute vom ›Floridsdorfer Welttheater‹ einen Blick auf ihn werfen lassen und nach Verwandten suchen, da hilft gar nichts. Aber wenn er es nicht ist, was wir derzeit eher annehmen können? Dann müssen wir schauen, wer seit Ende voriger Woche vermisst gemeldet wurde und auch sonst einiges an Kleinarbeit leisten. Schließlich stellt sich noch eine wichtige Frage: Wo steckt Walters? Er scheint ja seit vorigen Freitag wie vom Erdboden verschwunden zu sein.«

»Gar so einfach ist das alles doch nicht«, überlegte Leopold.

»Du hast es erfasst«, nickte Juricek zustimmend. »Die Sache ist noch ziemlich unübersichtlich.«

»Richard, du weißt, wenn ich dir irgendwie helfen kann …«

Leopolds Unterstützungserklärung wurde von einem lauten Donner unterbrochen. Gleichzeitig frischte der Wind auf, und schwere Tropfen begannen vom Himmel zu fallen. Am Horizont zuckte ein greller Blitz. »Komm, erzähl mir noch schnell, was es mit diesem Johann Meyer auf sich hat«, bat Juricek und nahm Leopold an der Schulter. »Aber im Polizeiauto. Gleich geht's hier richtig los. Nach einer langen Hitzeperiode sind die Gewitter am ärgsten.«

8

»Die Perücke ist eine falsche Behauptung.« (Nestroy)

»Wie furchtbar! Es muss schrecklich gewesen sein.« Ilona Patzak zeigte ihr ganzes Mitgefühl. Nach einer kurzen Pause fügte sie neugierig hinzu: »Du warst so spät noch an der Alten Donau?«

Thomas Korber nickte. Er hatte während der Nacht kaum ein Auge zugetan. Immer wieder hatte das Bild des Toten ihn heimgesucht, war ihm gewesen, als hätte die Fratze ihre Augen geöffnet und ihn mit ihrem durchdringenden Blick angestarrt. Deshalb war er ganz gegen seine Gewohnheiten sehr zeitig in die Schule gegangen, um unter Menschen zu sein. Im Kaffeekammerl hatte er Ilona Patzak getroffen und, da sonst noch niemand da war, begonnen, ihr sein Herz auszuschütten.

Allerdings hatte er dabei übersehen, dass es schwierig war, die Geschichte so zu erzählen, dass sein nächtliches Abenteuer mit Simone Bachmann nicht aufflog, von dem nicht gleich jeder wissen musste. »Ja«, gab er zögerlich von sich, »ich war beim Birner essen. Dann bin ich noch ein wenig die Alte Donau entlangspaziert, und ganz plötzlich war er da, dieser … Körper.«

Patzak hörte interessiert zu. »Ganz plötzlich, so ohne Vorwarnung?«, wollte sie wissen.

»Ja, auf einmal habe ich ihn auf der Wasseroberfläche gesehen. Ich war mir nicht ganz sicher, ob er noch lebte und bin hinausgeschwommen, um nachzusehen. Aber ich habe schnell gemerkt, dass er tot war, mausetot, genauer gesagt. Und schon ganz schön verschrumpelt.«

Sie tätschelte ihn an der Schulter. »Du bist ein Held! Keine Widerrede, ich meine das ernst. Die Leiche lag schon länger im Wasser, sagst du?«

»Ein paar Tage auf jeden Fall, meint die Polizei.«

»Aber erkannt hast du nicht, wer es war?«

»Nein, das konnte ich nicht mit Sicherheit sagen. Es war ein grausiger Anblick, das Gesicht hat schon so … unwirklich ausgesehen. Du fragst dich wohl auch, ob es sich um Walters handeln könnte?«

»Natürlich, das wird sich doch jeder fragen. Schön langsam wollen wir endlich wissen, was mit ihm ist und woran wir sind.«

»Ich fürchte, ich muss dich enttäuschen, Ilona. Ich kann mir nicht vorstellen, dass es Walters ist. Außerdem hatte die Leiche eine Glatze.«

Auf einmal blickte ihn Ilona Patzak mit großen Augen an, während sie gierig ihren Kaffee schlürfte. »Verstehe mich jetzt bitte nicht falsch, lieber Thomas, aber ich glaube nicht, dass du richtig hingeschaut hast«, stellte sie fest. »Die Angst ist dir im Nacken gesessen. Dir hat gegraust. Womöglich hast du dagegen angekämpft, dich zu übergeben. Da konntest du dich einfach nicht gut konzentrieren. Mach dir nichts draus, das ist eine typische Männerkrankheit. Es heißt immer, die Frauen werden schwach, wenn sie eine Leiche sehen, dabei ist es genau umgekehrt.« Sie hob ihren rechten Zeigefinger, als wolle sie zu dozieren beginnen. »Ich bin Biologin, Thomas«, fuhr sie fort. »Nichts Menschliches ist mir fremd. Ich beurteile Körper, egal ob sie leben oder tot sind, nach eindeutigen Merkmalen. Haare sind da, und im nächsten Augenblick sind sie weg, das geht recht einfach, schnipp schnapp. Ein höchst zweifelhaftes Indiz. Aber hast du auch einen Blick auf die Zähne des Toten geworfen?«

»Auf die … Zähne?« Korber war so überrascht, dass er seine Stimme unbeabsichtigt erhob, während das Lehrerzimmer sich langsam zu füllen begann. Er kratzte sich verlegen am Hals und versuchte, seine Kolleginnen und Kollegen möglichst nicht wahrzunehmen.

»Jawohl, die Zähne«, wiederholte Ilona Patzak unbeeindruckt, und ihr war egal, wie viele Leute es hörten. »Die fallen nicht von einem Tag auf den anderen aus. Im Normalfall bleiben sie einem für längere Zeit. Und Walters hat eine auffällige Stellung bei den oberen Schneidezähnen, ein verkehrtes V. Außerdem fehlt rechts unten der Zahn hinter dem Eckzahn. Hast du das nie bemerkt?«

»Vielleicht, aber ich habe nicht so darauf geachtet.«

»Worauf schaut ihr Herren der Schöpfung eigentlich? Bei Frauen geht euer selektives Betrachten wohl nicht über die Brusthöhe hinaus, und bei anderen Männern ist das auffallendste Merkmal ihr Auto, oder täusche ich mich?«, fragte Patzak nun leicht amüsiert.

Mein Gott, wie Korber solche Bemerkungen hasste! »Wenn du glaubst, dass es sich um Walters handelt, dann solltest du schnellstens zur Polizei gehen und die Leiche identifizieren«, erwiderte er schroffer, als er vorgehabt hatte.

»Keine Angst, das tue ich auch«, erklärte Patzak mit Bestimmtheit. »Aber vorher muss ich den Buben und Mädchen in der ersten Klasse noch etwas über das Leben der Schlangen und Eidechsen erzählen.«

*

Herr Otto nahm diesmal eine ungewöhnliche Position ein. Er stand leicht seitlich, den rechten Ellenbogen auf die Kaffeehaustheke gestützt, eine Zeitung in der Hand. Auf der

Nase saß eine dicke Hornbrille. Er las, was es auf der Welt Neues gab, und vergaß darüber beinahe sein Weinglas, das sich in dieser Stellung nicht vor, sondern schräg hinter ihm befand.

Nun konnte man annehmen, dass Herr Otto des Lesens kundig war und diese Tätigkeit während seiner langen Dienstzeit als Beamter im Wiener Rathaus zur Genüge ausgeübt hatte. Wie viele Akten, unter Umständen komplizierte Fälle, mochten wohl durch seine Hände gegangen sein. Doch hier im Heller, wo man ihn nur in tiefer Versenkung in sein Vierterlglas kannte, wirkte er jetzt mit Lektüre und Brille zwangsläufig so, als befände er sich auf der Suche nach neuen intellektuellen Herausforderungen. Wenn er sich umdrehte, um einen genießerischen Schluck zu tun, und die Zeitung dabei sorgfältig zusammenfaltete, sah er beinahe aus wie ein Sir.

»Hör zu, was da steht«, begann er Leopold vorzulesen. »›Sind auch Sie ein reuiges Schäflein? Dann kommen Sie in unsere Herde. Wir bieten Ihnen die Möglichkeit, sich von der Last der Dinge zu befreien, mit denen Sie anderen wehgetan haben. Sprechen Sie darüber im kleinen Kreis zu Ihren Mitmenschen im Rahmen einer Präsentation und seien Sie sicher: Es wird Ihnen verziehen werden, bla, bla, bla. Nur wirkliche Straftaten sind ausgenommen.‹ Na, was sagst du dazu, Leopold?«

»Was soll ich schon sagen? Die Menschheit wird immer verrückter.« Leopold hörte nur mit halbem Ohr hin. Erstens war er noch müde von der vorigen Nacht und zweitens hatte er einiges zu tun. Das Gewitter hatte für angenehme Temperaturen und einen größeren Zulauf an Gästen um die Mittagszeit gesorgt.

»Sie nennen sich ›Confessions Anonymous – Anonyme Bekenntnisse‹. Natürlich muss der Name wieder halb Englisch sein. Aber schau her! Die sind hier in Floridsdorf und gar nicht weit weg.« Herr Otto fuchtelte mit der Zeitung wild in Richtung Leopold.

»Gleich«, vertröstete Leopold ihn. Zuerst musste die Melange zu Frau Fürthaler gebracht werden, die sich nach langer Zeit wieder einmal anschauen ließ.

»Nicht gleich, jetzt«, forderte Herr Otto unbeirrt, als ob er der einzige Gast im Lokal wäre. Seinen Anflug von Intellektualität ließ er dabei bereits weit hinter sich. »Unglaublich: Ein Bekenntnisverein in der Angerer Straße leistet sich eine große Anzeige mit Telefon, Internetadresse und allem drum und dran.«

Leopold warf einen flüchtigen Blick auf das Inserat. »Und was sagt uns das, Herr Otto?«, fragte er beiläufig, während er sich daranmachte, ein großes Soda mit Zitrone einzuschenken.

»The end is near! Das Ende der Welt naht, wie ich es schon immer vorhergesehen habe.« Triumphierend legte Herr Otto die Zeitung beiseite und steckte die Brille in sein Etui. »Schon steht es in großen Lettern in der Tagespresse: Menschen kommt, werdet los, was euch bedrückt, bevor es abgeht in alle Ewigkeit. Die Leute spüren, dass sie nicht mehr viel Zeit haben. Ich habe von diesen anonymen Bekennern bereits gehört, aber da waren sie noch eine ganz kleine Gruppe. Jetzt floriert das Ding natürlich.«

»Und? Haben Herr Otto schon selbst alle Bekenntnisse gemacht? Sind Sie bereit für den letzten großen Weg, wenn der Atomkrieg kommt?«, erkundigte sich Leopold über das prickelnde Limonadenglas und über die Theke hinweg.

»Wenn der *Komet* kommt, Leopold, das bitt ich mir aus. Ansonsten war ich eine ausgeglichene Beamtenseele, die vor allem eines gesucht hat: Gerechtigkeit.«

»Und gefunden haben Sie dann die Tausender in der Sakkotasche, und später beim Euro die Hunderter, links und rechts gerecht verteilt«, konnte sich Leopold nicht verkneifen zu bemerken.

Herr Otto machte ein Schnoferl. »Du machst dir keine Vorstellungen über das schwere Leben eines Staatsdieners«, gab er leicht beleidigt zurück. »Merk dir eines: Die öffentliche Verwaltung wird bis zum Schluss klaglos funktionieren, das garantiere ich dir.« Er ließ ein paar Münzen auf die Theke fallen und ging, ohne eine Nachfüllung zu bestellen. Offenbar war ihm der Appetit auf ein weiteres Glas vergangen. In der Tür stieß er beinahe mit dem eintretenden Oberinspektor Richard Juricek zusammen.

»Servus, Richard«, grüßte Leopold, und auf seinem Gesicht war eine gewisse Vorfreude zu erkennen.

»Servus, Leopold!« Juricek befreite sich von seinem Sombrero, den er auch im Sommer trug, strich seine Haare mit beiden Händen nach hinten und schritt dann leger auf die Theke zu. »Einen großen Braunen, aber mach ihn nicht zu stark, hörst du? Ich hab noch nicht viel im Magen«, ordnete er an.

»Und?« Leopold konnte sich mit seiner Neugier kaum zurückhalten, und doch sollte es möglichst beiläufig klingen.

Juricek wartete. Zuerst der Kaffee, dann die Details. Erst als das dampfende Gebräu vor ihm stand, schickte er sich an, Leopold ein wenig in den Stand der Ermittlungen einzuweihen. »Es ist Walters«, teilte er ihm mit. »Frau Patzak, die Kollegin von Thomas Korber, hat ihn identifiziert. Tolle Frau! Hat viel Mut und einen Blick fürs Detail. Sie hat sich eine merkwürdige Zahnstellung bei Walters gemerkt und am Leichnam nachgewiesen.«

»Schau mich nicht so an, Richard«, fühlte sich Leopold auf den Schlips getreten. »Ich hab ihn halt nicht wiedererkannt. Allerdings habe ich ihn nur einmal gesehen, und das nicht ganz aus der Nähe. Und auf die Zähne habe ich kein wirkliches Augenmerk gelegt.«

»Keiner macht dir Vorwürfe«, äußerte Juricek mit Bedacht. Dabei rührte er eifrig in seinem großen Braunen um, damit er ein wenig abkühlte. »Dein Freund Thomas kannte ihn von etlichen Proben und hat auch einen negativen Befund abgegeben. Die Leiche war leider nicht mehr in einem guten Zustand.«

»Außerdem hat Walters alle zum Narren gehalten, indem er sich eine rote Perücke auf seine Glatze gesetzt hat. Nicht schlecht, klingt sogar ein bisschen nach Nestroys ›Talisman‹. Dort trägt die Hauptfigur eine ganze Reihe verschiedener Perücken, allerdings um seine ursprüngliche rote Haarfarbe zu verschleiern.«

»Das war nicht sein einziges Täuschungsmanöver. Herwig Walters ist offenbar nur eine Art Künstlername, der Bursche heißt gar nicht so.«

»Sag ich ja«, strahlte Leopold über das ganze Gesicht. »Er heißt Johann Meyer und hat einige Zeit in der Wohnung eines gewissen Felix Berndorfer gelebt.«

»Auch das muss nicht stimmen«, seufzte Juricek. »Es gibt zwar viele Johann Meyer, aber wir haben noch niemand, auf den die Beschreibung von Walters passt. Gut möglich, dass er sich noch ein paar Namen zugelegt hat. Wenn er, wie ich vermute, Berndorfer bar auf die Hand gezahlt und sich ihm gegenüber nicht ausgewiesen hat, wird es nicht leicht, seine Fährte zu finden.«

Leopold hörte interessiert zu. »Und was gedenkt ihr zu tun?«, fragte er.

Juricek trank seinen Kaffee in kleinen Schlucken. »Was man in so einer Situation eben tut: weitersuchen«, bemerkte er trocken. »Schauen, wer so alles vermisst gemeldet wurde, aber Walters scheint ein Einzelgänger gewesen zu sein, der niemandem abging. Prüfen, wer im fraglichen Zeitraum, nachdem Walters bei Berndorfer ausgezogen war, eine Wohnung bezogen hat. Bei den Theatern nachfragen, wo er angeblich gewirkt hat, doch das ist lange her. Im Internet findet sich so gut wie nichts Brauchbares über seine künstlerische Laufbahn. Und selbstverständlich den Leuten vom ›Floridsdorfer Welttheater‹ auf den Zahn fühlen, gleich heute bei der Probe. Da haben wir alle beisammen.«

»Glaubst du, dass ihn einer von denen ermordet hat?«, erkundigte Leopold sich vorsichtig.

»Von Mord kann beim derzeitigen Stand der Ermittlungen noch keine Rede sein«, betonte Juricek.

»Warum eigentlich nicht?«

»Weil bei der Leiche keine Spuren offensichtlicher Gewaltanwendung vorhanden sind.«

»Aber Richard! Was heißt ›offensichtliche Gewaltanwendung‹? Es genügt ja, wenn jemand den guten Walters so lange untergetaucht hat, bis er keine Luft mehr bekommen hat, etwa dort, wo er jetzt wieder aufgetaucht ist, bei dieser seichten Stelle.«

»Er wird wahrscheinlich dort in der Nähe umgekommen sein, wir glauben nicht, dass er weit abgetrieben wurde. Aber es ist natürlich auch möglich, dass es ein Unfall war, ein Krampf, Herzprobleme oder zu viel Alkohol. Warten wir einmal die genauen Ergebnisse der Obduktion ab.«

»Du musst vielleicht die Obduktionsergebnisse abwarten, Richard, aber mir ist die Sache bereits sonnenklar«, erklärte Leopold triumphierend, während er wieder die Kaffeemaschine betätigte. »Herwig Walters geht baden – nackt. Vermutlich nachts, weil es da keine Zuschauer gibt, das haben Thomas Korber und Simone Biedermann ja auch getan. Da lagen dann allerdings die Kleidungsstücke am Ufer. Hat man von Walters irgendwelche Kleider gefunden? Ich vermute nicht. Und warum nicht? Weil der Mörder sie beseitigt hat.«

»Das habe ich mir auch schon überlegt«, nickte Juricek. »Aber es gibt noch zu viele Ungewissheiten in diesem Fall. Deshalb warte ich auf das Obduktionsergebnis, auch wegen der ungefähren Todeszeit. Ganz genau werden wir sie ja nicht kriegen, fürchte ich.«

»Auch das ist nicht schwer«, überlegte Leopold. »Vorige Woche am Freitagmorgen war Walters kurz bei uns im Kaffeehaus. Er hat nach Glomser gefragt. Unter Umständen haben sich die beiden später getroffen. Zur Probe am Nachmittag ist er aus irgendeinem Grund nicht erschienen. Vielleicht hat ihm Glomser etwas von dem geplanten ›Jux‹ verraten. Ertrunken ist er mit größter Wahrscheinlichkeit in der Nacht auf Samstag, und, wie es aussieht, wurde er ermordet.«

»Na, wenn du schon alles so genau weißt«, lächelte Juricek, »brauche ich ja nur noch meinen Kaffee zu zahlen.« Er legte einen Fünf-Euro-Schein auf die Theke und bedeutete Leopold, den Rest einzustecken. »Dass du trotzdem deine Augen und Ohren offen halten sollst, brauche ich dir ja nicht extra zu sagen. Dasselbe gilt für deinen Freund Thomas Korber, der hat ja einen noch direkteren Draht zu den Schauspielern vom ›Welttheater‹. Aber du weißt, ich setze auf Teamarbeit, nicht auf Alleingänge!«

»Du kannst auf mich zählen, Richard«, versicherte Leopold mit seinem unschuldigsten Dackelblick. »Oder war das irgendwann einmal nicht der Fall?«

»Du weißt schon, was ich meine«, seufzte Juricek. »Na schön, ich muss gehen. Und du solltest dich, scheint's, wieder mehr deiner Arbeit widmen. Grüß dich, Leopold.« Während er zum Kleiderständer ging und seinen Sombrero aufsetzte, sah Leopold Frau Heller mit einem Teller Schinkenfleckerl und einem Glas Mineralwasser in Richtung Billardtische vorbeihuschen. »Eine zweite Portion Fleckerl steht in der Küche, dazu bringen Sie bitte ein Cola. Aber etwas hurtig, wenn ich bitten darf. Alles kann ich nicht alleine machen«, rief sie ihm zu.

»Jawohl, Frau Chefin«, entgegnete er dienstbeflissen. Ja, ja, es war wieder etwas mehr im Kaffeehaus zu tun, und das war gut so. Aber in Gedanken suchte Leopold bereits nach der Lösung des Rätsels um den Tod von Herwig Walters, oder wer auch immer sich hinter diesem Namen verbarg.

*

Frau Heller saß neben ihrer Tochter Doris am Haustisch, erholte sich vom mittäglichen Wirken in ihrer kleinen Küche und rauchte zu diesem Zweck eine Zigarette. Sie redete nicht viel und schien auch sonst nicht bei guter Laune zu sein. »Sagen Sie, kommt der Waldi Waldbauer heute gar nicht zum Dienst?«, erkundigte Leopold sich vorsichtig.

»Also wirklich, Leopold, merken Sie sich gar nichts mehr?«, erinnerte sie ihn kopfschüttelnd. »Ich habe es Ihnen gestern gesagt: Aufgrund der Hitze und des bescheidenen Geschäftsganges habe ich Herrn Waldbauer für heute und morgen freigegeben. Das bisschen Betrieb schaffen Sie schon alleine – wenn Sie nicht gerade mit Ihrem Freund, dem Oberinspektor, darangehen, einen Fall zu lösen und Gott und die Welt darüber vergessen.«

»Aber bitte, Frau Chefin, ich …«

»Schon gut, Leopold«, lenkte Frau Heller ein. »Keine Ausreden, bitte, ich bin Ihnen nicht böse. Aber es nützt mir nichts, wenn Sie den Mörder von Herwig Walters suchen. Ich hätte ihn lebend gebraucht. Wir hätten hier gemeinsam ein großes Kulturzentrum geschaffen. Alles war schon abgesprochen, und dann stirbt er mir einfach unter der Nase weg.«

»So schlimm ist es nun auch wieder nicht«, befand Leopold. »Bis jetzt ist es ja auch ohne Kulturzentrum gegangen.«

»Es ist ein harter Schlag, aber ich werde weiterkämpfen, Leopold«, versicherte Frau Heller mit Bestimmtheit. »Vielleicht muss ich mich jetzt doch an diesen Glomser halten. Sagen Sie Herrn Korber jedenfalls, er soll mit den Schauspielern wieder ehebaldigst zu uns kommen, damit wir die Weichen neu stellen können.«

»Ich werde mein Bestes tun, Frau Chefin!«

Kaum hatte sich Leopold mit diesen Worten vom Haustisch entfernt, stand Thomas Korber auch schon vor ihm. »Du wirst nicht glauben, was ich dir jetzt sage«, verkündete er frohgemut.

»Der Tote ist doch Walters«, nahm ihm Leopold sofort den Wind aus den Segeln. »Ist mir bereits bekannt.« Dann verzog er seinen Mund zu einem breiten Grinsen und deutete mit den Fingern auf sein Gebiss. »Auf die Zähne hätten wir schauen müssen. Man muss immer auf die Zähne schauen, wenn sie auch noch so schiach sind.«

»Du weißt es also schon. Hätte ich mir denken können.« Enttäuscht lehnte sich Korber an die Theke. »Allerdings ist mir ein Rätsel, warum ich ihn nicht erkannt habe. Immerhin hatte ich schon eine Weile mit ihm zu tun.«

»Erstens hast du nicht genau hingeschaut, weil dir gegraust

hat«, begann Leopold aufzuzählen. »Zweitens sind dir seine langen roten Haare abgegangen, und du hast nicht daran gedacht, dass sie nur eine Perücke gewesen sein könnten. Drittens sieht man nicht alle Tage eine Wasserleiche in voller Schönheit. Das könnten die Gründe sein.«

»Spotte nicht, Leopold, schließlich hast auch du gesagt, er ist es nicht. Gib mir lieber einen großen Braunen und ein ganz großes Glas Wasser.«

»Einen kleinen Braunen und ein kleines Glas Wasser kannst du haben.«

»Warum denn das schon wieder?«, protestierte Korber.

»Weil wir gleich gehen müssen.«

Jetzt verstand Korber überhaupt nichts mehr. Leopold ließ ihn auch gar nicht zum Nachdenken kommen. »Wann fängt heute eure Probe an?«, erkundigte er sich.

»Um halb vier, in etwas mehr als einer Stunde«, gab Korber überrascht Auskunft. »Es ist unsere letzte Probe in der Schule und gleichzeitig die erste Kostümprobe. Stress pur! Deshalb möchte ich es mir ja bei euch noch ein bisschen gemütlich machen.«

»Nichts da! Wahrscheinlich wird der Stress noch ein bisschen größer, denn die Polizei wird bei euch auftauchen, euch befragen und alles durchsuchen. Da müssen wir vorher da sein!«

»Und weshalb?«

Leopold griff sich auf die Stirn. »Thomas, aus dir wird nie ein Detektiv«, stellte er lapidar fest. »Natürlich um Spuren von Walters zu finden. Das wird umso wichtiger sein, als Walters nur sein Künstlername war, und wir noch gar nicht wissen, wie der Bursche wirklich geheißen hat. Jedenfalls dürfen wir der Polizei das Feld nicht kampflos überlassen, kapiert?«

Korber versuchte, die Informationen in seinem Gehirn abzuspeichern. »So einigermaßen«, sagte er dann. »Aber Walters war schon eine Woche nicht mehr hier. Was willst du da finden?«

»Überlege doch einmal, Thomas! Wie sieht es in eurem Probenraum denn so aus? Alles geordnet, geschlichtet und gestapelt? Jede Requisite griffbereit? Niemand, der sein Textbuch sucht?«

Korber winkte ab. »Ach was, bei uns herrscht die größte Unordnung, wie du dir denken kannst. Die Dinge liegen einfach so herum. Manchmal wundere ich mich, dass selbst eine so gewissenhafte Person wie Ilona Patzak sich so wenig um ihre Sachen kümmert.«

»Ich wundere mich gar nicht«, stellte Leopold zufrieden fest. »Die Tätigkeit eines Schauspielers hat offenbar etwas Wildes und Nomadisches an sich, das jedem sofort ins Blut schießt, sobald er sich ihr verschrieben hat, egal ob als Profi oder als Amateur. Für unsere Zwecke kann das nur gut sein. Je größer das Durcheinander, desto größer die Chance, dass etwas von Walters zurückgeblieben und bis jetzt niemandem aufgefallen ist. Also komm, wir dürfen keine Zeit verschwenden.«

Korber stürzte seinen Kaffee hinunter. »Wenn du meinst«, fügte er sich in sein Schicksal. »Aber da ist noch unser Fritz Stössl, der wacht über alles wie ein Zerberus.«

»Lass mich nur machen, der wird bestimmt kein Problem«, versicherte Leopold. Ein anderes musste er freilich aus dem Weg räumen. Frau Heller saß noch immer neben ihrer Tochter am Haustisch und blies missmutig den Rauch ihrer Zigarette in die Luft. »Ich verlasse Sie jetzt kurz, Frau Chefin«, flötete er in ihre Richtung. »Meine Zimmerstunden, Sie wissen ja!«

Frau Heller schaute irritiert auf. »Jetzt, mitten in der Dienstzeit?«, mokierte sie sich.

»Da der Herr Waldbauer nicht kommt, müsste ich sonst durcharbeiten, gnä Frau!«

»Das hat Sie bis heute auch noch nie gestört.«

»Lass ihn doch gehen, Mama«, mischte sich da Tochter Doris ein. »Wir beide schaffen das schon. Du hast mich ja früher auch servieren lassen. Und Leopold kommt dann wieder ausgeruht für das Abendgeschäft zurück.«

»Dann machen Sie meinetwegen Ihre Pause, wenn es unbedingt sein muss«, tat Frau Heller widerwillig kund. »Aber um halb fünf Uhr sind Sie wieder da, haben Sie mich verstanden?«

»Danke, Frau Chefin!« Leopold machte noch eine kurze Verbeugung, und schon war er mit Thomas Korber bei der Türe draußen. Frau Heller wiegte ihren Kopf hin und her, während sie ihm nachschaute. »Zimmerstunden, dass ich nicht lache«, sagte sie. »Er geht jetzt bestimmt diesen Mordfall untersuchen. Von ausgeruht zurückkommen kann also keine Rede sein. Dabei ist er nicht mehr der Jüngste und sollte ein bisschen mehr auf sich schauen. Der kleine Urlaub im August wird ihm sicher gut tun.«

9

»Was die Leute denken werden? Gewiss nicht viel, schon deswegen, weil die denkenden Leute die wenigsten sind.« (Nestroy)

»Wir sollten heute getrennt zur Probe gehen.«

»Warum denn? Die anderen wissen längst über uns Bescheid, glaube mir.«

»Dessen bin ich mir nicht so sicher. Lassen wir sie ruhig ein bisschen im Ungewissen.«

»Na schön! Aber ewig kann das nicht so weitergehen, Sonja. Wir kommen mit den anderen jetzt praktisch jeden Tag zusammen. Wir können uns doch nicht die ganze Zeit verstellen.«

»Nicht mehr lange, Sven. Ich bin so durcheinander. Walters ist tot, hast du es schon gehört?«

»Ja, es dürfte sich schnell herumgesprochen haben.«

»Glaubst du, dass er ermordet wurde?«

»Wenn du mich fragst, sieht es ganz danach aus.«

Sonja Friedl machte einen tiefen Seufzer in ihr Handy. »Mein Gott, Sven, ich weiß überhaupt nicht, was ich tun soll.«

»Du meinst wegen des Geldes?«

»Natürlich! Ich kann doch nicht so einfach hergehen und sagen, ich hätte gehört, dass ich ihn beerbe. Da werde ich sicher gleich verdächtigt, ihn umgebracht zu haben. Außerdem zweifle ich immer mehr daran, dass die Sache stimmt.«

»Warum soll sie nicht stimmen? Ich musste mich extra einen Abend mit ihm zusammensetzen, damit er mir die Geschichte erzählt. Es schien ihm sehr wichtig zu sein.«

»Trotzdem hat er anscheinend ein großes Geheimnis daraus gemacht. Irgendwie kommt mir das Ganze total verrückt vor.«

»Dann warte doch einfach ab. Wenn das Geld wirklich dir gehört, wirst du es schon bekommen.«

»Ich weiß nur das, was du mir erzählt hast. Ich habe keine Beweise. Warum sollte ich denn etwas von ihm bekommen?«

»Das darfst du mich nicht fragen, das weiß ich nicht.« Sven Biedermann machte eine kurze Pause, ehe er mit nachdenklicher Stimme weitersprach: »Mich würde nur interessieren, ob du wirklich so ahnungslos bist, wie du tust, oder ob ich einen Grund habe, eifersüchtig zu sein.«

»Jetzt komm, sei nicht albern. Du meinst doch nicht, dass ich mit diesem ...«

»Genau das meine ich. Zumindest ziehe ich es als Möglichkeit in Betracht.«

»Was hätte ich mit ihm sollen? Er war alt und unsympathisch.«

»Alle Männer werden attraktiv, wenn's ums Geld geht.«

»Du spinnst«, wehrte sich Sonja Friedl energisch. »Schön langsam glaube ich, einer von euch hat diese Geschichte erfunden, er oder du, um mich zu ärgern.«

»Bestimmt nicht Sonja, er hat es ernst gemeint. Hab einfach ein wenig Geduld. Die Sache wird sich von selbst aufklären, du wirst schon sehen.«

Sonja lachte gereizt auf. »Und dann werde ich wegen Mordes angeklagt, oder wie? Vielleicht hast ja du ihn umgebracht. Könnte doch sein. Um mir einen kleinen Gefallen zu machen, bei dem für dich letzten Endes auch etwas herausspringt.«

»Bitte beruhige dich und lass solche Hirngespinste! Demnächst wird die Polizei vor der Tür stehen und uns allerlei Fragen stellen, unter Umständen schon bei der heutigen Probe. Uns gegenseitig zu beschuldigen ist dann wohl das Dümmste, was wir tun können.«

»Mein Gott, die Polizei! Sie darf auf keinen Fall etwas von dem Geldsegen erfahren, der da auf mich zukommen soll, sonst bin ich gleich erledigt.«

»Eben. Also spielen wir einmal Häschen und wissen von nichts. Wenn du später wirklich durch Walters zu Geld kommst, behauptest du einfach, dass du an so etwas nie im Leben gedacht hättest. Wer will dir das Gegenteil beweisen? Und noch etwas: Wir müssen ab jetzt eisern zusammenhalten. Ich nehme an, dass Walters an dem Tag gestorben ist, wo wir unseren Jux hatten und er nicht mehr zur Probe erschienen ist. Das war der vorige Freitag. Wir waren damals die ganze Nacht beisammen, hast du verstanden?«

»Ich weiß nicht, mir kommt im Augenblick alles so … kompliziert vor. Bitte, hilf mir, Sven. Komm und hol mich ab. Ich brauche dich!«

»Und das Gerede der anderen? Gerade jetzt, in einer solchen Situation?«

»Ist mir egal. Bitte, bitte, komm! Dann kannst du mir auch alles noch einmal genau erklären.«

»Na gut, dann hole ich dich eben ab. Sagen wir in einer halben Stunde«, schlug Sven Biedermann vor. Aus seiner Stimme war so etwas wie Genugtuung herauszuhören.

*

Fritz Stössl war klein von Wuchs und wirkte auch nicht gerade kräftig. In seinem Kostüm sah er wie eine Miniaturversion des tapferen Schneiderleins aus. Dennoch stellte er sich Leopold und Korber mutig entgegen, als sie sich auf den Probenraum zubewegten. »Wohin des Weges, Fremder?«, fragte er unerbittlich.

»Das ist kein Fremder, Fritz. Das ist Leopold, der Oberkellner vom Café Heller«, belehrte ihn Korber. »Er möchte sich nur einmal kurz bei uns umschauen.«

»Vertrauen ist gut, Kontrolle ist besser«, stellte Stössl in seiner gewohnt gekünstelten Art klar. »Ich bin der Hüter dieser Räumlichkeiten!«

»Ich bin nur einen Sprung mit Thomas mitgekommen«, erklärte Leopold. »Jetzt war ich schon so oft bei den Versammlungen eurer Theatergruppe im Kaffeehaus dabei, das hat mich neugierig gemacht.«

»Bis hierher und nicht weiter! Eintritt nur für Mitglieder«, ließ sich Stössl nicht beeindrucken.

»So seien Sie doch nicht gleich nervös«, versuchte Leopold, ihn zu beruhigen. »Ich bin auch immer so heikel auf die Dinge bei uns im Kaffeehaus, für die ich verantwortlich bin. Deshalb bin ich es gewohnt, zu schauen, ob alles seine rechte Ordnung hat. Und dabei wollten Thomas und ich Ihnen ein wenig helfen.«

»Wobei?«, fragte Stössl ungläubig.

»Bei der Ordnung. Haben wir vergessen, Ihnen das zu sagen? Sie wissen ja wahrscheinlich bereits, dass Herr Walters unter mysteriösen Umständen zu Tode gekommen ist. Ich vermute, dass die Polizei demnächst hier auftauchen und bedauerlicherweise Ihre Probe stören wird. Man wird jeden Einzelnen verhören, aber auch der Probenraum wird genauestens inspiziert werden. Wenn da eine Unordnung herrscht und wichtige Beweismittel verschwunden sind, kann ich mir schon denken, an wem das hängen bleibt.«

»So? An wem denn?«

»Na, an Ihnen!« Leopold bemühte sich, es trotz des legeren Tones nicht an Deutlichkeit fehlen zu lassen. »Deswegen müssen wir schauen, ob die Polizei überhaupt finden kann, was sie sucht. Wir wollen nur, dass Sie keine Schwierigkeiten bekommen, kapiert?«

Stössl schrumpfte sogleich um ein paar Millimeter, sein Körper verlor an Spannung. Jetzt fehlte ihm der Überblick. Gab er nach, war ein Unbefugter drauf und dran, sich Eintritt zu jenen Heiligtümern zu verschaffen, die zu sehen sonst nur einer ausgesuchten Zahl von Sterblichen vorbehalten war. Tat er es nicht, so schlug er möglicherweise jene Hilfe aus, die er benötigte, um vor der Polizei gut dazustehen. Am schlimmsten war allerdings, dass er gehofft hatte, seinen Text vor dieser letzten Kostümprobe vor der Übersiedlung ins Theater noch einmal durchstudieren zu können. Das schien nun überhaupt nicht mehr möglich, im Gegenteil: In der Aufregung war ihm der Großteil seiner Sätze entfallen.

Stössl rollte kurz mit den Augen. »Der Klügere gibt nach«, meinte er resignierend und schloss die Türe auf.

Wenn Leopold auf ein großes Durcheinander gehofft hatte, so gewann er im Gegensatz dazu den Eindruck, als ob überraschend viele Dinge auf ihrem Platz wären. »Wahrscheinlich hat Stössl schon ein wenig vorsortiert, weil es unser letzter Probentag hier ist«, raunte Korber Leopold zu. »Schließlich muss er nachher alles zusammenräumen.«

»Sieht ja auf den ersten Blick ganz nett aus«, stellte Leopold fest.

»Ordnung ist das halbe Leben«, ließ es sich Stössl nicht nehmen, darauf hinzuweisen, dass er sich seiner Pflichten durchaus bewusst war.

»Und Sie wissen auch genau, welches Kostüm, welche

Requisiten und welche Privatsachen zu welcher Person gehören?«

»Ich trage, wo ich gehe, dies Wissen stets bei mir«, antwortete Stössl. »Das hier ist August Sonders beziehungsweise bist es du, Thomas, das hier ist für Zangler beziehungsweise Pribil …« Er hob die Kostüme mit Kleiderhaken oder von den Bänken, auf denen sie lagen, einzeln in die Höhe. Als er bei Christopherls Sachen angelangt war, begannen Dinge zu klimpern und aus den Säcken zu fallen. »Oje, der junge Herr Haslinger hat wieder einmal zu viel Kleingeld und komische Geräte verstaut«, lamentierte Stössl.

»Die komischen Geräte sind USB-Sticks zum Abspeichern von Computerdaten«, lachte Korber, während Stössl alles in die Hosensäcke zurückräumte. »Donnerwetter, gleich vier, als ob einer nicht genug wäre.«

»Da ist noch etwas, dort, wo das Kostüm drauf gelegen ist«, bemerkte Leopold neugierig. »Eine Zigarre. Raucht der Junge schon so etwas?«

»Ich hoffe nicht«, meinte Korber. »Moment einmal, das … das ist eine von den Zigarren, die Walters zeitweise geraucht hat.«

»Aha! Und warum liegt sie da?«, wunderte sich Leopold.

»Er muss sie bei seiner letzten Probe vergessen haben. Damals hat er sich ja so über Tonis Zuspätkommen geärgert. Er war an diesem Tag überhaupt ganz komisch drauf.«

»So lange liegt sie schon hier herum, ohne dass es jemandem aufgefallen ist?«

»Ich habe dir ja gesagt, dass es hier herinnen ziemlich arg ausgeschaut hat«, erklärte Korber. »Unser lieber Fritz Stössl hat erst jetzt wegen der Übersiedlung ins ›Haus der Begegnung‹ begonnen, gründlich zu machen.«

»Wie gründlich waren Sie denn?«, wandte sich Leopold wieder an Stössl. »Haben Sie etwa auch Dinge weggeworfen?«

»Tonnenweise«, beteuerte Stössl. »Denn was du heute kannst entsorgen, das verschiebe nicht auf morgen.«

»Das ist schlecht«, stöhnte Leopold. »Wie soll die Polizei da wesentliche Hinweise finden?«

»Nicht verzagen, Stössl fragen«, lächelte Fritz Stössl jetzt spitzbübisch. »Ich habe da nämlich eine Mappe, wo ich gewisse Dinge hineingebe, damit ich später einmal genau sehen kann, wie alles bei den Proben und den Theateraufführungen war. Dafür habe ich einiges von dem Krimskrams gerettet.«

»Was für Krimskrams, wenn ich fragen darf?«, erkundigte sich Leopold erleichtert.

»Dies und das, ein bisschen hiervon und ein bisschen davon. Am Schluss kommt ein schönes glänzendes Blatt mit dem Text von meiner Rolle hinein, von mir selbst auswendig mit der Hand niedergeschrieben. Wenn Sie was vom seligen Herrn Walters brauchen: Von dem habe ich einige seiner Kritiken und Regieanweisungen aufgehoben, damit ich sie später einmal wissenschaftlich untersuchen kann. Sie sind halt leider sehr schlecht zu lesen.«

»Stössl, Sie gefallen mir immer besser«, grinste Leopold. »Dürfte ich vielleicht einen kleinen Blick auf diese Kostbarkeiten werfen?«

Stössl zögerte. War es richtig gewesen, dass er sein kleines Geheimnis preisgegeben hatte? »Der Polizei müssen Sie es auf jeden Fall zeigen, Stössl«, redete Leopold auf ihn ein, als er seine plötzliche Unschlüssigkeit bemerkte. »Die kassiert das unter Umständen ein.«

»Was?«, rief Stössl entsetzt aus.

»Keine Angst, man wird es Ihnen wieder zurückgeben. Aber für mich als Liebhaber der Kunst ist es dann vielleicht zu spät. Jetzt wäre gerade eine günstige Gelegenheit, die sollten wir nicht verstreichen lassen.«

»Mord ist Ihr Hobby, was?«, pfiff Stössl durch die Zähne. »Nun gut, des Menschen Wille ist sein Himmelreich. Aber Sie bekommen von mir jedes Blatt einzeln in die Hand und geben es mir auch einzeln wieder zurück, okay?« Er kramte die Mappe aus seiner Lade hervor und breitete sie mit großem Zeremoniell vor Leopold und Korber aus. »Das sind Zettel von unseren ersten Proben«, erläuterte Stössl. »Die Klaue ist ein Wahnsinn, aber ich werde alles vollständig entziffern, und wenn ich Monate dafür brauche.«

Alles ging sehr, sehr umständlich vonstatten. Das konnte eine echte Geduldprobe werden, und es stand zu befürchten, dass in der Zwischenzeit die ersten Mitglieder des ›Floridsdorfer Welttheaters‹ eintrudelten. Also nahm Leopold Stössl kurz entschlossen die Mappe aus der Hand und blätterte selber darin herum, ohne ihn weiter zu beachten. Was er fand, hielt er großteils für unbedeutendes Gekritzel. ›Zangler energischer‹, konnte er ausmachen, oder ›Marie gut, dann zu leise‹, dann folgte wieder Unleserliches, schließlich weiter unten ›Weinberl schneller zur Seite, um Wasser auszuweichen‹ und ›Gertrud zu schnell und undeutlich‹.

»Das sind die Kritikzettel«, erklärte Korber. »Nach jeder Probe werden die Dinge besprochen, die beim nächsten Mal besser gemacht werden müssen. Wie du siehst, steckt nicht viel System dahinter. Der Regisseur schreibt auf, was ihm nicht passt, und geht es am Schluss mit den Schauspielern der Reihe nach durch.«

Blätter, die voll mit für den Augenblick gedachten Details waren und dann im Papierkorb landeten. Nur einem Fanatiker wie Stössl war es zu verdanken, dass sie noch existierten. Leider schienen sie für die Ermittlungen keinerlei Bedeutung zu haben. Leopold suchte verzweifelt, ob sich unter den von Stössl geretteten Aufzeichnungen auch noch andere Notizen befanden.

Da fiel ihm ein kleineres Blatt mit deutlicheren Schriftzügen auf, das nicht so recht zu den anderen zu passen schien. Das sah nicht so aus, als sei es nur für den Moment bestimmt. Es enthielt die Namen der im Stück handelnden Personen zusammen mit einer kurzen Beschreibung der wesentlichen Charakterzüge. Als Leopold es umdrehte, fand er nur zwei mit Bleistift hingemalte Notizen: ›S. ansprechen‹ und ›271 22 73‹, offensichtlich eine Telefonnummer.

»War dieser Zettel auch im Papierkorb?«, fragte er Stössl, während er alles abschrieb.

»Nein. Auf einer Bank«, kam es knapp von Stössl, der ein wenig den Beleidigten spielte, weil man ihm die Mappe entrissen hatte.

Leopold klopfte ihm kurz anerkennend auf die Schulter und gab ihm sein Heiligtum zurück. »Danke, Sie haben uns sehr geholfen«, sprach er Worte des Lobes aus. »Deshalb gebe ich Ihnen noch einen kleinen Tipp: Wenn Sie die Mappe der Polizei gegenüber nicht allzu bereitwillig erwähnen, wird sie vielleicht auch niemand von Ihnen haben wollen. Reden Sie also nichts über meinen Besuch. Das ist am besten, glauben Sie mir!«

Damit hatte er Stössl, der sich zufrieden abwandte, um die Mappe wieder in die Lade zu legen, neue Hoffnung gegeben. »Interessant«, meldete sich jetzt Korber zu Wort. »Bei ›S‹ könnte es sich um ein Mitglied unserer Theatergruppe handeln. Da kämen zwei Personen in Frage: Sven Biedermann und Sonja Riedl.«

»Vergiss nicht deine Simone Bachmann«, ergänzte Leopold. »Oder bist du schon wieder einmal blauäugig?«

»Natürlich nicht«, rechtfertigte sich Korber. »Ich habe nur nicht gleich an diese Möglichkeit gedacht.«

»Es wäre besser, du würdest mitdenken. Und ich hoffe, du bist in der Lage, dir trotz aller Sympathie für die Dame, wie ich es vorsichtig nennen möchte, ein wenig Objektivität zu bewahren. Du musst mir nämlich helfen, Thomas. Alles, was sich ab jetzt in eurer Truppe abspielt, kann von größter Wichtigkeit sein.«

»Soll ich herausfinden, wer dieser ›S‹ sein könnte?«

»Nein, natürlich nicht. Das wäre zu auffällig. Wenn die Leute Verdacht schöpfen, dass wir herumschnüffeln, werden sie eine Maske aufsetzen wie in den Theaterstücken auch. Wir können nur hoffen, dass sie sich mit der einen oder anderen Kleinigkeit verraten.«

»Aber du meinst, dass wir auf einen entscheidenden Hinweis gestoßen sind«, folgerte Korber.

»Jeder Hinweis ist entscheidend«, belehrte Leopold ihn. »Wir dürfen nicht schon am Anfang den Fehler machen, Dinge zu unterschätzen, die vielleicht wichtig sind. Wir haben einstweilen eine Telefonnummer, den Anfangsbuchstaben eines Namens …«

»Und?«, fragte Korber.

»Und, nicht zu vergessen, eine Zigarre«, ergänzte Leopold. »Eine Zigarre, von der ich gerne wüsste, welches Steinchen sie in dem Mosaik ist, das es zusammenzusetzen gilt.«

*

In einer Stunde kann viel geschehen. Oft genügen schon Sekunden oder Minuten, um den Lauf der Welt zu ändern.

Bei gewissen Veränderungen meint man jedoch automatisch, dass sie längere Zeit in Anspruch nehmen. Hat man erfolglos probiert, jemanden anzurufen, so wartet man ein wenig mit dem nächsten Versuch. Man rechnet nicht damit, dass der andere Gesprächsteilnehmer so schnell erreichbar sein wird. Auch Zahnschmerzen und Rauschzustände brauchen eine Weile, bis sie wieder vergehen. Und wenn es in Strömen regnet, ist die Aussicht auf Sonne für die nächste Zeit nicht gegeben.

Als Leopold ins Café Heller zurückkehrte, waren die Gewitterwolken aber aus dem Gesicht seiner Chefin verschwunden. Ihre Tochter Doris saß nicht mehr neben ihr, sondern lief eifrig mit einem Serviertablett herum. Dafür hatte ein Mann gegenüber von ihr Platz genommen, dessen graues Haar das schmale Gesicht mit der langen Nase in einer wilden Lockenfrisur umrahmte.

»Na, Leopold? Konnten Sie Ihre Zimmerstunden gut nützen?«, grüßte sie ihn mit verschmitztem Lächeln. »Wir haben Sie gar nicht so sehr vermisst. Uns geht es hier prächtig. Dieser Herr ist so nett, mir Gesellschaft zu leisten.«

Der Angesprochene neigte kurz stumm den Kopf zum Gruß.

»Das Leben hält offenbar immer wieder eine Überraschung für uns bereit«, fuhr Frau Heller fort. »Herr Wondratschek kam bei uns im Kaffeehaus vorbei, weil er vorhatte, die Theaterprobe zu besuchen und sich vorher noch ein wenig stärken wollte. Er war es nämlich, der Herrn Walters als Regisseur vermittelt hat. Als ich ihm mitteilen musste, dass Herr Walters gestorben ist, war er ganz aus dem Häuschen.«

»Ich war immer ein großer Verehrer der Arbeit von Herrn Walters«, meldete sich der Mann mit der Lockenfrisur zu Wort.

»Ich habe gemeint, es ist besser für Herrn Wondratschek, wenn er den Probenbesuch fallen lässt«, redete Frau Heller unbeirrt weiter. »Es soll ja die Polizei dort vorbeikommen und allerlei Fragen stellen. Es wäre sicher unangenehm, wenn er da mit hineingezogen würde.«

Leopold erschienen die bisherigen Ausführungen seiner Chefin durchaus vernünftig. Es konnte auch nur von Vorteil sein, dass ihre gute Laune wiedergekehrt war. Aber wo war der Haken an der Sache? Er brauchte nicht lange zu warten.

»Wir haben einen kleinen Rundgang durchs Kaffeehaus gemacht«, teilte Wondratschek mit.

»Not kennt kein Gebot«, deklamierte Frau Heller genüsslich. »Herr Wondratschek ist nämlich ein großer Kultur- und Theaterexperte. Er hat mir die Augen geöffnet und Perspektiven für unser neues Kulturcafé aufgezeigt.«

»In erster Linie wollen wir Künstler aus unserem Bezirk, oder solche, die in Floridsdorf geboren sind, engagieren«, erklärte Wondratschek. »Das mögen die Leute. Die Stars des Abends kommen aus ihrer nächsten Nähe. ›Theater mit Herz‹ könnten wir es nennen. Und wir werden vergnügliche Abende bieten, die sich wohltuend von aufwändigen professionellen Produktionen mit ihrem Hang zur Perfektion unterscheiden.«

»Einmal oder gar zweimal die Woche«, ergänzte Frau Heller.

»Ich sehe große Möglichkeiten auf dem folkloristischen Sektor«, führte Wondratschek weiter aus. »Oder in der Gestaltung sogenannter Themenabende. Das Personal müsste dann freilich nach dem jeweiligen Motto eingekleidet werden.«

»Was soll denn das für ein Kasperltheater werden?«,

konnte Leopold sich jetzt nicht mehr zurückhalten. »Sollen wir etwa als Pausentrottel in Dirndl und Lederhose mit dem Kaffee durch die Gegend rennen?«

»Als künstlerisches Personal«, berichtigte Frau Heller ihn fröhlich. »Es wird ja überhaupt eine ganz eigene Atmosphäre herrschen: beinahe vollständiges Dunkel, nur die Bühne in magisches Licht gehüllt ...«

»Die Atmosphäre wird darin bestehen, dass wir uns derstessen und die Grapscherei floriert.«

»Sie sehen leider wieder einmal alles viel zu schwarz, Leopold«, machte Frau Heller ihn aufmerksam. »Dabei gehen wir wahrhaft rosigen Zeiten entgegen. Was das Bauliche betrifft, wird mir meine Tochter zur Seite stehen. Für das Konzept einschließlich des Engagements der Darsteller hat sich mir mit Herrn Wondratschek ein wahrer Meister seines Faches zur Verfügung gestellt. Was soll denn da noch schief gehen? Vielleicht«, zwinkerte sie den Anwesenden zu, »wird das Einläuten einer neuen Ära das Kaffeehaus auch meiner Tochter wieder schmackhaft machen, sodass sie es dereinst einmal übernehmen wird.«

»Ich gehe mich jedenfalls einmal umziehen«, verkündete Leopold. »Darf ich meine übliche Dienstkleidung nehmen oder liegt schon ein Trachtenjanker für mich bereit?«

Frau Heller warf ihm einen verständnislosen Blick nach. Doch als Leopold zum Dienst erschien, war sie schon wieder bestens aufgelegt. »Herr Wondratschek wird sich jetzt von uns verabschieden, sein Kaffee und sein Mineralwasser gehen selbstverständlich aufs Haus. Und Sie haben hoffentlich genügend Kraft getankt, um hier eine Zeitlang alleine zurechtzukommen, ich habe noch etwas mit meiner Tochter zu erledigen«, gab sie noch letzte Anweisungen, ehe sie mit Doris durch die kleine Küche verschwand.

»Stets zu Diensten, Frau Chefin«, rief ihr Leopold mit scheinbarer Gelassenheit nach. In Wirklichkeit hatte er genau auf diesen Moment gewartet. »Einen Augenblick bitte, Herr Wondratschek«, rief er, während er das leere Geschirr vom Haustisch abräumte.

»Was gibt's denn noch?«, fragte Wondratschek kühl. »Haben Sie vor, weiterhin mit künstlerischem Unverstand zu glänzen oder wollen Sie vielleicht doch konstruktiv an unserem Projekt mitarbeiten?«

»Weder noch. Mich interessiert vielmehr, in welcher Beziehung Sie zu dem lieben Verstorbenen gestanden sind.«

»Gibt es irgendeinen Grund, warum ich mit Ihnen darüber reden sollte?«

»Es gibt eine Menge Gründe. Erstens wird es sich nicht vermeiden lassen, dass Sie darüber reden, weil sich bald die Polizei dafür interessieren wird. Also können Sie's mir auch erzählen. Zweitens bin ich ein neugieriger Mensch. Und drittens würde sich mein Interesse für Ihre künstlerische Arbeit hier im Kaffeehaus immens vergrößern, wenn ich sozusagen einen kleinen Einblick hinter die Kulissen bekäme.«

Wondratschek zierte sich. Es war ihm sichtlich unangenehm, mit jemandem wie Leopold mehr als nur ein paar förmliche Worte zu wechseln. »Warum interessiert Sie das alles eigentlich?«, wollte er wissen.

»Ich bin dem Theater nicht so gänzlich abgeneigt«, antwortete Leopold. »Außerdem spielt mein Freund Thomas Korber in der Schauspieltruppe mit, die Herr Walters leitete. Die Leute sind fast täglich hier im Kaffeehaus. Das Verschwinden von Herrn Walters war Thema Nummer eins. Da lebt man mit und dann fragt man sich schließlich, wie es gekommen ist, dass gerade er zum Regisseur der heurigen Produktion auserkoren wurde.«

»Na schön«, ließ sich Wondratschek herab. »Es ist aber eine vollkommen unspektakuläre Geschichte. Man ist diesbezüglich an mich herangetreten, wie das ja öfters der Fall ist, weil ich ein Fachmann auf diesem Gebiet bin. Ich hatte kein großartiges Nahverhältnis zu Walters. Ich wusste, dass er zu haben und wo er zu erreichen war, das hat genügt. Wir haben uns einmal getroffen, und dabei habe ich den Kontakt zur Schule hergestellt. Alles andere war nicht mehr meine Aufgabe.«

»Na, aber ein bisserl gekannt haben Sie ihn schon. Also müssten Sie auch wissen, dass Walters gar nicht sein richtiger Name war.«

»Ich bitte Sie«, lächelte Wondratschek beinahe mitleidsvoll über so viel Unverständnis. »Sie befinden sich schließlich auf dem Gebiet der hohen Schauspielkunst. Da ist es beinahe eine Selbstverständlichkeit, dass man sich einen Künstlernamen zulegt. Oskar Werner hieß ursprünglich Oskar Josef Bschließmayer, und Peter Alexander Peter Alexander Neumayer, um nur zwei Beispiele zu nennen.«

»Und wie hat Herwig Walters geheißen?«, grinste Leopold.

»Wie er wirklich geheißen hat, darüber gibt es nur Gerüchte«, grinste Wondratschek zurück.

Beide schienen es darauf anzulegen, auszutesten, wer das Grinsen wohl länger aushalten würde. »Er hat immer wieder einen anderen Namen hervorgezaubert, mit dem er die Leute in die Irre geführt hat«, fuhr Wondratschek schließlich fort. »Es hat ihm Spaß gemacht, die Menschen zu täuschen. Ich glaube, es gibt nur wenige, die je einen Ausweis von ihm gesehen haben. Ich gehöre jedenfalls nicht dazu.« Er überlegte, doch der Reiz der Geschichte, die es zu erzählen galt, siegte: »Eines dieser Gerüchte hält sich so hartnäckig, dass man es beinahe glauben muss. Es heißt, Walters sei als Kind so oft verspottet worden, dass er, wenn man ihn nach seinem Namen fragte, immer einen anderen nannte, aus Protest sozusagen.«

»Keinen Firlefanz, den Namen bitte.« Leopold wurde ungeduldig.

Wondratschek schmunzelte. »Wie gesagt, es ist nur ein Gerücht. Aber wenn man es für bare Münze nimmt, dann hieß er Kalbfleisch – Walter Kalbfleisch!«

10

»Er is gerad' so ehrlich, dass man ihn nicht aufhängen kann.« (Nestroy: Reserve und andere Notizen)

Im Probenraum des ›Floridsdorfer Welttheaters‹ herrschte helle Aufregung. Schon bald nachdem sich Leopold dort verabschiedet hatte, waren die einzelnen Schauspieler eingetroffen und hatten begonnen, sich zu kostümieren. Mitten in die Vorbereitungen für die letzte Hauptprobe war dann die Polizei geplatzt. Statt zu proben hieß es Auskunft geben und Rede und Antwort stehen, und zwar hauptsächlich Inspektor Bollek und seiner Kollegin Dichtl, während Juricek sich darauf beschränkte zuzuhören und sich ein wenig im Raum umzusehen.

Korber nahm Simone Bachmann auf die Seite. »Erzähl den anderen bitte nichts von unserer gemeinsamen Schwimmtour«, raunte er ihr zu. »Ich hab die liebe Ilona ein bisschen angeschwindelt, sie muss das nicht gleich merken. Ich sehe zu, dass Inspektor Bollek – das ist der Herr mit dem leicht rötlichen Gesicht – Bescheid weiß. Er war gestern ohnehin am Tatort und hat sicher Verständnis für die Sache.«

»Keine Angst, mir ist das alles auch unangenehm«, lächelte Simone nervös. »Wie geht es dir denn?«

»Schon wieder besser als gestern. Und dir? Was machst du denn am Wochenende?«

»Ich weiß nicht! Ich muss das Ganze erst richtig verkraften.«

»Ich rufe dich an.«

»Das kannst du. Aber erwarte dir bitte nicht zu viel, ja?«

Sie ging zu den anderen. Korber informierte Bollek kurz über die Situation. »Wird gemacht«, zwinkerte der ihm zu. »Ein neues Pantscherl?«

»Frag mich nicht, Norbert, ich weiß es nicht«, antwortete Korber, der den spröden, mit der Zeit aber umgänglicher gewordenen Bollek anlässlich des letzten Kriminalfalles auch privat ein wenig näher kennengelernt hatte. »Geli ist weg, du weißt ja. Und wie steht es bei dir und Nora?«

Bollek machte eine wegwerfende Handbewegung. »Die Sache ist reichlich kompliziert. Reden wir ein andermal darüber. Es wäre ein guter Grund, wieder einmal gemeinsam fortzugehen. Jetzt bin ich leider dienstlich hier.« Damit begann er mit seinen Befragungen, zuerst bei Korber, dann bei den weiteren Mitgliedern der Theatergruppe.

Freddie Glomser passte das überhaupt nicht. Er ließ seinem Unmut freien Lauf: »Ich weiß wirklich nicht, wie ich hier noch jemals ein ordentliches Theaterstück auf die Bühne bringen soll«, zeterte er. »Zuerst setzt man mir einen anderen Regisseur vor die Nase. Der verschwindet plötzlich, und dann soll wieder ich die Verantwortung übernehmen. Mittlerweile ist er tot, was offenbar dazu führt, dass meine Arbeit endgültig sabotiert wird. Wir haben nächste Woche nur mehr vier Proben im Theater und sind weit davon entfernt, einen ordentlichen Durchlauf zuwege zu bringen. Ich möchte wissen, wer für diese Aktion verantwortlich ist, damit ich mich nachher entsprechend beschweren kann.«

»Eine Beschwerde dürfte Ihnen wenig nützen, da es die Pflicht der Polizei ist, festzustellen, wie Herwig Walters zu Tode gekommen ist«, gab Juricek ruhig Auskunft. »Am besten ist, Sie regen sich nicht auf, sondern machen Ihre Aussage. So geht alles am schnellsten vorüber.«

»Nicht aufregen soll ich mich?«, steigerte sich Glomser

weiter in Rage. »Wenn ich sehe, wie langsam hier alles vonstatten geht? Vor allem dieser Herr macht eher ein Plauscherl, als zügig in den Ermittlungen fortzufahren. Das ist ja wirklich geradezu klassisch.«

Er deutete dabei auf Bollek. Dessen Gesicht wurde unmerklich röter. Er hatte in wochenlanger harter Arbeit gegen seine Neigung zum Jähzorn angekämpft, hatte psychologische Schulungen über sich ergehen lassen, ja, hatte sogar einer Frau gestattet, in seinem Privatleben Einzug zu halten. Er war besser gegen Angriffe auf seine Person gewappnet als früher. Nur Leopold gelang es hin und wieder, ihn aus der Fassung zu bringen. Jetzt aber war er einem Rückfall sehr nahe. »Sie haben es eilig? Dann machen wir gleich mit Ihnen weiter. Sämtliche Details vom vorigen Freitag, wenn ich bitten darf«, forderte er Glomser unwirsch auf.

»Zunächst einmal war ich mit den anderen Schauspielern bei unserem sogenannten ›Jux‹, das heißt, statt zur Theaterprobe gingen wir zum Heurigen …«, begann Glomser.

»Falsch«, unterbrach Bollek ihn sofort. »Ich habe gesagt *sämtliche* Details. Damit meine ich alles von Anfang an.«

Glomser stutzte verwirrt.

»Wann haben Sie sich an diesem Tag mit Herrn Walters getroffen?«, versuchte Bollek, ihm auf die Sprünge zu helfen.

»Ich habe mich gar nicht mit ihm getroffen«, blockte Glomser ab.

»Unseres Wissens nach hat Walters Sie am Freitag in der Früh gesucht, um etwas mit Ihnen zu besprechen. Da werden Sie, schätze ich, irgendwann zusammengekommen sein. Also bitte«, blieb Bollek unnachgiebig.

»Ich bin nicht mit ihm zusammengekommen. Ich habe ihn am Freitag den ganzen Tag über nicht gesehen.«

»Einen Augenblick: Sie bestreiten, dem Toten vor Ihrem ›Jux‹ begegnet zu sein. Bestreiten Sie ferner, sich mit ihm darüber unterhalten zu haben, dass ein solcher Jux geplant war?«

»Genauso ist es.«

»Keine Telefongespräche, E-Mails, keine SMS, gar nichts?«

»Nein!«

»Dann haben Sie ihn eben am selben Abend, als alles vorüber war, aufgesucht, um mit ihm zu reden.«

»Wie kommen Sie zu dieser Behauptung? Ich war mit Herrn Korber zusammen noch bei der Wohnung von Walters, wie Sie vielleicht schon herausgefunden haben. Aber er war nicht da. Möglicherweise lebte er nicht mehr dort.«

Bollek gelang es, auf einer Stufe zu bleiben, die ihn nicht gleich seine Beherrschung verlieren ließ. Dadurch wirkte er bedrohlicher und verunsichernder als früher. Es war unangenehm, sich in seinem Nahbereich zu befinden, seine Ausdünstung zu spüren, von seinem Atem gestreift zu werden. »Wie ich zu meinen Behauptungen komme, müssen Sie schon mir überlassen«, wurde er merklich lauter, um alle Umstehenden an dem Gespräch teilhaben zu lassen. »Ich behaupte jedenfalls, dass Sie Korber ein wenig in die Irre führten und *nachher* Walters dort aufsuchten, wo er wirklich war. Sie wussten das von Anfang an. Und Sie wollten mit ihm alleine sein.«

»Ausgemachter Blödsinn! Warum?«

»Wie ich schon gesagt habe: Um mit ihm zu reden.«

»Und worüber?«

»Das möchte ich ja gerade von Ihnen erfahren. Aber lassen Sie mich einmal nachdenken: Es wird wohl um die Regie beim ›Floridsdorfer Welttheater‹ gegangen sein. Sie haben gerade selbst behauptet, dass man Ihnen Herrn Walters vor die Nase gesetzt hat. Wahrscheinlich waren Sie nicht zufrieden mit der Art, wie er die Truppe geführt hat. Er soll ja ein recht selbstherrlicher Mensch gewesen sein. Irgendwann ist es dann zum Streit gekommen …«

»Sagen Sie, wollen Sie etwa behaupten, dass ich etwas mit dem Tod von Walters zu tun habe?«, kam es jetzt misstrauisch von Glomser.

»Es könnte darauf hinauslaufen, wenn Sie mir nicht bald sagen, was Sie am vergangenen Freitagabend gemacht haben, nachdem Sie sich von Korber verabschiedeten«, teilte ihm Bollek ohne Umschweife mit.

»Haben Sie mich danach gefragt? Nein! Nach Walters haben Sie gefragt, die ganze Zeit über. Ich bin nach Hause gegangen. Ich war daheim, bei meiner Frau, die ganze Nacht. Schreiben Sie sich das auf, und dann lassen Sie mich bitte in Ruhe.«

Juricek kam herbei und bedeutete Bollek, mit der Befragung der anderen Personen fortzufahren, sich dabei jedoch auf das Wesentlichste zu konzentrieren, damit die Probe rasch beginnen konnte. »Auf ein Wort noch«, meinte er dann zu Glomser. »Vorerst verdächtigt Sie kein Mensch, aber Sie werden zugeben müssen, dass man aufgrund Ihrer vorhin getätigten Äußerungen ein problematisches Verhältnis zwischen Ihnen und Walters vermuten kann. Wie haben Sie ihn eigentlich kennengelernt?«

Er sprach ruhig und eindringlich in einem beinahe freundschaftlichen Ton. Es war die willkommene Abwechslung nach Bolleks harschen Attacken. Juricek mochte das. Die Leute wurden zuerst bedrängt und mit wüsten Anschuldigungen konfrontiert. Dann kam er, Onkel, Vater, Bruder, Vertrauensperson. Das löste die Zunge. Bollek würde mit seiner

Art, auch wenn er schon viel beherrschter vorging, nie viel zu hören bekommen. Aber er war wichtig als Vorbereiter.

»Erich Wondratschek hat uns bekannt gemacht«, sagte Glomser, um einiges weniger aufgeregt. »Ein Mann, der viele Leute kennt und derzeit im Ensemble des Gloria-Theaters mitspielt. Ich habe schließlich die Regieassistenz übernommen, war sozusagen das Bindeglied zwischen Schauspielern und Regisseur. Walters kannte ja niemanden. Darum habe ich ihn noch zweimal zu Besprechungen getroffen, eben an dieser einen Adresse, wo ich nachher mit Korber war, ich schwöre es.«

»Welche Meinung hatten Sie von ihm?«

Glomser überlegte kurz. »Er war sicher ein Fachmann«, konstatierte er dann. »Aber den Draht zum Ensemble hat er nie gefunden. Von Anfang an wollte er offenbar nicht wahrhaben, dass er es hier mit keinen Profis zu tun hatte. Er war einfach weltfremd und affektiert und hat viel zu sehr den Künstler herausgekehrt. An manchen Tagen ist er sogar mit leicht geschminkten Lippen zur Probe erschienen.«

»Wussten Sie eigentlich, dass Herwig Walters nur ein Künstlername war?«

»Nein, aber ich habe es mir beinahe gedacht. Es passte irgendwie zu ihm.«

»Danke, das ist einstweilen alles«, beendete Juricek das Gespräch. »Wenn wir weitere Fragen haben, werden wir uns natürlich wieder an Sie wenden. Und an jeden anderen auch. Das heißt, dass wir uns die Freiheit nehmen, wieder anlässlich einer Probe aufzutauchen, wenn es der Wahrheitsfindung dient. Dort sind Sie ja alle am sichersten anzutreffen. Zunächst müssen wir aber einmal das Ergebnis der Obduktion abwarten.«

*

Die Überprüfung der möglichen Alibis ergab schließlich Folgendes: Glomser, Pribil und Stössl behaupteten, zur vermuteten Tatzeit am späten Freitagabend zu Hause bei ihren Frauen gewesen zu sein. Pribil wies außerdem darauf hin, Nichtschwimmer zu sein und schon alleine deshalb für einen Mord nicht in Frage zu kommen. Sven Biedermann und Sonja Friedl gaben an, die Nacht gemeinsam in Biedermanns Wohnung verbracht zu haben. Toni Haslinger und Anette Riedl hatten sich ihrer Aussage nach daheim bei ihren Eltern befunden. Simone Bachmann und ihre Schwester Elfriede hatten noch ziemlich lange mit Freunden in einem Lokal am Donaukanal gefeiert. Einzig und alleine Ilona Patzak und Thomas Korber konnten als Singles keine Zeugen nennen, die bestätigten, dass sie sich zu der späten Stunde in ihren eigenen vier Wänden aufgehalten hatten.

An eine ernsthafte Durchlaufprobe mit allem Drum und Dran war nun freilich nicht mehr zu denken, zu groß waren Verunsicherung und Nervosität. Man beschränkte sich daher auf den Ablauf einiger wichtiger Szenen und tröstete sich damit, dass in der kommenden Woche im ›Haus der Begegnung‹ ohnedies alles anders sein würde, vor allem wegen der Abstimmung auf das dort aufgebaute Bühnenbild sowie auf die licht- und tontechnischen Effekte.

»Ich hoffe nur, dass wir dort unsere Ruhe haben«, murrte Pribil. »Ich bin ein Präzisionsarbeiter. Wenn die Polizei noch einmal auftaucht und mich in meiner Konzentration stört, kann ich für nichts garantieren.«

»Wir können alle nur das Beste hoffen«, seufzte Glomser und setzte damit einen Schlussstrich unter sämtliche Debatten. »Was sollen wir denn sonst machen? Ich habe andere Sorgen. Ich brauche noch dringend einen Einbrecher für die paar Sätze in der letzten Szene, sonst muss doch der Stössl die Doppelrolle spielen. Aber irgendwie wird es schon gehen. Also dann bis Montag um vier Uhr Nachmittag.«

Damit war die Probe beendet. Nun mussten nur noch die Kostüme und Requisiten in die vorbereiteten Kisten und Plastiktaschen verpackt werden, damit man sie am Montag problemlos ins Haus der Begegnung schaffen konnte. Danach zerstreuten sich alle. Auch aufs Kaffeehaus hatte offenbar keiner mehr so richtig Lust.

Anette Riedl beschloss, diesmal doch lieber den Autobus zu nehmen, obwohl es noch hell war. Als sie sich, ihrer nervösen Gewohnheit nachgebend, beim Überqueren des Franz Jonas-Platzes umdrehte, bemerkte sie Toni Haslinger, der sich offenbar ebenfalls auf die Haltestelle zu bewegte. Ihr fiel ein, dass er ja gar nicht so weit weg von ihr wohnte. »Hallo, fährst du etwa auch mit dem Bus?«, fragte sie ihn.

»Ja«, kam die einsilbige Antwort.

Einige Augenblicke gingen sie schweigend nebeneinander her. Das gefiel Anette nicht, und so fing sie erneut zu reden an: »Normalerweise gehe ich lieber zu Fuß, aber unlängst ist mir jemand nachgegangen. Ich habe heute die ganze Zeit überlegt, ob ich es der Polizei erzählen soll. Dann habe ich mich aber doch nicht getraut.«

Toni wirkte gelangweilt. »Und warum nicht? Hast du was ausgefressen?«, fragte er.

»Nein, aber niemand glaubt mir, nicht einmal meine eigene Mutter. Sie sagt, ich sei überspannt. Alles wegen dem Theater. Sie will nicht, dass ich Theater spiele. Glaubst du mir, dass man mich verfolgt hat?«

»Klar«, sagte Toni, ohne viel nachzudenken.

Mittlerweile waren sie im Autobus gelandet. Obwohl Toni jetzt wieder schweigend neben ihr saß, beschloss Anette, ihn noch einmal anzusprechen. Er war jemand, der mit ihr auf einer Stufe stand. Sie konnte endlich das loswerden, was sie schon den ganzen Nachmittag über loswerden hatte wollen. »Wenigstens einer«, seufzte sie erleichtert. »Du kannst dir nicht vorstellen, was für ein beschissenes Gefühl es ist, wenn du etwas erlebt hast, und keiner nimmt es dir ab. Du fragst dich dann, ob alles wirklich so gewesen ist.«

Toni schien das alles nicht sehr zu interessieren. »Es ist mir jetzt auch manchmal beim Nachhausegehen nicht wohl zumute«, legte Anette nach.

»Hier im Bus kann dir jedenfalls nicht viel passieren«, kommentierte Toni auf seine gewohnt knappe Art.

»Aber es sind dann immer noch ein paar Minuten nach Hause, da kann allerhand sein«, ließ Anette einen Stoßseufzer los.

Wenn sie gehofft hatte, dass Toni sie daraufhin begleiten würde, lag sie falsch. Für den 15-Jährigen schickte es sich offenbar nicht, ein 18-jähriges Mädchen alleine irgendwohin zu bringen, ohne darum von ihr ausdrücklich gebeten worden zu sein. Somit sagte er nur »Tschüss«, als Anette Riedl aus dem Bus ausstieg, und fand es ganz natürlich, sitzen zu bleiben.

Sie merkte, dass außer ihr nur ein Mann den Autobus verlassen hatte, den sie nicht kannte. Zuerst machte sie ein paar schnelle Schritte, dann begann sie zu laufen, bis sie vor ihrer Haustüre angekommen war.

*

Die legendäre Tarockpartie hatte sich wieder im hinteren Bereich des Café Heller eingefunden, die beiden Billardtische waren voll besetzt. Am Haustisch spielte Herr Heller Schach gegen Herrn Sedlacek, dem es bis jetzt noch nie gelungen war, gegen ihn zu gewinnen. Nunmehr war er aber soeben von einem Urlaub im Wechselgebiet zurückgekehrt und behauptete, dort von einem anderen Urlaubsgast derart in die Feinheiten des Königlichen Spiels eingewiesen worden zu sein, dass sich die Situation schlagartig zu seinen Gunsten ändern musste. Auch sonst herrschte an diesem angenehmen, nach den Gewittern der vorigen Nacht nicht zu heißen Abend reger Betrieb. Leopold hatte also ausreichend zu tun und stand noch dazu unter genauer Beobachtung von Frau Heller, die dies mit einem lapidaren: »Ich möchte nur schauen, ob Ihnen die Zimmerstunden gut getan haben«, kommentierte. Es war für ihn daher nicht leicht, die wichtigsten Dinge, die er bisher über Walters' Tod in Erfahrung gebracht hatte, zu rekapitulieren. Er versuchte es dennoch.

Erstens: Die Rolle Glomsers. Thomas Korber war, wie die anderen auch, nach der Probe nicht mehr ins Kaffeehaus gekommen. Aber er hatte kurz angerufen und Leopold über die wichtigsten Details der polizeilichen Befragung informiert. Leopold wusste also, dass Freddie Glomser dabei am härtesten hergenommen worden war. Seine Rolle bei dieser Angelegenheit schien in der Tat interessant. Die Frage, die es zu beantworten galt, war, ob er Walters am fraglichen Freitag vor einer Woche untertags noch getroffen hatte, und wenn ja, warum. Sprach er die Wahrheit, oder hatte er etwas zu verbergen? *Geistige Notiz: Nachhaken!*

Zweitens: Der Name Kalbfleisch. Die Wahrscheinlichkeit, dass Walters mit seinem richtigen Namen Kalbfleisch geheißen hatte, war hoch. Welche neuen und nennenswerten Details aus seinem früheren Leben würden dadurch bekannt werden? Man wusste ja so gut wie nichts über ihn. Irritierend war, dass Walters im Laufe der Zeit auch eine Reihe anderer Namen verwendet hatte. Inwieweit konnte das von

Bedeutung sein? Jedenfalls musste Leopold auch Oberinspektor Juricek von dieser Entwicklung in Kenntnis setzen, denn die Polizei hatte hier eindeutig mehr Möglichkeiten als er. *Geistige Notiz: Was Juricek betrifft, morgen ist auch noch ein Tag. Es kommt ja das Wochenende.*

Drittens: Der Buchstabe ›S‹. Walters hatte den Eintrag ›S ansprechen‹ auf einem Zettel notiert, den Stössl nun in seiner Mappe aufbewahrte. Wen wollte Walters ansprechen und warum? Vorausgesetzt, er meinte ein Mitglied der Schauspieltruppe, so kamen nur drei Personen in Frage: Simone (Bachmann), Sonja (Friedl), Sven (Biedermann). Es konnte sich dann nur um einen Vornamen handeln. Das war untypisch für einen Mann wie Walters, der ein distanziertes Verhältnis zu seinen Schauspielern pflegte. War er einem der drei vielleicht doch nähergestanden? Oder musste man nach jemand komplett anderem suchen? *Geistige Notiz: Eventuelle Beziehung von Walters zu einem der drei abklären.*

Viertens: Die Telefonnummer 271 22 73, diese Telefonnummer hatte sich auf demselben Zettel gefunden. Natürlich hatte Leopold schon dort anzurufen versucht, vor allem, weil es sich ja um einen der drei ›S‹ handeln konnte. Aber er war nur auf die weibliche Stimme von einem Anrufbeantworter gestoßen, die er zudem kaum verstanden hatte, nur soviel, dass man bat, am Montag wieder anzurufen. Vermutlich handelte es sich also um die Nummer einer Firma. *Geistige Notiz: Am Montag abklären, Weitergabe der Fakten an Juricek prüfen.*

Fünftens: Die Zigarre. Unter Christopherls, sprich Toni Haslingers, Kostüm war eine Zigarre gelegen. Gehörte sie Toni oder Walters? Wenn sie, was man eher annehmen musste, Eigentum von Walters war, blieb die Frage, warum sie eine Woche lang niemandem im Probenraum aufgefallen und wie sie unter das Kostüm geraten war. Purer Zufall, durch Unordnung verursacht? Jedenfalls hatte sich Leopold entschlossen, das gute Stück zunächst einmal in Verwahrung zu nehmen. *Geistige Notiz: Der Sache ohne Juricek auf den Grund kommen.*

»Der Herr am zweiten Fenster schaut die ganze Zeit schon so herüber, als ob er noch ein kleines Bier wollte. Haben Sie das nicht bemerkt, Leopold?«, störte ihn Frau Heller in seinen Gedanken.

»Komme sofort«, bedeutete Leopold dem Gast.

»Ich weiß nicht, sonst sehen Sie so etwas gleich«, bekrittelte Frau Heller. »Sie sollten weniger an Ihre Verbrechen und mehr an Ihre Arbeit denken. Und über meine Pläne sollten Sie sich nicht so alterieren. Die kleine Pause im August wird Ihnen sicher gut tun, um wieder zu frischen Kräften zu kommen.«

Leopold brummte: »Jawohl, Frau Chefin!« Während er ein kleines Bier aus dem Eiskasten nahm, ertönte ein kurzes, gelangweiltes »Schach und matt« von Herrn Heller.

»Das gibt's nicht«, wunderte sich Herr Sedlacek. »Diese Variante ist mir den ganzen Urlaub über nicht untergekommen. Dabei hab ich so viel mit dem Herrn Reinprecht geübt.«

»Wenn Sie sich erinnern können, hab ich Sie vor Ihrem Urlaub schon zweimal so matt gesetzt«, bemerkte Herr Heller ungerührt.

»Ja, jetzt fällt's mir wieder ein«, wand sich Herr Sedlacek. »Aber ich habe nicht geglaubt, dass Sie's noch einmal auf diese Art probieren werden.«

Leopold entkam diesem fruchtlosen Gespräch, indem er sich zur Tarockrunde begab und dort die Bestellung für eine weitere Runde Achtel Wein einholte. Er kam sich keineswegs reif für eine Pause vor. Die Arbeit machte Spaß, aber sie störte manchmal beim Denken, das war das Problem. Er versuchte, den Faden wieder aufzunehmen. Am unklarsten war natürlich der Tod von Walters selbst. Abgesehen davon, dass sich Leopold sicher war, dass es sich um einen Mord handelte: Wie war die Sache vor sich gegangen, genauer gesagt, wie war Walters dorthin gelangt, wo ihn Korber und Simone Bachmann gefunden hatten?

Theorie 1: Die einfachste Theorie: Walters war gemeinsam mit seinem Mörder hinausgeschwommen. Die Tat war entweder schon im Voraus geplant gewesen oder durch einen Streit provoziert worden. *Frage:* War es bei Schauspielern an der Tagesordnung, nachts zu zweit nackt baden zu gehen?

Theorie 2: Walters wollte alleine baden gehen, der Mörder hatte ihm aufgelauert. *Frage:* War er vielleicht schon in Ufernähe ertränkt und dann weiter hinaustransportiert worden?

Theorie 3: Walters war überhaupt woanders umgebracht worden. *Frage:* Wie kam sein Körper dann mitten in die Alte Donau, etwa 100 Meter vom Ufer und noch weiter von jeglicher Brücke entfernt?

Weshalb gab es am Leichnam keine Spuren eines Kampfes? Und warum hatte man Walters' Kleidung entfernt, was doch sofort auf ein Verbrechen schließen ließ? Wäre es vom Täter nicht gescheiter gewesen, sie liegen zu lassen, damit alles auf einen Unfall oder Selbstmord hindeutete?

Fragen über Fragen. Dabei wäre Leopold beinahe entgangen, dass zwei neue Gäste zur Kaffeehaustür hereinkamen: Peter Pribil und Elfriede Bachmann, beide um einiges beschwingter und lockerer, als sie es noch bei der polizeilichen Vernehmung gewesen waren. Sie mussten bereits vorher irgendwo eingekehrt gewesen sein. Trotzdem bemühte sich Pribil, seinen stets auf Präzision ausgerichteten Schritt so gut es ging beizubehalten, und Elfriede Bachmann tänzelte leichtfüßig hinter ihm her. Sie war von einer Parfumwolke umgeben, die vermuten ließ, dass sie vor Betreten des ›Heller‹ noch einmal kräftig nachgebessert hatte.

Sie nahmen in der Ecke links hinten Platz. Sofort scharwenzelte Leopold zur neuen Kundschaft, ohne dass ihn Frau Heller aufmerksam machen musste. »Guten Abend, die Herrschaften«, grüßte er dienstbeflissen. »Das ist aber eine nette Überraschung, Sie hier einmal ohne Ihre Kollegen, sozusagen in trauter Zweisamkeit, anzutreffen.«

»Ach Leopold, heute war ein furchtbarer Tag«, reagierte Pribil mit säuerlichem Lächeln. »Sicher hat Ihnen Ihr Freund Thomas schon mitgeteilt, dass die Polizei zu unserer Probe gekommen ist. Wir wurden richtiggehend verhört. Jeder musste ein genaues Alibi für den Freitagabend für die Zeit nach unserem Kaffeehausbesuch hier angeben. Wir kamen uns wie kollektive Verbrecher vor.«

»Bringen Sie uns zwei Achtel Weißwein, Grüner Veltliner, wenn's geht«, schnitt Elfriede Bachmann Pribil ungeduldig das Wort ab.

»Zwei Achtel Veltliner vom Feinsten«, wiederholte Leopold und marschierte zur Theke. Pribil und Bachmann begannen sich zu unterhalten – leider sehr gedämpft. Zudem wurde es bei den Schachspielern wieder lauter. »Diesmal kriegen Sie mich nicht so leicht, auf diese Variante bin ich vorbereitet«, rief Sedlacek triumphierend, nur um gleich darauf seine Dame zu verlieren.

Leopold verstand also vorderhand nichts und beeilte sich, wieder zum Tisch der beiden zu kommen. »Wissen Sie, wie schlimm es ist, wenn man plötzlich kriminalisiert wird?«, hörte er von Pribil, als er den Wein brachte. »Es bleibt so etwas wie ein Makel zurück, ein schwarzer Punkt.«

»Peter meint, dass wir momentan alle verdächtigt werden, Walters umgebracht zu haben«, erklärte Elfriede Bachmann. »Das macht uns richtig betroffen.«

»Wie betroffen waren Sie eigentlich, als Sie von Walters' Tod erfahren haben?«, rutschte es Leopold heraus.

»Es hielt sich in Grenzen«, antwortete Bachmann sofort. »Mein Gott, wir haben ihn ja kaum gekannt. Und ein besonders umgänglicher Mensch war er auch nicht.«

»Er hat genervt. Wir hätten gleich bei Glomser als Regisseur bleiben sollen«, ergänzte Pribil. »Der ist jetzt unglücklicherweise der Hauptverdächtige. Hoffentlich nehmen sie ihn nicht gleich fest, damit wir wenigstens noch unser Stück spielen können.«

»Ganz sicher nicht, Peter! Du glaubst doch nicht, dass er es war?«

»Sicher bin ich mir nicht, Friedelchen. Auf jeden Fall dürfen die Ermittlungen unsere Probenarbeit nicht mehr stören. Ich bin, schon allein aufgrund meiner früheren Tätigkeit als Uhrmacher, Präzision gewöhnt. Solche unvorhergesehenen Zwischenfälle treiben mich zum Wahnsinn!«

»Reg dich nicht auf, Peter, sonst spürst du wieder dein Herz«, versuchte Elfriede Bachmann, Pribil zu beruhigen. Dabei tätschelte sie zärtlich seine Hand. »Ist schon gut«, sagte er, seine Stimme wieder senkend. Leopold war in der Zwischenzeit dem Ruf eines anderen Gastes gefolgt, er behielt die beiden aber unter Beobachtung. Zwar verstand er nach wie vor kaum etwas von dem, was sie redeten, doch fiel ihm auf, dass sie nicht davon abließen, ihre Hände zu umklammern.

Herr Heller hatte Herrn Sedlacek erneut matt gesetzt, worauf dieser das Lokal fluchtartig verließ. Als er die Figuren zusammenräumte, wurde er plötzlich von Pribil angesprochen. »Herr Heller, sind Sie bereit, der Kultur unseres Bezirkes einen wichtigen Dienst zu erweisen?«, fragte er.

Während Herr Heller sich noch bemühte, den Sinn dieser Worte zu begreifen, war seine Frau sofort zur Stelle. »Wir werden der Kultur nicht nur einen Dienst erweisen, wir *sind* bald die Kultur des Bezirkes«, posaunte sie hinaus.

»Es geht um den einen Einbrecher im letzten Bild«, erklärte Pribil. »Wegen des ganzen Trubels ist er noch immer nicht besetzt. Walters wollte seinerzeit noch jemanden für die Rolle engagieren, aber es ist nie dazu gekommen. Glomser hat es auch auf die lange Bank geschoben. Also wollte ich fragen, ob vielleicht Sie …«

»… die Rolle übernehmen würden? Aber das ist ja fantastisch«, konnte sich Frau Heller kaum mehr zurückhalten. »Das wird unsere erste Großtat! Wir werden gleich eine dementsprechende Einschaltung im Programmheft veranlassen: Künstlercafé Heller rettet Nestroy-Jubiläumsaufführung. Und du, mein Schatz, bist wieder einmal der Held!«

Herr Heller wusste noch immer nicht, wie ihm geschah. »Muss das sein?«, gab er kleinlaut von sich, verkrampft einen Läufer in seiner Hand haltend.

»Wir könnten es auch mit Fritz Stössl in einer Doppelrolle versuchen«, überlegte Pribil. »Aber ich fürchte, das wird eine zu große Belastung für ihn. Für Sie ist das allerdings leichter als eine Partie Schach. Es handelt sich nur um ein paar Sätze.«

»Mein Schatz macht das schon, machen Sie sich keine Sorgen. Wenn es um die Kultur geht, sind wir allzeit bereit«, versicherte Frau Heller. Dabei klopfte sie ihrem Mann ermutigend auf die Schulter.

Pribil erhob sich mit einem »Dankeschön!« von seinem

Platz, überreichte Herrn Heller die nötigen Textseiten und machte ein paar Bemerkungen dazu. Dann verschwand er in Richtung Toilette.

Leopold sah sich die Sache aus den Augenwinkeln von der Kaffeemaschine aus an. Plötzlich stand Elfriede Bachmann an der Theke vor ihm. Es kam nicht oft vor, dass ihn der Blick einer anderen Person verunsicherte, aber diesmal war das der Fall. Es war ein prüfender, fordernder und zugleich verführerischer Blick von ungeheurer Intensität. »Ich möchte gleich zahlen – beide Getränke«, tat sie kund. »Das soll Sie aber nicht zu irgendwelchen falschen Schlüssen verleiten, hören Sie? Auch nicht die kleinen Streicheleinheiten von vorhin. Wir Schauspieler sind sehr sensible Menschen. Wir brauchen das.«

»Schauen Sie, bei uns im Kaffeehaus sieht und hört man so einiges«, entgegnete Leopold. »Man kann nicht alles davon vergessen, aber man redet nicht darüber.«

»Und da ist noch etwas, ganz im Vertrauen: Sagen Sie Ihrem Freund, dem Herrn Korber, dass er sich nichts mit meiner Schwester anfangen soll. Es ist nicht gut für ihn, glauben Sie mir!« Es schien ihr einen großen Genuss zu bereiten, Leopold unverwandt anzustarren. Sie verzog den Mund zu einem leichten, spöttischen Lächeln. Leopold spürte jetzt auch wieder den süßlichen Duft ihres Parfums.

Er wollte noch etwas erwidern, doch da kam Peter Pribil bereits von der Toilette zurück. »Also dann, auf Wiedersehen«, verabschiedete sich Elfriede Bachmann mit einem letzten Augenkontakt. »Wir kommen auf jeden Fall nach wie vor vorbei, auch wenn wir ab Montag im Haus der Begegnung proben.«

»Schönen Abend, der Herr, küss die Hand, die Dame«, säuselte Leopold, der immer noch ein wenig irritiert wirkte.

Herr Heller schien allmählich die Macht seines Schicksals zu begreifen. »An Verbrecher soll i spüln«, murmelte er kopfschüttelnd. »Als ob davon ned genug herumlaufen täten.«

*

»Schluss für heute, Leopold«, verkündete Frau Heller. »Es war zwar einiges los, aber ich denke, Sie haben die Sache doch einigermaßen gut überstanden.«

Leopold, der gerade die Billardtische absaugte, blickte kurz auf. »Lieber wär mir halt schon, wenn der Herr Waldbauer wieder da wäre«, meinte er.

»Am Montag kommt er ohnedies«, beruhigte ihn Frau Heller. »Dann haben Sie wieder ein bisschen mehr Freiheiten. Ich weiß, dieser angebliche Mord an Herrn Walters beschäftigt Ihr kriminalistisches Gemüt. Ich muss Ihnen gestehen, dass mich die Sache nicht mehr so interessiert, seit ich in Herrn Wondratschek einen kongenialen Partner gefunden habe. Aber, mein Gott, wenn Sie noch die eine oder andere Zimmerstunde brauchen …«

»Gleich morgen, Frau Chefin!«

»Wie bitte?«

»Nur eine Stunde in der Früh. Ich komme statt um neun dann um zehn. Es ist halt wegen dem Urlaub im August. Wenn ich schon wohin fahren soll, möchte ich mich vorher noch ein wenig umschauen.«

»Ist das wirklich notwendig? Sie haben doch zum Beispiel Ihren Freund Daniel am Stubenbergsee. Oder Ihre Tante Agnes im Waldviertel. Sie ist ein ganz reizender Mensch und würde sich bestimmt freuen, wenn Sie ein paar Tage bei ihr verbringen würden.«

Leopold zuckte die Achseln. »Ich weiß nicht! Klingt alles

nicht sehr verlockend. Man muss alle Möglichkeiten ausschöpfen. Vielleicht will ich ja doch einmal ins Ausland.«

»Sie und ins Ausland. Das möchte ich wirklich einmal sehen«, zeigte sich Frau Heller belustigt. »Aber bitte, nehmen Sie sich morgen die eine Stunde. Ich möchte ja, dass Sie sich gut erholen. Mein Rat: Steigern Sie sich nicht immer in Ihre kriminalistischen Abenteuer hinein. Sie kommen schön langsam in ein Alter, wo Sie mit Ihren Kräften haushalten müssen. So, und jetzt geben Sie bitte noch die Zeitungen aus ihren Haltern und räumen Sie sie weg.«

Leopold überhörte geflissentlich die letzten Bemerkungen seiner Chefin und tat, wie ihm geheißen. Dabei fiel ihm noch einmal das Blatt mit der Werbeeinschaltung für den Verein ›Confessions Anonymous‹ in die Hände. Er schüttelte den Kopf. Was es alles gab! Ob es wirklich mit dem angeblich knapp bevorstehenden Weltuntergang zusammenhing, dass solche zweifelhaften Unternehmungen jetzt florierten?

Instinktiv las er sich das Inserat noch einmal durch. Dann nahm er kurz den Zettel heraus, auf dem er im Probenraum Walters' Notizen aufgeschrieben hatte. Nein, er täuschte sich nicht. Es war dieselbe Telefonnummer: 271 22 73.

Herwig Walters hatte also mit hoher Wahrscheinlichkeit bei den ›Anonymen Bekennern‹ angerufen.

11

»Der Vernünftige sieht im Fortjagen nur eine Einladung, zu einer günstigeren Zeit wiederzukommen.« (Nestroy)

Das Reisebüro war klein, aber hell und wirkte freundlich. Das musste es wohl, um die Menschen zu Reisen in die große, weite Welt zu verführen. An den Wänden konnte man die günstigsten Preise und Last-Minute-Angebote zu all den vielen Orten, wo man immer schon hinfahren wollte, lesen. Daneben machten Poster mit den farbenprächtigsten Bildern Appetit auf einen Urlaub. Es waren solche Fotos, von denen Leopold das Meer kannte.

Eine brünette Dame Mitte 30 produzierte ihr bestes Samstagvormittagslächeln, um ihn zu sich zu locken. »Nein, danke«, winkte Leopold ab. »Ich warte lieber auf Ihre Kollegin.«

Simone Bachmann war noch dabei, eine Kundschaft zu beraten. Nach einigen Minuten Geduld hatte sie aber Zeit für ihn. »Ach, Herr Leopold, der Ober aus dem Kaffeehaus. Haben Sie plötzlich Lust aufs Reisen bekommen?«, fragte sie. Ihre Freundlichkeit wirkte ein wenig unterkühlt.

»Ob ich richtige Lust habe, weiß ich nicht«, entgegnete Leopold. »Ich habe mir nur gedacht, ich könnte einmal nachschauen, wo man überhaupt hinfahren kann.«

»Also, die Möglichkeiten sind praktisch unbegrenzt«, gab Simone Auskunft. »Sie können fahren, wohin Ihr Herz begehrt. Kroatien, Griechenland, Türkei wären klassische Ziele, aber es geht natürlich auch weiter weg: Malediven, Dominikanische Republik …«

»Und ein bisserl näher? In Österreich vielleicht?«, erkundigte Leopold sich vorsichtig.

»Kann ich Ihnen auch etwas vermitteln. Tirol, Kärnten oder Salzburg? Oder einen kleinen Wellnessurlaub? Was darf ich Ihnen anbieten?«

»Ich weiß nicht, ich bin halt noch so unentschlossen. Wo würden Sie denn hinfahren? Ans Wasser, nehme ich an.«

»Vielleicht. Sehr sicher sogar.« Plötzlich verzog Simone Bachmann ihr Gesicht. »Sie spielen wohl auf mein nächtliches Bad mit Ihrem Freund Thomas Korber an? Wie dumm ich doch bin. Es geht Ihnen gar nicht darum, auf Urlaub zu fahren. Ausfratscheln wollen Sie mich. Sie waren ja schon vorgestern so nett, Thomas und mir nachzuspionieren. Was für ein reizender Mensch, habe ich mir damals gedacht.«

Die Kollegin hatte beschlossen, eine kleine Pause zu machen und war nach draußen gegangen, um eine Zigarette zu rauchen. »Seinen Sie mir nicht bös, ich mach mir halt manchmal Sorgen um meinen Freund«, gestand Leopold, als er merkte, dass sie jetzt alleine waren. »Besonders, wenn er nachts mit Frauen unterwegs ist.«

»Sie sind ja noch rückständiger als die meisten rückständigen Eltern. Muss Thomas Sie immer fragen, was er darf und was er nicht darf? Warum lassen Sie ihn nicht alleine entscheiden?«

»Weil ich ihn kenn«, bemerkte Leopold knapp.

»Nein, weil Sie ein Kümmerer sind. Sie glauben, sich um alles und jeden kümmern zu müssen. Und weil Sie sonst niemanden haben, trifft es eben hauptsächlich Thomas. Schrecklich neugierig sind Sie natürlich auch noch. Eine gesunde Mischung, alle Achtung. Und was wollen Sie jetzt von mir?«

»Schauen Sie, mein Freund ist halt einer, der sich sehr leicht verliebt, und dann gleich bis über beide Ohren. Ich habe das Gefühl, dass das jetzt bei Ihnen wieder der Fall ist. Und da wollte ich nur wissen, ob Sie es halbwegs ernst meinen.«

Simone Bachmann konnte sich jetzt nicht mehr zurückhalten. Sie begann, laut und prustend zu lachen. »Nein, wirklich! Wie der Vater eines pubertierenden Jünglings. Das ist ja schon beinahe rührend. Kann Ihnen das nicht egal sein?«

»Nicht ganz«, konterte Leopold. »Da kommt nämlich gestern Abend Ihre Schwester Elfriede ins Kaffeehaus, stellt sich vorne zu mir an die Budel und meint, ich solle den Thomas vor Ihnen warnen, die Geschichte mit Ihnen täte ihm überhaupt nicht gut. Was soll ich denn davon halten?«

»Meine Schwester? Ach Gott, die soll sich lieber um ihre eigenen Angelegenheiten kümmern. Ich rede ihr in ihre Männergeschichten auch nicht drein.« Simone schien jetzt ein wenig eingeschnappt. »Mein Vorschlag: Erzählen Sie Thomas, was Sie wollen, aber lassen Sie mich damit in Ruhe. Was wir beide miteinander tun oder nicht tun, das machen wir uns schon selbst miteinander aus. Haben Sie sonst noch etwas auf dem Herzen?«

»Nur eine winzige Kleinigkeit«, sagte Leopold. »Aber die Frage bietet sich förmlich an: Haben Sie Herrn Walters näher gekannt?«

Damit hatte Simone Bachmann offenbar nicht gerechnet. Sie schaute kurz hinaus, ob ihre Mitarbeiterin nicht wieder hereinkommen wollte, damit dieses unangenehme Gespräch ein Ende nahm. Aber die plauderte gerade mit einer Passantin und nahm gerade noch eine Zigarette heraus. »Nein, überhaupt nicht«, antwortete sie schroff. »Warum …«

»Warum ich das wissen will? Grad eben haben Sie mir bestätigt, dass ich ein neugieriger Mensch bin. Da fragt man sich so einiges. Und was glauben Sie, warum Sie die Polizei gestern alle so lange verhört hat? Die stellt sich dieselbe Frage wie ich: Wer bringt einen Menschen wie Herrn Walters, der nicht gerade als übertrieben gesellig gilt, um? Zu 99% jemand, der ihn gekannt hat, oder? Und wer kann das sein?«

»Erstens muss es kein Mord gewesen sein, zweitens haben meine Schwester und ich für die Todeszeit ein einwandfreies Alibi, und drittens möchte ich wissen, warum ich mir Ihre Verdächtigungen anhören soll«, echauffierte Simone sich.

»Habe ich gesagt, dass ich Sie verdächtige? Ich glaube nicht«, berichtigte Leopold. »Aber diese Frage ist eben wichtig, und die Polizei wird immer wieder darauf zurückkommen, wird der Sache auf den Grund zu gehen versuchen und immer präzisere und detailliertere Auskünfte wollen. Haben Sie nicht daran gedacht, sich darauf ein wenig vorzubereiten?«

»Wie meinen Sie das?«

»Wie ich das meine? Ich habe mich gewundert, dass gestern nur zwei Leute von Ihrer Truppe bei uns im Heller waren, wo Sie doch beim Jux und auch sonst immer beinahe vollzählig gekommen sind. Jeder ist seiner Wege gegangen, dabei heißt es doch gerade jetzt die Köpfe zusammenstecken, Erfahrungen austauschen und beratschlagen. Man muss wissen, was man auf diverse Fragen antwortet, wenn Sie verstehen, was ich meine.«

»Sie könnten recht haben«, pflichtete Simone Leopold erstmals bei.

»Na sehen Sie! Man muss sich nur die richtigen Fragen stellen, und ich fang halt schon einmal damit an. Also: Wen könnte Walters vielleicht von früher gekannt haben? Denken Sie jetzt gar nicht so sehr an sich, sondern an die anderen. Ist Ihnen etwas aufgefallen, das da ein bisschen Licht ins Dunkel bringen könnte?«

Simone dachte nach. »Mein Gott, das ist schwierig«, beteuerte sie. »Walters hatte zu allen ziemlich den gleichen Draht.

Außer zu Toni natürlich, die zwei konnten sich von Haus aus nicht leiden.«

»War das von Anfang der Proben an so?«

»Ja! Walters hat schnell gemerkt, was für ein unzuverlässiger Kerl der Toni ist und hat dementsprechend reagiert. Toni ist mir überhaupt nicht ganz geheuer, ein seltsamer Bursche. Aber hinauswerfen hätte er ihn nicht dürfen, das war total unfair.«

»Und sonst?«

»Dem Stössl hat er vieles nachgesehen, Sie können sich vielleicht denken, warum. Zu den Damen war er manchmal eine Spur freundlicher als zu den Herren«, überlegte Simone Bachmann. »Sonst hat es für mich nichts Nennenswertes zu erkennen gegeben, außer … oh ja, warten Sie, da war etwas. Mit Anette Riedl ist er zeitweise eigenartig umgegangen, besonders vorsichtig und distanziert. Nicht weil sie Schülerin ist, es sah eher so aus, als ob er Angst vor ihr hätte. Mit ihr hat er auch am wenigsten geredet, glaube ich. Aber ob uns das weiterhilft?«

»Genau solche Sachen sind es, die uns weiterhelfen können«, konstatierte Leopold.

»Noch etwas fällt mir ein«, erinnerte sich Simone. »Walters war bei seinen letzten zwei, drei Proben auffällig schlecht drauf, noch reizbarer als sonst. Vielleicht hatte er etwas auf dem Herzen, irgendein Problem.«

»Na, sehen Sie! Und wenn von den anderen auch noch der eine oder andere etwas Auffälliges bemerkt hat, sind wir ja schon auf dem richtigen Weg, und es ergibt sich schön langsam ein Bild, was da so alles gelaufen ist bei unserem lieben Herrn *Kalbfleisch*.«

Leopold sprach das letzte Wort langsam und mit Genuss aus. Simone Bachmann errötete gerade so viel, dass ein aufmerksamer Beobachter es bemerkte. »Kalbfleisch«, wiederholte Leopold. »Das war der richtige Name von Herrn Walters. Wussten Sie das nicht?«

»Nein!« Simone Bachmann fuhr sich nervös über ihr glattes, mittellanges blondes Haar.

»Na, das kann man sich doch denken, dass ein Künstler anders heißt, als er sich titulieren lässt«, versuchte Leopold, ihr auf die Sprünge zu helfen, während ihre Kollegin wieder bei der Türe hereinkam. »Aber ich will Sie nicht länger aufhalten. Eine letzte Frage noch: Hat Herr Walters, wenn ich ihn weiterhin so nennen darf, irgendwann seit Beginn der Proben eine Unterredung mit Ihnen gesucht, wollte er Sie bezüglich einer bestimmten Sache ansprechen?«

»Nein, bestimmt nicht«, erwiderte Simone Bachmann nun schnell und ungeduldig. Sie war sichtlich froh, nicht mehr allein mit Leopold zu sein.

»Danke, das war's auch schon. Auf Wiedersehen.« Leopold deutete mit der Hand einen Abschiedsgruß an, hielt aber kurz noch einmal inne. »Ein paar Prospekte wenn ich mir mitnehmen dürft«, bat er. »Man weiß ja nie, ob's einen nicht doch irgendwohin verschlägt.«

*

Das Café Heller lag noch ein wenig verschlafen da. Es schien, als könne es sich nicht entscheiden, ob es erwachen und den neuen Tag begrüßen sollte. Die morgendlichen Gäste sahen so aus, als hätten sie in ihrer kauernden Stellung schon die ganze Nacht hier verbracht und ihre Augen erst zu Kaffee und Kuchen wieder geöffnet. Der Rauch, der von dem einen oder anderen Tisch aufstieg, wirkte wie sich langsam hebender Morgennebel.

»Eh nix los«, murmelte Leopold beruhigt, als er eintrat, und fragte sich, ob er sich wohl wieder einiges von seiner Chefin wegen der in Anspruch genommenen Zimmerstunde anhören würde müssen. Erst jetzt bemerkte er den an der Theke lehnenden Oberinspektor Juricek. »Servus, Leopold«, hörte er da auch schon den bekannten Gruß. »Beinah wär ich wieder gegangen. Jetzt bist du schon in aller Früh außer Haus. Seltsame Sitten reißen da ein.«

»Servus, Richard. Ich hab noch schnell was erledigen müssen«, entschuldigte Leopold sich.

»Na, dann mach mir halt einen zweiten Kaffee. Einen großen Braunen«, brummte Juricek. »Ich will ja gar nicht fragen, was das schon wieder für eine Erledigung war.«

»Ich möcht's gar nicht für mich behalten«, vertraute Leopold seinem Freund an, nachdem er sich rasch umgezogen hatte und nunmehr in seiner gewohnten Dienstkleidung hinter der Theke stand. »Ich war vorne im Reisebüro, bei Simone Bachmann. Hab mich dort ein bisschen erkundigt, weil wir im August geschlossen haben und ich dann so gar nichts zu tun habe.«

»War's nur das, was dich dort hingezogen hat?« Juricek, der seinen Sombrero diesmal aufbehalten hatte, grinste und zeigte dabei sein überholungsbedürftiges Gebiss.

»Nein, es hatte auch andere Gründe«, gab Leopold zu. »Es war auch wegen Thomas. Du weißt ja, er ist vorgestern mit Simone da hinausgeschwommen.«

»Was er nur zu gerne verheimlichen möchte.«

»Er ist in diese Simone ganz vernarrt. Du kennst ihn ja und weißt, was sich da anbahnt. Also, kurz gesagt, ihre Schwester Elfriede war gestern Abend noch bei uns und hat mich gewarnt. Sie meint, Simone würde Thomas nur ausnützen.«

»Aha«, nickte Juricek beiläufig. Er schlürfte dabei seinen Kaffee.

»Deswegen habe ich mit ihr gesprochen«, erklärte Leopold. »Wie die Sache wirklich ausschaut, ist natürlich nicht herausgekommen. Aber eins sag ich dir: Die zwei Schwestern sind beide keine Kinder von Traurigkeit. Elfriede hat gestern Peter Pribil dabeigehabt, und wenn du mich fragst, haben die beiden etwas miteinander.«

Juricek zog die Augenbrauen hoch. »Pribil ist verheiratet«, gab er zu bedenken.

»Ist das nicht egal in der heutigen Zeit? Thomas hat auch eine mehr oder minder fixe Freundin und kann's nicht lassen. Jedenfalls ist meine Meinung, dass es hinter den Kulissen bei dieser Theatertruppe ganz schön zugeht. Sodom und Gomorrha. Nestroy hätte das nicht treffender in Szene setzen können.«

»Aber erzählen tun sie uns natürlich nichts von ihren kleinen Unregelmäßigkeiten«, stellte Juricek fest. »Na schön. Gibt es sonst noch etwas?«

»Einstweilen nicht«, markierte Leopold den Unwissenden.

»Dann werde ich dir noch kurz von der Obduktion berichten. Deswegen bin ich ja eigentlich hier«, sagte Juricek, seine Tasse leerend. »Die Todeszeit dürfte stimmen. Ganz genau lässt sich das leider nicht mehr feststellen, das haben Wasserleichen so an sich. Aber wenn wir von dem ausgehen, was wir bisher erfahren haben, ist wohl der späte Freitagabend am wahrscheinlichsten. Zusätzlich fand sich eine große Menge Alkohol im Blut von Walters. Er dürfte stockbesoffen gewesen sein, als er starb. Das wirft wieder die Frage auf, ob wir es mit einem gewaltsamen Tod zu tun haben.«

Leopold ärgerte sich. Schon wieder wollte Juricek seine

schöne Mordtheorie ins Wanken bringen. »Er ist umgebracht worden«, schleuderte er giftig über die Theke. »Was denn sonst? Sein Gewand ist verschwunden, und nackt durch den halben Bezirk gelaufen wird er ja nicht sein.«

»Ich gebe zu, dass ein Mord die wahrscheinlichste Variante ist, aber ganz ausschließen dürfen wir einen Unfall oder Selbstmord nicht.«

»Hatte er etwa einen Herzinfarkt?«

»Nein, er ist ertrunken.«

»Na also. Erstens die Sache mit dem Gewand. Das muss ja jemand beseitigt haben, oder? Das heißt für mich, dass jemand bei Walters war. Selbstmord können wir also ausschließen, noch dazu, wo es nicht nötig war, so weit hinauszuschwimmen. Und ein Unfall? An der seichten Stelle? Mit jemandem in der Nähe? Das widerspricht aller Logik. Viel wahrscheinlicher ist, dass jemand mit ihm hinaus- oder ihm nachgeschwommen ist. Den betrunkenen Mann so lange unterzutauchen, bis er keine Luft mehr bekommen hat und ertrunken ist, war an besagtem Platz keine Schwierigkeit. Jeder hätte das durchführen können, jung oder alt, Mann oder Frau.«

»So ist er also deiner Meinung nach gestorben, der Herr *Kalbfleisch*.« Juricek sprach das Wort langsam und mit Genuss aus, wie schon Leopold Simone Bachmann gegenüber. Leopold, der sich in seine letzten Ausführungen richtig hineingesteigert hatte, stutzte.

»Du hast schon richtig gehört, Leopold«, fuhr Juricek nach einer kurzen Pause fort. »*Kalbfleisch* ist der eigentliche Name von Herwig Walters. Laut Wondratschek. Eigentlich hätte ich mir diese Information von dir erwartet.«

Jetzt bekam Leopold einen knallroten Schädel. Er überlegte. »Gut, ich hab's gestern vom Wondratschek gehört«, gab er zu. »Aber es war ein wahnsinnig anstrengender Tag. Ich hab vor lauter Arbeit nicht gewusst, wo vorne und wo hinten ist. Dann hab ich's vergessen. Wann hätte ich es dir denn sagen sollen?«

»*Vorhin*«, betonte Juricek, und er sah dabei gar nicht mehr freundlich drein. »Vorhin, als ich dich gefragt habe, ob's noch was zu melden gibt. Aber da hast du natürlich keinerlei Anstalten gemacht, auch nur irgendetwas in der Richtung anzudeuten. Du hast mir die Sache also bewusst verheimlicht.«

»So kann man das nicht sagen«, verteidigte sich Leopold.

»Wie denn? Dass das alles keine Verkettung unglücklicher Umstände ist, weiß ich, dazu kenne ich dich viel zu gut. Da steckt Methode dahinter. Leopold, es geht mir nicht darum, dass ich die Sache sowieso von Wondratschek erfahren habe, was relativ einfach war. Es geht mir darum, dass du im Alleingang ermittelst, anstatt dich dem großen Ganzen unterzuordnen. Das ist kein Spiel, bei dem der gewinnt, der als Erster ins Ziel hüpft. Da gilt es, gemeinsam ein Verbrechen aufzuklären.«

»Endlich gibst du zu, dass es sich um einen Mord handelt«, konnte sich Leopold nicht verkneifen zu sagen.

»Sei doch ruhig«, fuhr Juricek ihn ganz gegen seine Gewohnheiten an. »Bei so einer Sache muss man Vertrauen zueinander haben können. Ich bin enttäuscht von deinem Vorgehen. Wenn du nur endlich mit deinem aberwitzigen Wettkampfdenken aufhören würdest und bereit wärst zu kooperieren.«

Leopold versuchte, seinen Freund zu verstehen. Natürlich, die Polizei stand unter Druck, musste Ergebnisse liefern. Wahrscheinlich war Richard Juricek deswegen so nervös und ungeduldig, wie er ihn sonst nicht kannte, und hatte vergessen, dass ihm Leopold in der jüngsten Vergangenheit einige Täter sozusagen auf dem Serviertablett präsentiert hatte. Da konnte man nichts machen, schließlich hatte jeder das Recht auf Launen. Er beschloss, Juricek gegen seine ursprüngliche Intention die Sache mit den anonymen Bekennern mitzuteilen und ihm die Telefonnummer zu geben, um ihn wieder versöhnlicher zu stimmen.

»Und woher du das weißt, willst du natürlich wieder nicht sagen«, blieb Juricek ernst.

»Na, woher schon. Von einem Zettel, den Walters im Probenraum liegen hat lassen.«

»Aha, im Probenraum waren wir also auch schon. Und den Zettel hast du dir wohl stibitzt. Du weißt, dass das Unterschlagung von Beweismaterial ist.«

»Gar nichts habe ich«, protestierte Leopold. »Der Zettel liegt immer noch dort, wo er war, außer du und deine Mitarbeiter haben in ihrem Tatendrang dafür gesorgt, dass er nicht mehr auffindbar ist. Oder er ist zusammen mit den Requisiten im Haus der Begegnung gelandet. Aber sonst …« Er triumphierte innerlich, denn das war ja nun wohl wirklich die Wahrheit.

»Na schön«, brummte Juricek. »Schauen wir einmal, ob uns das weiterhilft.«

»Du bist also zufrieden mit mir? Nicht mehr böse?«

»Was heißt, nicht mehr böse?«, wehrte Juricek ab. »Was du mir jetzt gesagt hast, war erste Bürgerspflicht. Jeder muss die Polizei verständigen, wenn er in so einem Fall etwas weiß. Nur du nimmst dir immer irgendwelche Freiheiten heraus. Aber jetzt ist einmal Schluss. Du wirst von mir keine Informationen mehr über die weitere Entwicklung in der Causa Walters bekommen. Ich bin ja schließlich nicht dazu verpflichtet.«

»Für immer und ewig?«, fragte Leopold kleinlaut.

»Bis du wieder vernünftig bist.« Juricek zog sich seinen Sombrero in die Stirn, legte das Geld für die beiden Schalen Kaffee abgezählt auf die Theke und verabschiedete sich mit einem kurzen Tippen an seinen Hut.

»Nicht einmal ein Trinkgeld hat er gegeben«, stellte Leopold kopfschüttelnd fest. »Mir scheint, er ist wirklich stinksauer auf mich.«

*

Thomas Korber atmete einmal tief durch, als die Glocke zum Ende der letzten Schulstunde läutete. Es war Samstagmittag, das Wochenende war da. Auch das Schuljahr neigte sich seinem Ende zu. Ein paar lästige Prüfungen noch, bei denen er auf den Fingerzeig von Direktor Marksteiner hin ohnedies beinahe alle Schüler durchlassen musste, um die so genannte Behaltequote zu sichern. Dann die letzten Theaterproben und die Aufführungen vom ›Jux‹. Und dann, ja, dann war wieder einmal alles geschafft.

Sollte sich Korber über Leopold und den neuen Mordfall Gedanken machen? Er beschloss, diesen Dingen auszuweichen und sich jetzt nicht mit Unnötigem zu belasten. Vielleicht gelang es ihm, sich mit Simone Bachmann zu treffen, danach war ihm eher zumute. Korber war sich noch immer nicht darüber im Klaren, wie sehr er sie mochte, aber er fühlte, wie sehr er sie begehrte. Manchmal dachte er freilich wehmütig an Geli Bauer, doch welche Hoffnungen durfte er sich hier noch machen? Sie war von ihm weggegangen, ehe ihre Beziehung richtig angefangen hatte. Zwar handelte es sich nur um eine temporäre Abwesenheit, eine Art Auszeit, während der sie über ihr Verhältnis zu ihm nachdenken wollte.

Allerdings gab es da eine denkbar einfache Regel: Von einer Frau, die nicht da war, wusste man nicht viel, auf jeden Fall zu wenig, um seine Zukunft darauf aufzubauen. Man musste sich an das Nahe, Greifbare halten. Und das war für Korber im Augenblick Simone Bachmann.

Er blickte vom Schultor aus zum Himmel. Von Westen her wurde es dunkel. Ein Gewitter kündigte sich an. Das erleichterte seine Entscheidung, diesmal vorsichtshalber dem Café Heller keinen Besuch mehr abzustatten, sondern zu schauen, dass er schnurstracks nach Hause kam. Er hatte nämlich keinen Schirm dabei.

Da wurde er plötzlich von hinten an der Schulter angetippt. »Entschuldigen Sie, Herr Professor Korber … Ich meine, entschuldige, Thomas«, hörte er Anette Riedls Stimme. »Könntest du mich bitte nach Hause begleiten? Ich habe Angst.«

»Wegen des Wetters?«, fragte Korber. »Da kann ich dir nicht viel helfen, ich habe meinen Schirm zu Hause gelassen.«

»Nein, das ist es nicht. Schon seit einigen Tagen habe ich so ein komisches Gefühl. Ich habe Angst, dass ich verfolgt werde.«

Korber wirkte nicht sehr interessiert. »Wirklich? Warum hast du es denn gestern nicht der Polizei gesagt?«

»Das würde mir doch niemand glauben«, erklärte Anette. »Ich kann es auch nicht an irgendetwas festmachen. Aber ich bin mir sicher, dass mir unlängst jemand nachgegangen ist, und einmal hat mir ein Mann aufgelauert.«

Korber stand unschlüssig da. Das Wochenende schien gerade da einen komplizierten Beginn zu nehmen, wo er es nicht erwartet hatte. »Ich weiß, es schickt sich einfach nicht«, gab Anette zu. »Aber ich würde mich dann viel wohler fühlen. Und wenn nichts ist, bin ich auch nie wieder lästig.«

»Hast du wenigstens einen Schirm mit?«, fragte Korber. Er wusste immer noch nicht, was er tun sollte.

»Nein!« Anette schüttelte den Kopf. »Aber wenn wir uns beeilen, geht es sich noch vor dem Gewitter aus.«

Korber ging automatisch los. Anette hatte Schwierigkeiten, Schritt mit ihm zu halten. »Das Furchtbarste sind diese ständigen Zweifel«, redete sie ungeniert weiter, während sie sich auf die Bushaltestelle zu bewegten. »War alles wirklich so, wie man es erlebt hat? Die anderen sagen, es kann nicht so gewesen sein, und im eigenen Hirn laufen immerzu die gleichen Bilder ab. Man kann sich doch nicht so täuschen, oder?«

»Sinneseindrücke sind flüchtig, und wir täuschen uns ständig«, versuchte Korber, eine Antwort zu finden.

»Aber worauf kann man sich dann verlassen? Braucht man für alles jemanden, der einem etwas bestätigt? Irgendwie müsste doch die eigene Urteilskraft genügen.«

»Ich würde mir an deiner Stelle einmal überlegen, warum dich jemand verfolgen sollte«, gab Korber zu bedenken, während sie in den Autobus einstiegen.

»Wenn ich das wüsste«, beteuerte Anette. »Dann hätte ich zumindest Gewissheit, was los ist. Zuerst habe ich gedacht, es will mich wer vergewaltigen. Ich glaube, das kommt einer Frau automatisch als Erstes in den Sinn. Aber ein Vergewaltiger macht es doch immer so, dass er einen erwischt. Also muss es etwas anderes sein. Wahrscheinlich will mir jemand Angst machen oder so ähnlich.«

»Und woher weiß dieser Jemand, wann und wo er dir auflauern soll?«

»Keine Ahnung!«

Korber begann nachzudenken. »Könnte es sein, dass diese ›Verfolgungen‹ im Zusammenhang mit dem Tod von Herwig Walters stehen?«, mutmaßte er.

»Warum?«

»War nur so ein Gedanke! Eins steht jedenfalls fest: Die Leute von unserer Theatergruppe wissen derzeit am besten, wann du dich auf den Heimweg machst.«

»Aber was für einen Grund gäbe es dafür? Dass die Bachmann-Schwestern mich nicht leiden können? Oder dass der Toni Haslinger ein wenig durchgeknallt ist? Das wird's doch auch nicht sein, oder?«

»Da kann ich dir leider nicht weiterhelfen«, gestand Korber. »Wenn es einen Grund gibt, solltest in erster Linie du ihn wissen.«

»Das ist alles reichlich kompliziert«, seufzte Anette. »Und das Problem besteht darin, dass ich mir manchmal selbst nicht mehr glaube. Kann es eigentlich sein, dass man etwas völlig anders im Gedächtnis behält, als es wirklich gewesen ist? Oder dass man sich an gewisse Dinge nicht mehr erinnert, die man getan hat?«

Sie stiegen bei der Haltstelle aus. »Ich bin kein Experte«, beteuerte Korber. »Das fällt in das Aufgabengebiet eines Psychiaters oder eines Psychologen.« Er sah besorgt zum Himmel hinauf. Von einem Verfolger keine Spur, dafür blitzte und donnerte es bereits beachtlich. Das Gewitter würde sich demnächst entladen, und er würde wohl seinen Teil abbekommen.

»Hast du dir über solche Sachen eigentlich schon einmal Gedanken gemacht?«, redete Anette unbeirrt weiter, während die ersten Tropfen fielen.

»Nein«, kam es leicht genervt von Korber.

»Es ist jedenfalls seltsam. Bis jetzt habe ich über so etwas noch nie nachgedacht, aber derzeit gehen mir diese Dinge nicht aus dem Kopf. Was ist, wenn ganze Teile unseres Lebens anders abgelaufen sind, als wir sie zu kennen glauben?«

Während Anette so vor sich hin quasselte, öffnete der Himmel seine Schleusen. Von einem Augenblick auf den anderen begann es, kräftig zu schütten. »Lauf«, rief Korber ihr zu. Sie rannten zur nächsten Hauseinfahrt und stellten sich unter.

»Was wissen wir schon von unserer Kindheit? Das, was wir erzählt bekommen«, nahm Anette ihren Faden wieder auf. Das Wasser tropfte ihr dabei von den Haaren, und ihr T-Shirt und ihre Hose waren völlig durchnässt. »Aber hat sich alles wirklich so zugetragen? Das ist eine wichtige Frage. Unser Gedächtnis kann uns nicht dabei helfen, sie zu beantworten. Wir haben bloß Ahnungen und Gefühle. Dabei ist es ein so wichtiger Lebensabschnitt.«

Korber hörte Anettes Ausführungen nur mehr mit einem Ohr zu. Er zeigte auch kein Interesse an ihren jetzt deutlich erkennbaren kleinen Brustwarzen. Seine Gedanken kreisten alleine um das Problem, wie er halbwegs trocken nach Hause kommen konnte. »Hoffentlich ist in nächster Zeit wieder alles halbwegs normal«, hörte er sie sagen. »Dann wäre mir bedeutend wohler. Und ich wäre deutlich weniger misstrauisch gegenüber den anderen von der Truppe. Wenn mir nur jemand glauben würde. Du glaubst mir doch, Thomas?«

»Ja, natürlich«, antwortete Korber geistesabwesend. »Trotzdem würde ich an deiner Stelle zur Polizei gehen, wenn du dein ungutes Gefühl nicht loswirst.«

Statt zu antworten, nahm sie ihn bei der Hand. »Komm«, forderte sie ihn auf. Sie liefen durch den Regen, bis sie bei dem Haus angelangt waren, in dem Anette wohnte. »Warte«, bat sie ihn. »Ich bin in einer Minute wieder da.«

Korber wollte gar nicht daran denken, was an diesem Wochenende noch alles passieren konnte. Er sah Komplikationen mit Simone auf sich zukommen und fürchtete noch mehr die Unberechenbarkeit seines Freundes Leopold. Er fror in seinem durchnässten Gewand, und das machte ihn nicht gerade optimistischer. Gott sei Dank war Anette wirklich gleich wieder da. »Ich danke dir, dass du mitgegangen bist«, sagte sie leise. »Das hätte nicht jeder getan. Offenbar hat es die bösen Geister vertrieben.« Sie küsste ihn flüchtig auf die Lippen. »Ich glaube, den Schirm da kannst du jetzt ganz gut gebrauchen. Bring ihn mir am Montag zur Probe wieder mit.«

Ihr »Tschüss« hörte Korber schon nicht mehr. Den rosa Schirm wie eine Waffe den Elementen entgegenhaltend, trat er hinaus in den nach wie vor strömenden Regen. Mechanisch setzte er einen Schritt vor den anderen und beschloss, von den nächsten Tagen nicht allzu viel zu erwarten.

12

»Gegen meine Verschwiegenheit kann man das Grab eine Kaffeeg'sellschaft nennen.« (Nestroy: Frühere Verhältnisse)

So wenig Interesse Leopold sonst Herrn Otto, seinen dunklen Botschaften und seinem regelmäßig ereignislosen Tagesablauf entgegenbrachte, so sehr strahlte er diesmal über das ganze Gesicht, als er ihn bei der Tür hereinkommen sah. »Herr Otto, das ist aber eine Freude«, grüßte er ihn. »Ein frisches, kühles Vierterl wie immer?«

»Meine Freude hält sich in Grenzen«, grummelte Herr Otto. »Draußen ist es pechschwarz. Da geht gleich was nieder. Ein Unwetter! Das könnte meinen ganzen Zeitplan durcheinander bringen. Unter Umständen muss ich heute länger hier bleiben, als mir lieb ist.«

»Ein Unwetter? Sagen Sie jetzt bloß nicht, dass die Welt heute schon untergeht«, stichelte Leopold. »Sonst brauche ich Ihnen ja gar nichts mehr einzuschenken.«

»Heute? Unsinn! Erstens ist das Datum des Weltendes durch den Maya-Kalender festgelegt, und zweitens wird es nicht durch irgendeine Katastrophe herbeigeführt, sondern durch den Kometen, wie oft soll ich dir das noch sagen.« Herr Otto griff zu dem ihm von Leopold kredenzten Weinglas und tätigte einen großen Schluck.

»Manchmal frage ich mich schon, woher Sie das so genau wissen wollen«, warf Leopold einen Köder aus.

»Jeder Mensch mit einem halbwegs klaren Hausverstand kann sich die Sache ausrechnen«, führte Herr Otto, den der Wein zu beleben schien, aus. »Es ist eine Sache von Materie und Anziehungskraft. Die Planeten ziehen in einer beständigen Abhängigkeit ihre Bahnen um die Fixsterne, die Trabanten um die Planeten. Alles sieht so regelmäßig aus, und doch kann sich das jederzeit auf verheerende Art und Weise ändern. Dazu braucht es gar keine schwarzen Löcher. Weißt du überhaupt, was das ist, ein schwarzes Loch?«

»Wird schon nichts Unanständiges sein«, bemerkte Leopold.

»Ganz im Gegenteil, es ist ein Phänomen. Ein untergehender Stern fällt in sich zusammen und verdichtet seine Masse dabei so, dass er alles in seiner Nähe an sich zieht, sogar das Licht. Solch seltsame Dinge gibt es im Weltall, Leopold, und sie alle bestimmen unser Schicksal! Aber kehren wir zu unseren Umlaufbahnen zurück, das genügt vollkommen. Ein Komet ist dabei erwiesenermaßen besonders anfällig für eine Unregelmäßigkeit. Eine winzige, unbedeutend scheinende Abweichung und – Bummm!!!«

Wie zur Untermalung seiner Ausführungen krachte plötzlich ein Donner, der das gesamte Kaffeehaus erzittern ließ. »Das ist nur ein kleiner Vorgeschmack, mehr nicht«, lächelte Herr Otto.

»Und Sie haben sich Ihr Leben lang mit solchen Dingen beschäftigt?«, legte Leopold ein Schäuferl nach und schenkte auch das Glas wieder voll, das sein Gast an der Theke bei dem Kracher blitzartig geleert hatte.

»Willst du mich beleidigen? Ich hab die Astronomie im kleinen Finger«, protestierte Herr Otto. »Dazu habe ich mir nie – ich betone, nie! – Bildungskarenz oder einen Sonderurlaub nehmen müssen. Keinen einzigen Arbeitstag habe ich deswegen versäumt. In den dunklen Büroräumen des Wiener Rathauses hat sich mir das Licht der Gestirne offenbart. Wenn die Aktenlage besonders trostlos war, habe ich einfach ein Buch aufgeschlagen und darin gelesen. Später mit Computer und Internet ging natürlich alles leichter. Heute bin ich froh, diese Fortbildung genossen zu haben. Ich habe dadurch vielen anderen Menschen gegenüber einen großen Vorteil: Ich weiß genau, wann und woran ich sterben werde.«

»Ist das denn wirklich schon so sicher?«

»Ich bin jedenfalls davon überzeugt. Du kannst den Weltuntergang ja ruhig verdrängen, wenn du willst. Die meisten Menschen verdrängen den Gedanken an ihren eigenen Tod. Wenn sie sich vorstellen, dass es plötzlich aus sein könnte, bekommen sie alle möglichen Zustände. Darüber bin ich längst hinweg.«

»Das erinnert mich an diese Gruppe, von der Sie mir gestern aus der Zeitung vorgelesen haben«, lenkte Leopold das Gespräch jetzt mühelos in die von ihm gewünschte Richtung. »Diese … na, wie heißen sie doch gleich?«

»Confessions Anonymous? Anonyme Bekenntnisse?« Herr Otto fuhr von seinem Weinglas hoch.

»Ja, genau! Die leben doch auch von der Todesangst der Menschen, davon, dass die Leute mit sich ins Reine kommen wollen, bevor es zu spät ist.«

»Da ist was Wahres dran! Natürlich verschafft ihnen die derzeitige Endzeitstimmung einen enormen Boom«, sinnierte Herr Otto. »Dabei handelt es sich um einen ganz einfachen psychologischen Trick. Die meisten Leute können ihre kleinen Schweinereien nicht für sich behalten. Sie bekommen Schuldgefühle, und dann muss alles raus. Viele haben aber niemanden, dem sie sich anvertrauen können. Sie brauchen ein Ventil. Genau davon profitiert so ein Verein, von dem Bedürfnis, sich anderen gegenüber anonym ›outen‹ zu können.«

»Wie funktioniert denn so etwas?«

»Du bist interessiert? Hast du vielleicht auch irgendwo eine Leiche im Keller liegen?«

»Nein, aber seitdem ich das Inserat gestern gesehen habe, bin ich einfach wahnsinnig neugierig. So ein Verein ist doch eine verrückte Idee. Da möchte ich mehr darüber wissen.«

»Viel weiß ich auch nicht«, gestand Herr Otto. »Ich habe nur gehört, dass es sich um eine teure Angelegenheit handelt. Die offizielle Betreuung kostet ja nichts, damit die Anonymität gewahrt bleibt. Man bekommt ein Gespräch mit einem Geistlichen oder einem Psychologen. Aber wenn man den Kick einer sogenannten Präsentation möchte, und das wollen anscheinend die meisten, muss man eine Spende für einen guten Zweck hinlegen, in bar, und die ist nicht von schlechten Eltern.«

»Ist man dort wirklich die ganze Zeit anonym? Wie soll denn das gehen? Weiß man gar nicht, wer da hingeht?«, drängte Leopold.

»Wie gesagt, so genau kenne ich mich auch nicht aus.« Herr Otto schaute irritiert zum Fenster hinaus, wo gerade ein wahrer Wolkenbruch niederging. Sein festgefügter Tagesplan schien tatsächlich ins Wanken zu geraten. Dabei fiel ihm etwas ein. »Allerdings kenne ich jemanden, der mehr darüber weiß«, sagte er. »Davon erzähle ich dir aber erst, wenn du mir einen Schirm leihst.«

Leopold deutete auf einen Schirmständer und zwinkerte Herrn Otto zu. »Alles erstklassige Ware aus zweiter Hand, vergessen und nicht abgeholt.«

»Na schön«, nickte Herr Otto zufrieden. »Welche Gründe du auch immer haben magst, dich für diese Gruppe zu interessieren: Ein ehemaliger Arbeitskollege von mir, der Herr Roland, kann dir wahrscheinlich weiterhelfen. Was ich weiß, hat er mir seinerzeit erzählt. Seine Nichte arbeitet nämlich bei den anonymen Bekennern als Sekretärin und Buchhalterin. Du findest ihn meistens im ›Weinreberl‹ vorne auf der Prager Straße.«

»Und wann?«, ließ Leopold nicht mehr locker.

Herr Otto blickte noch einmal in den Gewitterregen, der draußen gerade alles unter Wasser setzte, dann auf den Schirmständer, dann auf seine Uhr. »Das Lokal sperrt um drei Uhr nachmittags auf«, stellte er fest. »Da ist er für gewöhnlich schon dort. Ich komme nach einer kleinen Zwischenstation auch in etwa um diese Zeit dorthin. Du kannst uns gerne Gesellschaft leisten, Leopold. Ich hoffe nur, dass ich die Zeit bei diesen Unbilden der Witterung einhalten kann.« Er suchte sich einen Schirm aus, bestellte danach jedoch unter weiteren Klagen über die bedauerliche Wetterlage, die seinen gesamten Tagesverlauf durcheinander zu bringen drohte, schweren Herzens noch ein Achtel Wein.

Leopold hingegen machte eine weitere geistige Notiz: 15 Uhr, Weinreberl auf der Prager Straße, Herr Roland. Vielleicht würde er dort etwas darüber erfahren, weshalb sich Herwig Walters die Nummer der anonymen Bekenner auf einem Zettel notiert hatte.

*

»Also du willst gar nichts mit mir unternehmen? Das ganze Wochenende nicht?«

»Ich habe dir schon gesagt, dass ich etwas Ruhe brauche, Thomas. Die letzten Tage waren anstrengend, ich komme gerade von der Arbeit nach Hause. Und die Geschichte mit Walters muss ich auch erst einmal richtig verkraften.«

»Ich habe auch an nichts Großartiges gedacht. Vielleicht abends auf ein Glas Wein gehen, oder ins Kino.«

»Ins Kino bringst du mich sicher nicht. Und ein Glas Wein können wir am Montag nach unserer ersten Probe im Haus der Begegnung trinken, da werden wir es sicher brauchen.

Außerdem ist es in unserer Situation jetzt wichtiger, dass wir uns *alle* zusammensetzen und nicht einzeln. Wir sollten beraten, was zu tun ist, oder in Erfahrung bringen, ob jemand doch etwas weiß.«

»Das ist mir schon klar. Ich fand es eben am Donnerstagabend so schön, ehe es zu dem schrecklichen Zwischenfall kam. Da hätte ich gerne weitergemacht. Aber zu zweit.«

»Waren wir denn wirklich zu zweit? Ich glaube mich zu erinnern, dass uns eine dunkle Gestalt gefolgt ist. Dein neugieriger Freund und ständiger Wegbegleiter Leopold lässt dich offensichtlich ungern allein. Und er hat Angst um dich, Angst, dass ich dich nur ausnütze. Das hat er mir heute selbst gesagt. Bist du nicht auch der Meinung, dass wir uns zur Beruhigung seiner Nerven vorläufig nicht treffen sollten?«

Leopolds Interventionen waren Korber gar nicht recht. Er schluckte ein paar Male, ehe er wieder in den Hörer sprach: »Hör mal, Simone, was Leopold denkt oder sagt, ist für mich ziemlich unerheblich. Könnten wir nicht doch ...«

»Hast du noch nicht bemerkt, dass es Schusterbuben regnet?«

»Schön, ich gebe mich geschlagen«, gab Korber schweren Herzens nach. »Aber nicht für immer. Ich mache mir schon noch Hoffnungen auf ein weiteres Rendezvous.«

»Schaun wir mal. Jetzt warten wir erst den Montag ab«, hörte er von Simone.

»Also dann bis Montag. Und vergiss nicht, ich mag dich«, hauchte Korber abschließend ins Telefon.

Plötzlich wehte ihm ein kalter Lufthauch entgegen. Er kam von draußen. Eine Gestalt, mehr nass als trocken, stand in der Tür. »Entschuldige, wenn ich dich beim Telefonieren störe«, sagte sie. »Aber ich dachte ...«

Korber fiel aus allen Wolken. Er meinte, seinen Augen nicht zu trauen. »Geli?«, fragte er ungläubig.

»Wer sonst? Oder hast du vielleicht ein anderes weibliches Wesen erwartet?«

»Nein, natürlich nicht. Es ist nur ... das Theaterstück hält mich im Augenblick auf Trab. Deswegen auch der Anruf. Eine Kollegin. Schauspielkollegin, genauer gesagt«, stotterte Korber herum. »Und was machst du hier?«

»Ich habe mir die Freiheit genommen einzutreten, den Schlüssel habe ich ja immer noch von dir«, erklärte Geli. »Eben wegen eures Theaterstückes bin ich gekommen, hab mir zwei Wochen von der Firma freigenommen und mache sozusagen Urlaub in Wien. Ich muss dich natürlich live auf der Bühne erleben.« Ein kurzes Lächeln huschte über Gelis Gesicht. Es war das erste Mal seit langem, dass Korber es wieder sehen konnte. Doch sofort wurde sie wieder ernst. »Obwohl, es muss ja ganz schön bei euch zugehen, wo euer Regisseur gestorben ist«, meinte sie. »Der Leopold hat's mir gesagt. Ich war noch einen Sprung im Kaffeehaus.«

»Ja, es war schlimm.«

»Du hast den Toten gefunden?«

Korber nickte. Er wartete, ob noch eine Bemerkung bezüglich seines nächtlichen Badeausfluges kommen würde, aber offenbar hatte Leopold Diskretion gewahrt. »Das Auffinden von Leichen ist ja anscheinend eine Spezialität von dir geworden«, fuhr Geli fort. »Es hat sich also nicht viel in Wien geändert. Leopold ist schon ganz gamsig darauf, den Täter zu finden, und du musst ihm dabei zur Seite stehen.«

»Diesmal nicht«, beeilte sich Korber zu sagen. »Die Schauspielerei kostet mich genug Zeit und Nerven, vor allem unter den gegebenen Umständen.« Er schaute in Gelis Augen und kam sich dabei schrecklich unentschlossen vor. »Hast du schon irgendwelche Pläne für dieses Wochenende?«, fragte er nach einer kleinen Pause.

»Nein«, kam es sehr schnell aus ihrem Mund. »Ich bin ja hauptsächlich wegen des Stücks gekommen – und wegen dir.«

»Das Wetter ist nicht gerade einladend.«

»Das macht nichts«, konstatierte Geli, während sie in die Küche ging und den Inhalt des Eiskastens kontrollierte. »Was hältst du von einem gemütlichen Fernsehnachmittag?«, schlug sie vor, als sie sah, dass die Vorratslage einigermaßen zufriedenstellend war.

»Das ist eine prächtige Idee«, stimmte Korber zu. Erst jetzt fiel ihm auf, dass er Geli noch gar nicht richtig begrüßt hatte. Er ging ihr entgegen und stieß in der Küchentüre beinahe mit ihr zusammen. Für einen Augenblick hielt er sie fest, dabei begegneten sich ihre Lippen automatisch und küssten sich. »Ob du mir's glaubst oder nicht – du hast mir gefehlt«, gestand er ihr.

*

Herr Otto und Herr Roland standen einträchtig nebeneinander an der langgezogenen Schank des ›Weinreberl‹. Herr Roland war um beinahe einen Kopf größer als sein Gegenüber, hatte fülliges, nach hinten frisiertes weißes Haar und eine dick umrandete Brille. Er trug einen leichten, hellbraunen Sommeranzug. Herrn Ottos Augen waren im Verlauf der letzten Stunde kleiner geworden. Die Anstrengungen seines täglichen Rundganges kamen schön langsam zum Vorschein. Trotzdem bewahrte er Haltung. Überhaupt schien beiden Herren die Bedeutung ihrer ehemaligen Position als Beamte, denen die Geschicke des Landes anvertraut gewesen waren, stets bewusst zu sein. Auch jetzt, nach ihrer Pensionierung, repräsentierten sie quasi den Staat nach außen. Sie waren allzeit bereit. Wenn man sie rufen würde – aber leider rief ja keiner – würden sie schon noch beweisen, dass sie eigentlich unentbehrlich waren. Sollte die Welt tatsächlich untergehen, dann vielleicht auch, weil man ihre Dienste nicht mehr in Anspruch nahm.

»Roland, das ist der Herr, von dem ich dir gerade erzählt habe«, raunte Herr Otto seinem Kollegen zu, als Leopold zur Tür hereinkam.

»Soso!« Herr Roland rückte seine Brille zurecht, um den Eintretenden besser betrachten zu können. So mochte man ihm dereinst nach stundenlangem Warten vor den Amtsräumen gegenüber gestanden sein.

»Der Ober vom Café Heller, wie ich bereits erwähnt habe.«

»Jaja!«

»Ein aufgeschlossener und sympathischer Mensch, wenn ich das so sagen darf.«

»Aha!«

Leopold grüßte ein wenig zurückhaltend. Herr Roland machte eine kurze, einladende Geste mit der Hand. »Gesellen Sie sich doch zu uns«, sagte er mit einem leichten Anflug von Jovialität.

»Dankeschön, Herr …«

»Roland! Für Freunde meines Freundes Otto immer nur Herr Roland, bitteschön. Was ist es denn, das sie auf dem Herzen haben?«

»Wenn Sie mich so direkt fragen, sind es ein paar Einzelheiten über …«

»Diese anonyme Bekenntnisgruppe, nicht wahr?«, unterbrach Herr Roland sofort. »Soso! Aha!«

»Ganz recht«, hub Leopold erneut an. »Ich interessiere mich für diesen Verein, weil er so außerordentlich …«

»Wenn Sie einen Wams brauchen, empfehle ich Ihnen, konkreter zu werden«, stoppte Herr Roland ihn erneut. Er brauchte Gründe, die er prüfen, ein konkretes Ansuchen, über das er befinden konnte. Einen Akt eben, den er geistig zur Unterschrift fertig zu machen gedachte.

»Dann lassen Sie mich ausreden«, wurde Leopold ungeduldig. »Ich meine, weil er so außerordentlich mit einer Person verknüpft ist, die mir nahe steht.«

»Soso!«

»Diese Person dürfte Mitglied der Gruppe gewesen und dadurch in erhebliche Schwierigkeiten geraten sein.«

»Jajaja!« Herr Roland wandte sein Interesse wieder seinem Weinglas zu.

»Da würde ich gern mehr darüber herausfinden«, fuhr Leopold fort. »Und dazu bräuchte ich Ihre Hilfe.«

Herr Roland schaute zu Herrn Otto, und der schaute wieder zurück. »Meinst du …?«

»Unter den gegebenen Umständen …«

»Andererseits …«

»Nun, man könnte aber durchaus …«

»Wissen Sie überhaupt, was Anonymität heißt?«, wandte Herr Roland sich jetzt wieder an Leopold. »Es heißt, dass man unerkannt bleibt und nichts und niemandem gegenüber beim Namen genannt wird.«

»Eben das dürfte bei dieser Person nicht funktioniert haben«, konterte Leopold. »Denn sie wurde möglicherweise erkannt und ihr Name genannt – sehr zu ihrem Nachteil.«

»Allerdings könnte das fatale Folgen haben, jaja. Ich war einmal bei einer dieser sogenannten Präsentationen anwesend«, erinnerte sich Herr Roland. »Es ging mir tief unter die

Haut. Ein Lehrer berichtete darüber, wie er jahrelang seine Schüler nach Sympathie aussortiert hatte. Er unterrichtete oft eine Klasse in zwei Gegenständen, das heißt allein seinetwegen konnte ein Schüler zum Sitzenbleiben verdonnert werden. Mit Vorliebe ließ er junge Knaben durchfallen. Es habe ihm große Befriedigung gegeben, den Herrn über Sein oder Nichtsein zu spielen, sagte dieser Lehrer damals. Wenn einer der Zuschauer gewusst hätte, um wen es sich handelt, hätte derjenige wohl nichts zu lachen gehabt.«

»Sehen Sie! Ich habe nämlich den Verdacht, dass eine Person, durch welche Umstände auch immer, bei einer solchen Präsentation erkannt werden kann.«

»Aha! Soso! Vielleicht! Auf jeden Fall wird alles nur Menschenmögliche getan, um das zu verhindern. Jeder Anwesende bei einer Präsentation muss eine Maske tragen, der Vortragende natürlich eingeschlossen, und es wird strikt darauf geachtet, dass man einander ohne eine solche nicht über den Weg läuft. Das System ist kompliziert, aber es funktioniert.«

»Ich behaupte ja nicht, dass es an der Organisation liegt. Aber jeder Mensch hat nun einmal eine unverkennbare Stimme, dazu Gesten und Gebärden, durch die man unter Umständen feststellen kann, wer er ist, auch wenn er eine Maske trägt. Darum würde ich mir gerne einen Überblick verschaffen, wer alles zur gleichen Zeit wie die mir bekannte Person den Verein frequentiert haben könnte.«

»Genau das ist es, wovor die Anonymität schützen soll«, schüttelte Herr Roland den Kopf. »Namen werden nicht preisgegeben. Außerdem geben die Leute großteils gar nicht ihren richtigen Namen an.«

»Dafür brennen sie wie die Luster.«

»Ich korrigiere: Sie spenden für einen wohltätigen Zweck,

und auch das nur, wenn sie sich zur Schau stellen wollen. Ich bitte um etwas mehr Präzision, Herr …«

»Leopold! Schön! Ihre Nichte arbeitet bei diesem Verein, so viel ich weiß«, kam Leopold zur Sache. »Ich würde sie gerne sprechen, mehr will ich ja gar nicht. Sie müsste einen Einblick haben, wer dort kommt und geht. Und ein relativ gutes Personengedächtnis obendrein. Vielleicht könnten Sie diesbezüglich ein gutes Wort für mich einlegen.«

Herr Roland schaute zu Herrn Otto, und der schaute wieder zurück. Schwere Verantwortung lastete jetzt auf ihren Schultern.

»Nun ja«, konzedierte Herr Roland.

»Immerhin«, nickte Herr Otto.

»Es ist ja eigentlich …«

»Genau!«

»Was ich tun kann«, sagte Herr Roland nachdenklich vor sich hin und lutschte dabei an seinem Brillenbügel, »ist, meine Nichte von Ihrem Ansinnen in Kenntnis zu setzen. Alles Weitere bleibt dann wohl ihr überlassen. Ich weiß leider nicht, wie groß ihr Verantwortungsgefühl ist.«

»Dann geben Sie ihr diese Karte mit meiner Telefonnummer«, bat Leopold. »Sie soll einmal im Café Heller vorbeischauen, ich bin dort praktisch immer anzutreffen. Am besten gleich am Montag, die Sache ist nämlich dringend.«

»Soso«, brummte Herr Roland und steckte Leopolds Karte ein.

»Wenn ich die Herren jetzt vielleicht auf eine Runde einladen dürfte?«, erkundigte Leopold sich vorsichtig.

»Achtung«, mahnte Herr Roland. »Für Staatsdiener in Ausübung ihres Amtes gilt immer noch das Delikt der Beamtenbestechung.«

»Und für Beamte im Ruhestand?«, lächelte Leopold.

»Ist Ihr Angebot leider im Normalfall viel zu niedrig«, stellte Herr Roland klar.

»Aha! Soso«, seufzte Leopold und nahm nach einigem Zögern einen 20 Euroschein aus seiner Brieftasche, den Herr Roland kommentarlos einstreifte. Als er dann noch einmal seine Hand aufhielt, gab Leopold schweren Herzens weitere 20 Euro dazu.

13

»Die Großen der Erde sind Sterne, folglich können sie nur dann leuchten, wenn's finster ist.« (*Nestroy: Freiheit in Krähwinkel*)

Es war Sonntag Nachmittag. Leopold war allein zu Hause. Das nach wie vor trübe Wetter heiterte sein Gemüt keineswegs auf. Richard Juricek hatte die Zusammenarbeit mit ihm abgebrochen, Thomas Korber rührte sich nicht und meldete sich auch nicht am Telefon. Wie sollte Leopold da im Fall Herwig Walters Entscheidendes zuwege bringen?

Eine stille Melancholie ergriff Besitz von ihm. Er schaute zum Fenster hinaus und ihm war fad. Wie fad würde ihm erst im August werden, wenn das Café Heller geschlossen hatte und womöglich auch das Verbrechen Sommerpause hielt?

Seltsam, welche Wandlung die Dinge nahmen, und wie träge der Geist wurde, wenn nichts los war. Leopold drehte den Fernseher auf. Bewegte Bilder, sonst nichts. Es bewegte sich nichts in seinem Hirn, das war das Problem, es stand alles still. Nichts zu tun. Kein Vorankommen in dem Mordfall. Auf neue Details konnte er erst morgen hoffen.

Und sonst? Was gab es an einem Sonntag zu unternehmen? Diese Frage hatte sich Leopold, weiß Gott, schon oft gestellt. Aber er fand keine Antwort. Der Sonntag war offenbar nur dazu da, die Zeit totzuschlagen.

Er nahm eine kleine Flasche Bier aus dem Eiskasten, schenkte sich ein Glas halbvoll ein und starrte unverwandt auf den Bildschirm. Es war ihm eigentlich egal, was dort ablief. Sein Blick ging nur mehr geradeaus. Von links und rechts legte sich langsam etwas wie ein Vorhang zwischen ihn und den Apparat, dann auch über ihn. Der Klangteppich aus dem Fernsehapparat machte sich selbständig, die Töne begannen zu hüpfen. Mitten in der größten Unordnung schlief er ein.

*

Die Augenblicke, in denen die Nacht vom Tag abgelöst wird, haben ein eigentümliches Licht. Noch fehlen die Farbtüpfelchen. Die verschiedenen Grautöne hingegen zeigen sich in all ihren Nuancen, viel zu wenig beachtet von einer zur Arbeit hastenden oder gerade in aller Eile ihre Morgentoilette verrichtenden Menschheit.

Leopold saß im Café Heller, im Eck hinter den Billardtischen, dort, wo man sonst die Kartenspieler anzutreffen pflegte, und genoss den diffusen Charakter der Szene. Er saß schon lange da, wie lange, wusste er selbst nicht. Er betrachtete und studierte alles so eingehend, als müsse er für immer davon Abschied nehmen. Dazu nahm er sich Zeit. Es war niemand hier, der ihn störte.

Wirklich niemand? Im zarten Lichtkegel der milchig herüberschimmernden Eingangstüre glaubte er, die Umrisse einer Gestalt wahrzunehmen. Zuerst dachte er sich nichts dabei. Immer wieder probierten die Leute schon in aller Frühe, ob das Kaffeehaus offen war, dabei mussten sie doch sehen, dass noch kein Licht brannte. Gott sei Dank hatte er die Tür zugesperrt gelassen. Doch dann kam ihm vor, dass diese hagere, große Gestalt bereits herinnen war und sich ihm langsam näherte. »Halt, wer da?«, rief er ins gespenstische Zwielicht.

»Ah, da is ja noch wer«, hörte er eine angenehme, wenngleich etwas irritierte Stimme.

»Ja natürlich«, entfuhr es Leopold.

»Er meint, es ist die natürlichste Sache der Welt, wenn einer da hinten sitzt und bellt wie ein Hund, den man aufg'weckt hat«, sagte die Stimme. »Wer sind S' denn? Hab'n S' g'schlafn?«

»Ich heiße Leopold und bin der Oberkellner hier im Kaffeehaus«, antwortete Leopold gereizt. »Und wer sind Sie?«

»Gestatten, Nestroy mein Name«, kam es mit der Andeutung einer Verbeugung.

Leopold fiel aus allen Wolken. Er besah sich die Kundschaft genau. Hohe Stirn, die schon etwas schütteren Haare nach rechts gekämmt, große Nase, kleine, listige Augen, dünne, zu einem schelmischen Lächeln verzogene Lippen; Jackett und Hose selbst für seine Begriffe ein wenig altmodisch, ein kleines Mascherl auf einem weißen Hemd – ja, ja, so hatte er Nestroy aus den Schulbüchern und von Bildern in der Zeitung in Erinnerung. Dazu kam die irgendwie seltsame Sprache. »Und was machen Sie hier?«, fragte er verdutzt.

»Irgendwo in der Umgebung hier wird wieder einmal ein Stück von mir aufg'führt, der ›Jux‹, wenn ich mich recht erinnere. Bei so einer Gelegenheit zieht's mich halt immer noch an den Ort des Geschehens, in die Nähe zumindest. Aber ich hab leider meine Auflagen. Ich bin nur in der Morgendämmerung auf Erden geduldet, und auch nur dort, wo nicht viel Leut' sind. Ein Kaffeehaus vorm Aufsperr'n bietet da ein geradezu ideales Logis, noch dazu, wenn der Ober schon da ist. Ein Schalerl Kaffee hätt' ich gern, wenn ich bitten darf.«

»Mit Verlaub!« Leopold erhob sich von seinem Platz und ging mit dem seltsamen Gast nach vorn zur Kaffeemaschine. »Wünschen der Herr vielleicht ein frisches Buttersemmerl dazu?«, erkundigte er sich diensteifrig.

Nestroy streckte seinen langen, dürren Zeigefinger in die Höhe. »Nur, wenn's heutzutag' schon wieder Semmeln in geeigneter Größe gibt. Zu meiner Zeit hat man ja eine Semmel nur 'kauft, damit man wart', bis sie steinhart ist, dann hat man sie statt einem Knopf an die Jacke ang'näht. Zu was anderem war sie nicht zu gebrauchen.«

»Oh, da brauchen Sie bei uns nichts zu fürchten. Allerbeste Qualität«, versicherte Leopold augenzwinkernd. Schön langsam erholte er sich von seinem Schrecken und es machte ihm Spaß, diesen seltsamen Gast zu bedienen. Nur mit dem Zahlen würde es Schwierigkeiten geben, fürchtete er.

»Warum ist er eigentlich schon so zeitig da?«, wollte Nestroy wissen.

»Das ist eine komplizierte Geschichte«, versuchte Leopold zu erklären. »Das Kaffeehaus sperrt bald für einen Monat zu und wird sich gewaltig verändern, bis es wieder aufsperrt. Ich schau mir halt alles noch einmal so an, wie ich es gewohnt bin. Und nebenbei denke ich darüber nach, wohin ich diesen einen Monat auf Urlaub fahren soll.«

»Urlaub?«, rätselte Nestroy.

»Wohin ich verreisen soll«, korrigierte Leopold, dem einfiel, dass es das Wort Urlaub noch gar nicht so lange gab.

»Ja, das ist freilich schwer«, meinte Nestroy. »Wohin man auch verreist, man nimmt dabei stets sich selbst mit, und nachher wundert man sich, wenn eine solche Reise nix wird. Aber lassen S' mich einmal nachdenken. In Brünn ist es ganz nett, solange Sie keine zu argen Lazzi machen, Amsterdam ist sehr schön, aber manchmal geht's da über die Maßen wild zu*, und in Hamburg brauchen's zwar ein bisschen, bis sie

---

* In Amsterdam kam es während Nestroys Engagement am Deutschen Theater (1824) zu wilden Radauszenen zwischen einflussreichen Juden, die sich gegen einige ihnen nicht genehme Schauspieler auflehnten, und einem antisemitischen Teil des Publikums.

unsereins verstehen, hernach sind's jedoch die reizendsten Menschen.«

Leopold schüttelte den Kopf, während er die Melange samt Buttersemmerl servierte: »Ich glaub, so weit will ich gar nicht weg.«

»Na, dann fahr'n S' doch nach Ischl oder nach Graz«, überlegte Nestroy. »Das heißt, besser, Sie fahren nach Ischl, denn in Graz sterb'n d'Leut. In Ischl ist zwar auch einer g'storb'n, aber das war ja nur mein Prinzipal, der Herr Direktor Carl. Ihm hat das Leopoldstädter Theater g'hört, das nach seinem Tod mir g'hört und dafür Carltheater g'heiß'n hat, und das ist hinwiederum auf einem Platz g'stand'n, den man nach meinem Tod Nestroyplatz g'nannt hat. Der Herr Direktor Carl war zwar kein sehr einnehmender, dafür ein äußerst ausnehmender Mensch, der nur auf die Einnahmen aus war und dabei keine Ausnahmen g'macht hat. Ja, ja, Friede seiner Seele. In Graz bin immerhin ich g'storb'n.«

»Ach so? An was denn?«, erkundigte sich Leopold, der noch nicht so recht wusste, worüber er sich mit dem seltsamen Gast unterhalten sollte.

»Mich hat der Schlag 'troffen«, antwortete Nestroy. »Von den vielen Schlägen, die man im Leben kriegt, hat der heimtückischste, von dem man am Anfang am wenigsten spürt, bis zum Schluss auf mich g'wart', und ich hab ihm nicht ausweichen mögen. Schlimm war's, aber immerhin war ich dann wirklich hin. Wenn noch irgendwas an mir g'lebt hätt', hätt' sich's auf der Fahrt von Graz nach Wien bestimmt g'rührt. Ich hab ja so viel Angst vor'm lebendig Begrabensein g'habt, da machen Sie sich gar keine Vorstellungen davon. Das wär' das größte Malheur g'wesen, wenn ich den Totengräber am Währinger Friedhof heraus hätt' läuten müssen*. Aber ich war Gott sei Dank schon komplett tot wie ich an'kommen bin, und er hat ruhig weiterschlafen können.«

»Bei uns ist auch grad einer g'storb'n«, erwähnte Leopold.

»Auch an ein' Schlag?«

»Nein, an zu viel Wasser und zu wenig Luft.«

»Ertrunken? Eine desperate Seel', die nicht ein noch aus g'wusst hat?«

»Ich nehme eher an, dass die Desperation erst begonnen hat, wie der gute Mann gemerkt hat, dass er mit dem Kopf nicht mehr aus dem Wasser herauskann, weil von oben einer dagegen drückt.«

»Also um'bracht?«

»Das ist es, was ich gerne herausfinden würde, und vor allem, von wem«, teilte Leopold seinem Gegenüber, zu dem er immer mehr Zutrauen fasste, mit. »Aber mir hilft ja keiner. Die Polizei sowieso nicht, die tun so, als ob ich ihnen in ihre Arbeit dreinpfuschen würde. Und mein Freund, von dem man doch erwarten könnte, dass er mir zur Seite steht, fängt sich stattdessen mit einem Weibsbild was an.«

Nestroy horchte auf, während er sich an seiner Semmel gütlich tat, die er immer wieder in seinen Kaffee eintunkte: »Was sagt Er da? Der Mann hat ein Gspusi? Mein Kompliment!«

»Er ist so gut wie vergeben«, protestierte Leopold.

»Gerade das macht die Sache so interessant!«

---

* Für den Währinger Ortsfriedhof war damals ein so genannter ›Rettungswecker‹ erfunden worden, der es Scheintoten durch einen mit einer Glocke im Zimmer des Totengräbers verbundenen Seilzug ermöglichen sollte, aus dem Sarg heraus Alarm zu schlagen, wahrscheinlich einer der Gründe, warum Nestroy dort begraben sein wollte. Freilich war es nie zu einem solchen Alarm gekommen.

»Das sehe ich ein wenig anders. Erstens lässt er mich im Stich, und zweitens hat er eine treue Seele, die sich ihm noch weit mehr hingeben würde, wenn er nicht so flatterhaft wär'.«

»Dann hat er beinah mein Schicksal«, erinnerte Nestroy sich und schleckte einmal kurz seinen Kaffeelöffel ab. »Das Dumme ist, man kann noch so viel tun, um ein Weibsstück zu besänftigen, sobald man sich mit ein paar oder auch nur mit einer andern nebenher was anfängt, ist alles umsonst. Dabei ist es dem Manne nicht gegeben, treu zu sein. Meine Marie* hat das leider auch sehr schnell bemerkt. Die Einsicht in ihre Aussichten hat sie dann zu äußerster Vorsicht bewogen. Jeden Kreuzer hat s' dreimal um'dreht, ehe sie ihn mir gnadenhalber gegeben hat. Na ja, vielleicht war's besser so. Aber niemand kann seinen Neigungen durch das Eingehen einer Verbindung davonlaufen, das können S' Ihrem Freund ausrichten.«

»Ich hab im Moment andere Sorgen«, klagte Leopold, dem Nestroys Parteinahme für Thomas Korber überhaupt nicht gefiel. »Nämlich vor allem, wie ich so alleine den Mörder dieser Person finden kann. Da hab ich mir gedacht, vielleicht können Sie mir helfen.«

»Ich? Warum grad ich?«, wunderte sich Nestroy.

Leopold steckte seinen Kopf nun näher zu dem von Nestroy, und obwohl sich die beiden ganz alleine im morgendlichen Café Heller befanden, sprach er leise und vertraulich: »Der Tote hat zu der Theatergruppe gehört, die Ihren ›Jux‹ aufführt. Er war der Regisseur. Bei so was kennen Sie sich ja aus.«

---

* Marie Weiler, Nestroys treue Lebensgefährtin nach seiner gescheiterten Ehe mit Wilhelmine von Nespiesni, die er einerseits liebte, andererseits auf Grund seiner Leichtlebigkeit oftmals hinterging.

»Ein' Regisseur hab'n s' ab'kragelt?« Wiederum wirkte Nestroy äußerst interessiert. »Dann ist's nur die Frag', ob es das Publikum, die Kritiker oder die Schauspieler waren.«

»Das Rätsel habe ich schon gelöst. Höchstwahrscheinlich war's einer von den Schauspielern, denn Vorstellungen hat's noch keine gegeben, also fehlt's einstweilen an Kritikern und Publikum«, rekapitulierte Leopold.

»So sag Er mir, auf welche Weise ich ihm dann noch behilflich sein kann. Ich könnt' eine Posse aus der Sache machen, aber wahrscheinlich ist's nicht das, was Er im Sinne hat.«

»Geben Sie mir nur einfach ein paar Tipps«, bat Leopold. »Sie wissen ja vor allem Bescheid, auf was man bei den Schauspielern so alles achten muss. Und wie's auf der Welt zugeht wissen Sie auch, darüber haben Sie in Ihren Stücken mehr als genug geschrieben. Also müssen Sie doch den einen oder anderen Hinweis für mich haben. Soll ich Ihnen vielleicht die ganze Geschichte erzählen?«

»Nein, um Gottes willen«, wehrte Nestroy ab. »Das würd' mich nur wirr machen. Seit ich tot bin, merk' ich mir leider überhaupt nix mehr. Lassen S' mich halt ein bisserl nachdenken, wenn Ihnen die Sache so wichtig ist.«

Er stand da, bewegungslos, das Kinn auf den rechten Handrücken gestützt, und starrte einige Augenblicke geradeaus nach vor, so als ob es um ihn herum nichts gäbe außer dem dämmrigen Zwielicht. »Hmmmm«, brummte er ein paar Male. Dann fuhr sein Zeigefinger ruckartig nach oben, und seine hagere Gestalt baute sich in voller Länge vor Leopold und der Theke auf. »Ich hab's. Jetzt ist mir ein bissl was eing'fall'n«, verkündete er stolz. »Zuallererst: Er hat es mit Schauspielern zu tun. Da ist alles Theater. Wahrheit und Trug tragen einen ständigen Kampf miteinander aus, und wer von beiden schließlich die Oberhand gewinnt, ist eine höchst ungewisse Sach'. Was echt ausschaut, kann falsch sein, und was falsch ausschaut, hat oft grad z'Fleiß einen Pakt mit der Wirklichkeit g'schloss'n. Nix ist so, wie es scheint, und auf gar nix kann man sich verlassen, außer dass man verlassen ist, wenn man sich nicht drauf einstellt. Glaub'n S' niemandem, wenn S' auch nur ein Stückerl von dem erfahren woll'n, wie's g'wes'n ist. Hab'n S' mich verstanden?«

Leopold nickte. Klang alles vernünftig und gar nicht weit hergeholt. Nestroy räusperte sich und fuhr mit seinen Überlegungen fort: »Zweitens, weil ja jetzt grad wieder einmal der ›Jux‹ von mir gegeben wird: Die Menschen neigen aus Übermut, und weil sie glauben, es ist g'spaßig, dazu, sich einen Jux zu machen. Alle woll'n s' verfluchte Kerle sein und schaufeln sich mitunter ihr eigenes Grab dabei. So eine Sache muss ja nicht immer ein gutes Ende nehmen, denn zu jedem Jux gehört einer, der draufzahlt, folglich nicht mitmacht bei dem Spiel und hin und wieder den Spieß gewaltig umdreht. Also denken S' darüber auch einmal nach.«

Leopold fand die Bemerkungen Nestroys immer interessanter. War der Jux der Theatertruppe, vielmehr dass Walters davon erfahren hatte, der Grund für seinen Tod gewesen? »Drittens müssen Sie sich merken«, deklamierte Nestroy da schon weiter, »dass das liebe Geld überall eine Rolle spielt und für alles und jedes ein Grund ist. Da ist einmal der liebe Bruder Neid, den ein Großteil der Menschheit zum hervorragendsten Teil seiner Verwandtschaft erklärt hat, und da ist andererseits die einzig wahre Religion, der die meisten Leut' huldigen, nämlich der Glaube daran, dass sie z'wenig von allem, vor allem vom Geld, hab'n. Wenn da die Glücksfee Fortuna ihr Füllhorn über den Falschen ausschüttet, ist das Unglück schon fertig.«

Leopold hatte bis zum Schluss aufmerksam zugehört. Nestroys Ausführungen gefielen ihm, bloß wie sie ihm weiterhelfen sollten, wusste er noch nicht. »Jetzt stell Er sich noch vor, alle drei kommen in seinem Fall zusammen: Theater, Jux und Geld. Das wär' erst der rechte Jux«, lachte Nestroy, nun ausnehmend gut aufgelegt. »Na, ich hoff' es hilft Ihnen was von dem, was ich g'sagt hab. Ich muss jetzt nämlich gehen. Mir ist für meinen Besuch auf Erden nicht viel Zeit gegeben. Der Kaffee und das Semmerl waren übrigens ausgezeichnet. Aber schreib'n S' bitte an, ich hab im Augenblick kein Geld bei mir.«

Einmal schaute er Leopold mit seinen blitzenden Augen noch an. »Ein bisserl Ähnlichkeit haben Sie mit meinem ehemaligen Partner, dem Wenzel Scholz. Mit Ihnen hätt' ich recht gern ein paar Lazzi g'macht«, zwinkerte er ihm zu. Dann drehte er sich um und war auch schon zur Tür draußen. In dem diesigen Licht sah es so aus, als wäre er einfach durchs Türglas gestakst.

Seltsam, dachte Leopold. Sein Gast hatte sich augenblicklich in Luft aufgelöst. Noch seltsamer war, dass es immer düsterer statt lichter wurde und alle Dinge ineinander verschwammen. Die Konturen verloren ihre Schärfe, die Schattierungen liefen in einen Grauton zusammen. »Was wird jetzt mit mir?«, fragte sich Leopold besorgt. Es würgte ihn. Für einen Augenblick glaubte er, er bekäme keine Luft mehr.

Dann hörte er wieder den berieselnden Ton aus dem Fernsehapparat und öffnete seine Augen.

*

Leopold las sich die paar Zeilen durch, die er zu Papier gebracht hatte:

»1. Alle Darsteller des Floridsdorfer Welttheaters genau beobachten, sämtliche vergangenen und zukünftigen Aktionen auf Täuschungsmanöver prüfen. *Anmerkung:* Schauspieler sind mitunter von ihrem Spiel so überzeugt, dass sie es am Schluss für Wahrheit halten.

2. Herausfinden, ob jemand sich mit Walters bzw. Walters sich mit jemandem einen Jux gemacht hat. Oder war der Jux der Schauspieler, als sie nicht zur Probe kamen, irgendwie entscheidend? *Anmerkung:* Hier die Spur zum Verein für anonyme Bekenntnisse nicht außer Acht lassen.

3. Geld will jeder – logisch! Nicht alle, die eins wollen, haben es – auch logisch! Wenn jemand durch Zufall eins kriegt, werden die anderen neidisch – erst recht logisch! *Anmerkung*: Warum schreibe ich das überhaupt auf? Das ist doch so, seit es die Menschen gibt.«

Er wusste zwar nicht, ob es etwas nützen würde, aber immerhin hatte er sich alles notiert, ja, fast wie mit Geisterhand zu Papier gebracht, was nach seinem Erwachen aus dem kurzen Nickerchen in seinem Kopf herumgespukt war. Jetzt musste er sich aber einer anderen Sache zuwenden. Es war höchste Zeit, dass er Thomas Korber dazu brachte, seine Phase des Bockens zu beenden und ihm wieder unter die Arme zu greifen.

Diesmal nahm sein Freund das Gespräch sogar an. »Hör einmal, was ist denn los mit dir?«, fauchte Leopold in sein Handy.

Am anderen Ende befand sich ein unheimlich entspannter Thomas Korber. Er hatte das unverhoffte Wochenende mit Geli genossen, einen erheblichen Teil davon sogar sehr genossen. Er war bei ihr jenes entscheidende Stück weitergekommen, auf das er schon lange gewartet hatte, und das verschaffte ihm im Augenblick eine angenehme Befriedigung.

»Was soll los sein?«, fragte er mit gespielter Überraschung. »Mir geht's blendend. Und dir?«

»Danke, ich kann nicht klagen. Trotzdem wäre es schön gewesen, wenn du dich einmal bei mir gerührt hättest.«

»Das Wochenende ist zur Erholung da! Und außerdem habe ich Besuch.«

»Ja, ich weiß. Dagegen habe ich auch nichts einzuwenden. Aber das heißt nicht, dass du gleich jeden Kontakt zu mir abbrechen musst.«

»Leopold, du willst etwas von mir, gib's doch zu«, ahnte Korber. »Aber diesmal habe ich wirklich keine Zeit, hörst du?«

»Du gefällst mir! Wehrst von vorneherein ab, ohne dass du weißt, worum es überhaupt geht. Muss ja wirklich ein tolles Wiedersehenswochenende sein«, stellte Leopold fest. »Also pass auf: Soviel ich weiß, gestaltest du mit einigen deiner Schüler das Programmheft für euer Theaterstück. Das heißt, du musst irgendwo in deinem Computer Fotos von allen Schauspielern haben. Die brauche ich.«

»Wo soll ich sie denn hinschicken? Du hast ja keinen Computer«, erwähnte Korber amüsiert.

»Computer, papperlapapp! Du wirst die Fotos, ich glaube man nennt das ausdrucken, und zwar noch heute, und mir morgen vor Schulbeginn ins Kaffeehaus bringen. Das ist von allerhöchster Wichtigkeit, hast du verstanden?«

Korber stöhnte: »Bitte versuche nicht, mich moralisch unter Druck zu setzen. Das ist eine Menge Arbeit, und ich bin dazu jetzt nicht aufgelegt. Ich habe gesagt, ich habe keine Zeit, und dabei bleibt es.«

»Bitte! Wenn du willst, dass ein Verbrecher seiner gerechten Strafe entgeht, nur weil ein gewisser Herr gerade zu etwas nicht aufgelegt ist …«

Jetzt war Gelis Stimme im Hintergrund zu vernehmen. Es hörte sich so an, als ob sie kurz mit Korber debattieren würde. »Na schön«, kam es dann ein wenig genervt von Korber. »Aber das ist wirklich alles, was ich für dich tue.«

»Habt ihr ein Bild von Walters auch noch dabei? Das bräuchte ich am dringendsten.«

»Du könntest Glück haben.«

Leopold ließ ein paar Sekunden verstreichen, dann nahm er einen letzten Anlauf: »Eine Kleinigkeit noch, eine winzige Bitte. Du verstehst dich doch jetzt so gut mit Inspektor Bollek. Vielleicht könntest du ihn morgen treffen und ein bisschen mit ihm plaudern. Dabei wird er dir sicher etwas über die neuesten Entwicklungen im Fall Walters berichten. Der Richard ist im Augenblick so stur, weißt du, und lässt mich komplett hängen!«

»Leopold, jetzt ist es genug«, wehrte Korber entrüstet ab. »Ich sage nein, nein und nochmals nein! Du weißt offensichtlich nicht, was es heißt, auch einmal ein Privatleben zu haben!«

»Willst du mich wirklich komplett im Stich lassen? Du maulst ja bereits wegen jeder Bagatelle. Bollek und du, ihr seid doch seit einiger Zeit ein Herz und eine Seele, da wird es ein Leichtes für dich sein …«

»Können wir das Gespräch jetzt beenden? Ob und wann ich mit Norbert etwas vereinbare, das lass gefälligst meine Sorge sein.«

Leopold merkte, dass er gegen so viel Widerstand nicht ankam. »Des Menschen Wille ist sein Himmelreich«, seufzte er. »Das muss ich akzeptieren, obwohl wir den Fall so nie lösen werden. Mir wird überall das Wasser abgegraben, und dass die Polizei den Täter findet, glaubst du doch selbst nicht. Du warst meine letzte Hoffnung.«

»Ich bringe dir die Fotos ja morgen vorbei«, beruhigte Korber ihn, und es klang wie eine Entschuldigung. »Es ist nur so, dass ich eben derzeit …«

»Schon gut«, unterbrach Leopold. »Irgendwie bringe ich die Sache schon weiter.«

14

»Eine Million ist eine schussfeste Brustwehr, über welche man stolz hinabblickt, wenn die Truppen des Schicksals heranstürmen wollen.« (Nestroy: Zu ebener Erde und erster Stock)

Es war am Montagmorgen kurz nach acht Uhr und Oberinspektor Richard Juricek wollte gerade das Büro verlassen, um einige Dinge im Fall Herwig Walters zu erledigen, als sein Telefon läutete. »Juricek«, meldete er sich.

»Oberinspektor Juricek? Sind Sie mit den Ermittlungen im Fall Walters betraut?«, fragte eine weibliche Stimme.

»Ja!«

»Gehe ich recht in der Annahme, dass dieser Herr Walters früher Walter Kalbfleisch geheißen hat?«

Juricek horchte auf. »Ja, weshalb wollen Sie das wissen?«

»Ich bin mir sicher, dass ich … entschuldigen Sie, dass meine Tochter seine Alleinerbin ist«, sagte die Stimme. »Können Sie mir da weiterhelfen?«

»Leider nicht, wir wissen noch viel zu wenig«, gab Juricek Auskunft. »Etwa, ob es ein Testament gibt, in dem Herr Walters jemand Besonderen begünstigt hat. Woraus leiten Sie Ihren Anspruch ab?«

»Meine Tochter ist eine uneheliche Tochter von Herrn Walters, und, soviel ich weiß, sein einziges Kind. Es gibt auch sonst keine lebenden Verwandten.«

»Dürfte ich Sie zunächst einmal um Ihren werten Namen bitten?«

»Claudia Riedl.«

Wiederum zog Juricek die Augenbrauen leicht nach oben.

»Ist Ihre Tochter vielleicht jene Anette Riedl, die ins Gymnasium in der Franklinstraße geht und derzeit bei der dortigen Schauspielgruppe mitmacht?«

»Jawohl!«

Juricek schrieb alles sorgfältig auf. Er hatte es dann Schwarz auf Weiß und konnte jederzeit in Ruhe darüber nachdenken. Und nachdenken würde er über diese neue Entwicklung wohl müssen. »Bitte halten Sie sich einstweilen zu unserer Verfügung, Frau Riedl«, teilte er ihr mit. »Sind Sie zu Hause? Dann schaue ich vielleicht sogar heute Vormittag einen Sprung bei Ihnen vorbei. Die Adresse habe ich ja.« Schließlich konnte er sich nicht verkneifen zu fragen: »Geht es etwa um einen größeren Betrag?«

»Ich weiß zwar nicht, wie viel er in der Zwischenzeit ausgegeben hat«, antwortete Claudia Riedl bereitwillig. »Aber er war kein Mensch, der zu finanziellen Übertreibungen geneigt hat, er hat auch seine Alimente immer regelmäßig und pünktlich bezahlt. Also geht es meinen Vermutungen nach immer noch um schätzungsweise ein bis zwei Millionen.«

*

Leopold erkannte sie sofort. Sie schaute vorsichtig nach links und nach rechts, überlegte kurz, ob sie sich niedersetzen sollte und blieb dann irgendwie mitten im Raum stehen. Er rückte sein Mascherl zurecht, damit sie auf ihn aufmerksam wurde. »Rita Toth, mein Name. Sind Sie das, der mit meinem Onkel geredet hat?", sprach sie ihn an und ging auf ihn zu.

»Ich heiße Leopold und bin der Oberkellner hier«, stellte er sich vor. »Wenn Sie die Nichte vom Herrn Roland sind, habe ich um eine Unterredung mit Ihnen gebeten.«

»Ich bin nur hergekommen, weil mein Onkel mich darum

ersucht hat«, erklärte sie sofort. »Ich weiß, er lässt sich so etwas immer in irgendeiner Form vergüten. Aber erfahren werden Sie von mir nichts, das sage ich Ihnen gleich!«

»Wissen Sie überhaupt, worum es geht?«, forschte Leopold.

»Sicher«, antwortete die Dame resolut. »Sie wollen mir Angaben über den Verein, in dem ich arbeite, entlocken, weil Sie angeblich einen Freund haben, der Probleme bekommen hat. Aber so leicht ist das nicht. Bei uns herrscht absolute Schweigepflicht.«

»Erstens ist der Herr nicht mein Freund, sondern ein Bekannter, und zweitens bestehen seine Probleme darin, dass er allem Anschein nach umgebracht wurde. Da könnten Sie schon eine Ausnahme machen. Denn vermutlich hat er bei Ihnen seinen späteren Mörder getroffen. Ich sehe da einen starken Zusammenhang mit seiner so genannten Präsentation. Dieser Zusammenhang wird auch der Polizei nicht verborgen bleiben. Die wird bald zu Ihnen kommen und wissen wollen, wie das hergegangen ist. Lang können Sie Ihre selbst auferlegte ›Schweigepflicht‹ also ohnehin nicht mehr einhalten. Und mir wäre mit ein paar Auskünften schon ein wenig gedient.«

»Sie gehören wohl zu der Sorte Mensch, die nicht so leicht aufgibt. Aber selbst, wenn ich wollte, könnte ich Ihnen kaum etwas mitteilen, das Sie interessiert. Bei uns ist es ähnlich wie in einem Hotel. Die Leute geben einen Namen an und nehmen unseren Service darunter in Anspruch. Ob dieser Name stimmt, prüfen wir nicht nach. Die Spenden für Präsentationen werden bar bezahlt. Wir lassen den Menschen ihre Anonymität, so wie wir es uns in unseren Statuten zum Vorsatz gemacht haben. Mehr noch: Für die gesamte Zeit seiner Mitgliedschaft kann bei uns jeder seine Identität mit einer Maske schützen – bei den diversen Gesprächen mit unseren Lebensberatern, als Zuhörer einer Präsentation, was ja dreimal verpflichtend vorgeschrieben ist, und schließlich als Vortragender selbst.«

Leopold nahm die Fotos aus der Lade, die er zwei Stunden vorher mit nicht sehr vielen erklärenden Worten von Thomas Korber bekommen hatte. »Ich will gar nicht, dass Sie gegen Ihr Gewissen handeln«, versuchte er, die temperamentvolle Rita Toth zu beruhigen. »Und schweigen dürfen Sie von mir aus auch. Es genügen mir einige eindeutige Bewegungen mit dem Kopf. Ich zeige Ihnen ein paar Bilder. Wenn Sie eine Person darauf kennen, nicken Sie einfach. Können wir es so machen?«

Rita Toth rollte mit den Augen. Sie fühlte sich gar nicht wohl in ihrer Haut. Sollte sie nachgeben, sich schnell dieser Prozedur unterziehen und dann wieder gehen, als ob nichts gewesen wäre? Oder sollte sie standhalten, auch auf die Gefahr hin, dass dieser lästige Ober sie mit seinen Fragen nicht in Ruhe lassen würde? Sie bereute bereits, hierher gekommen zu sein.

Leopold ließ sich nicht beeindrucken. Er wartete auch ihre Antwort nicht ab. Er begann, die Kopien der Gott sei Dank neuen und während der Proben gemachten Fotos nacheinander auf die Theke zu legen. Das Bild von Herwig Walters kam als zweites dran. Rita Toths Kopf ging wie erwartet auf und ab. Will sie mich jetzt pflanzen, dachte Leopold, denn der Kopf kriegte sich gar nicht mehr ein. Da bemerkte er, dass er ihr bereits das nächste Foto vorgelegt hatte. Er deutete mit dem Zeigefinger darauf, quasi zur Bestätigung. Nochmals ein Ja.

Die Person, die sie wiedererkannt hatte, war Sven Biedermann, offenbar der ›S‹, mit dem Walters sprechen hatte wollen.

*

Nach der ersten Probe im Haus der Begegnung saßen die Mitglieder des ›Hochlöblichen Floridsdorfer Welttheaters‹ etwas erschöpft im Café Heller beisammen, es handelte sich aber um jene angenehme Art von Müdigkeit, die mit dem Bewusstsein einhergeht, etwas geleistet zu haben. Allen Hindernissen zum Trotz hatte man zwei respektable Durchlaufproben über die Bühne gebracht. Die große Nervosität der letzten Tage, die sich durch den Besuch der Polizei bei der Probe im Floridsdorfer Gymnasium noch gesteigert hatte, war nun einer allgemeinen Erleichterung gewichen. Zudem gab Herr Heller eine Runde auf die gute Zusammenarbeit und seine erfolgreiche Premiere aus. »Es ist wirklich viel leichter als Schachspielen«, erzählte er stolz seiner Frau. »Und ich habe eine wichtige Rolle. Ohne mich kann das Stück gar nicht zu Ende gehen. Den Text beherrsche ich auch schon. Nur den Satz ›Einen Kaffeelöffel sollten wir ihm liegen lassen‹ vergesse ich blöderweise immer wieder, obwohl er ja genau aus meinem Metier stammt.«

»Macht nichts, mein Schatz, du bist großartig«, lobte ihn Frau Heller freudestrahlend und ließ mit einem zärtlichen Kuss erahnen, auf welche Weise sie ihn nach Geschäftsschluss zu belohnen gedachte.

»Ich möchte noch einmal kurz um eure Aufmerksamkeit bitten«, meldete sich dann Freddie Glomser zu Wort, sobald alle ein Fläschchen oder Gläschen vor sich stehen hatten. »Wir haben es heute alle als sehr angenehm empfunden, dass uns die Polizei nicht gestört hat. Dafür bin ich gebeten worden, euch mitzuteilen, dass ihr morgen um eine Stunde früher da sein sollt, um Fragen zu beantworten. Ich weiß, was ihr jetzt denkt. Mir geht die Sache auch auf die Nerven, das habt ihr ja am Freitag gesehen. Aber es ist nun einmal höchstwahrscheinlich ein Mord geschehen, und wir zählen zu den

Hauptverdächtigen. Wir müssen es uns also leider gefallen lassen, dass man uns noch einmal heimsucht.«

Die anderen waren großteils nicht seiner Meinung: »Da hast du dich aber ordentlich breitschlagen lassen.« – »Warum immer nur wir?« – »Ich bin ja bereit, auszusagen, aber nicht, wenn ich mich auf eine künstlerische Darbietung vorbereite.« – »Die sollen uns endlich in Ruhe lassen«, hieß es.

»Das war der beste Deal, den ich aushandeln konnte«, beschwor Glomser seine Kolleginnen und Kollegen. »Oder wollt ihr einzeln aufs Kommissariat vorgeladen werden? Ohne Rücksicht auf Probentermine et cetera?«

»Die Polizei soll sich lieber um andere Sachen kümmern«, reklamierte Sonja Friedl. »Vorige Woche hat man mir offenbar meine Ohrringe gestohlen. Ich musste sie ja für die Kostümprobe abnehmen. Zuerst habe ich vermutet, dass sie zusammen mit den anderen Sachen im Haus der Begegnung gelandet sind. Aber dort sind sie nicht, das habe ich heute festgestellt. Also sind sie mir wohl gestohlen worden.«

»Du glaubst doch nicht, dass es einer von uns gewesen ist«, kam es vorwurfsvoll von Peter Pribil.

»Nein, selbstverständlich nicht«, winkte Sonja Friedl ab. »Das Dumme ist, dass ich mich nicht genau erinnern kann, wo ich sie hingetan habe. Wahrscheinlich in meine Handtasche. Später war ich Eis essen. Da muss jemand hineingelangt haben, ohne dass ich es bemerkt habe. Vielleicht war sie auch nicht richtig zu.«

»Du kannst morgen gleich die Anzeige bei der Polizei machen. Das würde die Befragungen ein wenig auflockern«, lachte Pribil gezwungen.

»Jetzt hört einmal alle her«, machte Simone Bachmann energisch auf sich aufmerksam. »Es gibt etwas Wichtigeres als diese Ohrringe. Tut mir leid, Sonja, aber es geht darum, dass wir endlich einmal miteinander besprechen, wie wir den Tod unseres Regisseurs Herwig Walters, der, so habe ich gehört, mit richtigem Namen Walter Kalbfleisch geheißen hat, sehen. Bis jetzt ist keiner mit dem, was er weiß oder vermutet, herausgerückt. Dabei kann ich mir gar nicht vorstellen, dass niemand etwas zu sagen hat. Aber wenn wir jetzt nicht darüber reden, wird die Polizei es leicht haben, uns gegeneinander auszuspielen.« Ihr Gesicht hatte sich wieder leicht gerötet, als sie den Namen Kalbfleisch ausgesprochen hatte.

Sonja Friedl schaute etwas pikiert drein. Man merkte, dass sie über den Themenwechsel nicht gerade erfreut war. Auch der Rest schien keineswegs daran interessiert, dieses Tabuthema in Angriff zu nehmen. Nur Fritz Stössl forderte unerbittlich: »Die Wahrheit muss ans Licht!« Diesmal handelte er sich dafür nur vielsagende Blicke ein.

»Wir haben jeder für die Todesnacht ein Alibi«, warf Pribil ein. »Ich bitte, das zu bedenken. Nur bei dir und Ilona sieht es da nicht so gut aus«, bemerkte er in Richtung Korber.

Thomas Korber, der sich diesmal auffällig weit weg von Simone Bachmann gesetzt hatte, zuckte die Achseln. »Schön, damit muss ich leben«, meinte er. »Das ist eben der Nachteil, wenn man alleine ist. Aber welches Motiv sollte ich haben? Ich habe Walters nur von den Proben her gekannt.«

»Wir alle haben Herrn Walters erst hier bei den Proben kennengelernt«, fügte Ilona Patzak hinzu.

»Stimmt nicht ganz«, meldete sich Glomser zu Wort. »Laut Wondratschek war Walters zeitweise an der Schauspielschule tätig, die Elfriede besucht hat. Sie müsste ihm dort also eigentlich irgendwann über den Weg gelaufen sein.«

»Was dein Herr Wondratschek nicht alles weiß«, schüttelte Elfriede Bachmann den Kopf. »Ich weiß jedenfalls nichts davon, weil ich mich nicht mehr so genau an diese Zeit erinnere. Es ist schon lange her, und selbst wenn ich ihm begegnet bin, hat das keinen bleibenden Eindruck hinterlassen.«

»Wüste Vermutungen«, konterte Peter Pribil. »Gerüchte, die in die Welt gesetzt werden, um von den eigenen Problemen abzulenken. Das ist klassisch, würde Nestroys Hausdiener Melchior dazu sagen.«

»Ich muss doch sehr bitten«, wies Glomser ihn zurecht. »Es sind Tatsachen, von denen ich spreche. Dazu gehört auch, dass Walters zwei Wochen vor Beginn der Proben bei Simone im Reisebüro war. Das hat sie uns selbst erzählt.«

»Und was leitest du daraus ab?«, fragte Simone Bachmann. »Schön, er war bei mir, aber dazu ist ein Reisebüro ja da. Er hat sich erkundigt, wie viele andere auch.« Ihr Blick streifte Leopold, der sich natürlich geschäftig bemühte, immer in der Nähe der Gruppe zu bleiben, um möglichst viel von der Auseinandersetzung mitzubekommen. Dann schaute sie weiter nervös in die Runde. Mit ihren Augen suchte sie Anette Riedl, aber die war, ebenso wie Toni Haslinger, offenbar gleich nach der Probe gegangen.

»Bitte lasst doch die gegenseitigen Anschuldigungen, das hat alles keinen Zweck«, mischte sich jetzt Ilona Patzak ein. »Es ist in höchstem Maße kontraproduktiv. Wenn jemand Genaueres über die Vergangenheit von Herwig Walters weiß, soll er uns darüber informieren, ebenso, wenn ihm oder ihr in letzter Zeit etwas Besonderes an ihm aufgefallen ist. Nur so kommen wir weiter.«

Es wurde ruhig in der Runde. »Schweigen im Walde«, konstatierte Stössl.

»Halt die Klappe, Fritz«, fuhr ihn Sven Biedermann an, der einen äußerst angespannten Eindruck machte.

»Konzentrieren wir uns doch auf das Wesentliche«, schlug Korber vor. »Freddie, sei ehrlich, hier tut dir keiner was: Hast du dich an dem bewussten Freitag, als Walters starb, mit ihm getroffen oder nicht?«

»Wie oft werde ich das noch gefragt?«, reagierte Glomser verärgert. »Natürlich nicht! Hundertmal könnte ich das beschwören!«

»Ruhig Blut, Freddie, es genügt die sachliche Feststellung«, fuhr Korber fort. »Mir geht's um Folgendes: Wenn Walters dich unbedingt sehen wollte und anscheinend nicht getroffen hat, weshalb ist er dann nicht zur Probe gekommen, um mit dir zu reden? Das ist doch seltsam.«

»Vielleicht war es doch nicht so wichtig«, meinte Glomser achselzuckend. »Künstler sind sprunghafte Menschen. Da ändern sich die Prioritäten schnell.«

»Ich habe da eine völlig andere Theorie«, meldete sich Ilona Patzak wieder zu Wort. »Was, wenn Walters zu Probenbeginn gar nicht mehr gelebt hat?«

»Relativ unwahrscheinlich«, überlegte Elfriede Bachmann. »Es war Badewetter, die Alte Donau war untertags voll, also hätte ihn dort sicher niemand umbringen können, und ein Unfall wäre wohl auch bemerkt worden. Und wenn er woanders gestorben ist, wäre es ein relativ umständliches Unterfangen gewesen, ihn dort zu deponieren, wo er gefunden wurde. Außerdem lässt sich vermutlich feststellen, ob das Wasser in seiner Lunge aus der Alten Donau oder etwa aus einer Badewanne stammt.«

Aber Ilona Patzak gab nicht auf. In ihrem Hirn formte sich jetzt ein kühner Gedanke nach dem anderen. »Dann muss es so gewesen sein«, folgerte sie. »Walters hat im Laufe des Freitags jemanden getroffen, nicht unseren Freddie, sondern jemand anders, und diese Begegnung war mit einem Mal wichtiger als alles andere, sodass er sich entschlossen hat, die Probe fallen zu lassen. Was er allerdings nicht wusste, war, dass die Person, mit der er da zusammengekommen war, später zu seinem Mörder wurde.«

»Aber das wäre ja ein Indiz dafür, dass wir die Lösung dieses Falles ganz woanders suchen müssen und von unserem Ensemble alle unschuldig sind«, schloss Sven Biedermann.

»Genauso ist es«, strahlte Ilona Patzak.

15

»Mich hat das Schicksal bestimmt, das verworfenste Individuum der untersten Gattung zu sein.« (Nestroy: Zu ebener Erde und erster Stock)

Jeder muss irgendwann einmal aufs Klo. Dass dies mit einer gewissen Regelmäßigkeit geschieht, dafür sorgt der menschliche Organismus. Sicher gibt es Ausnahmen, so genannte Steher, die stundenlang sitzen bleiben können, ohne das erwähnte Örtchen zu frequentieren, und dabei essen und trinken, was das Zeug hält. Aber sonst kann man es sich beinahe ausrechnen: Je nach dem, wie viel jemand in einer gewissen Zeit in sich hineinschiebt, so oft muss er.

Leopold wusste das. Er bemühte sich, der Debatte der Schauspieler zu folgen, aber gleichzeitig wartete er. Irgendwann würde derjenige aufs Klo gehen, den er brauchte. Und endlich war es so weit. Sven Biedermann verließ die Runde und bewegte sich zielstrebig auf die Toilette zu.

»Herr Biedermann, auf ein Wörtchen«, raunte Leopold ihm zu, als er zurückkam.

»Was ist?«, kam die überraschte, neugierige Frage.

»Jeder hat so seine kleinen Geheimnisse, nicht wahr?«, forschte Leopold lächelnd.

»Wie bitte?« Biedermann verstand jetzt noch weniger.

»Ich hab Sie da vorne gesehen, in der Angerer Straße«, klärte Leopold ihn bereitwillig auf und deutete mit dem Zeigefinger in die angesprochene Richtung. »Sie sind gerade beim Klub herausgekommen, Sie wissen schon, was ich meine. Ich habe jetzt auch bald meine Präsentation dort. Also, ein bisschen aufgeregt bin ich schon, muss ich gestehen.«

Er erreichte, was er bezweckt hatte. Sven Biedermann war so aus dem Häuschen, dass er erst gar nicht versuchte, irgendetwas abzustreiten. »Das ist doch nicht die Möglichkeit«, entrüstete er sich nur. »Jetzt soll mir einmal einer sagen, was an diesem Verein anonym ist.«

»Ja, was ist heutzutage schon anonym«, flötete Leopold. »Vor allem, wenn man einander irgendwo zufällig begegnet, wo man nicht sollte. Aber ich bin da Gott sei Dank nicht so pingelig. Man muss immer und überall damit rechnen, dass man erkannt wird. Wobei es in meinem Fall als Oberkellner, als Respektsperson sozusagen, schon peinlich wäre, wenn jemand, der mich kennt, meine Lebensbeichte hören würde und wüsste, dass ich es bin.«

Biedermann war weiterhin verwirrt. Er stand da, ein nicht allzu großer, bebrillter, schmächtiger Mann mit schwarzem Vollbart, über den er unentwegt mit der Hand streifte, und musste zu Leopold aufschauen, der um die eine Stufe größer war, um die der Bereich hinter der Theke erhöht war. »Bitte sagen Sie es niemandem«, war das Einzige, was er herausbrachte.

»Natürlich nicht«, beschwichtigte Leopold. »Wo denken Sie denn hin? Ich fand es nur witzig, Sie jetzt wiederzusehen. Die meisten Leute finden es ja komisch, jemandem unter anderen Umständen zu begegnen, den sie vorher schon einmal getroffen haben. Das muss bei Ihnen und Herrn Walters ja genauso gewesen sein.«

Wieder war Leopolds Taktik erfolgreich. Der Schock saß tief. Biedermann brachte zunächst gar kein Wort heraus. »Sie meinen … den Regisseur Walters?«, stieß er dann hervor.

»Genau den meine ich. So ein Künstler wie er ist eben etwas Einmaliges, die Statur, der Gang, die Bewegungen, die Stimme. Da gibt's praktisch keine Anonymität. Sie haben ihn im Klub sicher auch gleich erkannt. Vielleicht waren Sie sogar bei seiner Präsentation und haben später einmal mit ihm darüber geredet«, bohrte Leopold weiter.

»Nein, so war das nicht«, antwortete Biedermann diesmal entschieden. »*Er* war bei *meiner* Präsentation anwesend. Gleich zu Beginn der Proben hat er mich darauf angesprochen. Ich bin aus allen Wolken gefallen.«

Leopold machte jetzt ein sehr ernstes Gesicht. »Darüber würde ich gerne kurz mit Ihnen reden«, sagte er.

»Warum denn das?« Biedermann schaute Leopold irritiert an. Gleichzeitig blickte er nervös nach hinten, wo der Rest der Schauspieler immer noch heftig diskutierte.

»Erstens sind wir beide so etwas wie Leidensgenossen«, teilte Leopold ihm mit. »Ihr Schicksal liegt bereits ausgebreitet vor aller Öffentlichkeit, meins folgt bald nach. Wir sollten einander gerade in Zeiten, wo mit der Anonymität kein Staat mehr zu machen ist, vertrauen. Zweitens ist Herr Walters leider verstorben. Den stört es nicht mehr, wenn Sie mir etwas erzählen, vor dem brauchen Sie also keinen Genierer mehr zu haben. Und drittens …«

»Ja?« Unruhig hing Biedermann an Leopolds Lippen.

»Drittens ist die Polizei an seinem Tod interessiert, wie Sie wissen. Hat man Sie eigentlich schon zur Causa ›Anonyme Bekenntnisse‹ befragt? Vermutet man bereits etwas?«

»Nein! Gott sei Dank noch nicht«, antwortete Biedermann erleichtert.

»Es kann aber stündlich so weit sein«, ließ Leopold keine verfrühten Hoffnungen aufkommen. »Es ist wie bei einem Netz, das sich immer dichter zusammenzieht. Glauben Sie, da nützt es noch etwas, wenn man sich auf die Anonymität beruft? Nein, nein, da müssen die Sachen schneller auf den Tisch, als einem lieb ist. In so einem Fall muss man vorbereitet sein. Drum wäre es gut, wenn Sie mir erzählen würden, was war. Immerhin könnte ein Verdacht auf Sie fallen, und den müssen wir zu entkräften versuchen.«

Von immer weiter weg schien für Sven Biedermann die Debatte seiner Schauspielkollegen an sein Ohr zu dringen. In seinem Kopf pochte und hämmerte es. Er begann zu schwitzen, obwohl es nur ein leidlich warmer Abend war. Leopold schob ihm ein Glas Weinbrand unter die Nase. »Das ist gegen die Aufregung«, versicherte er. »Ich trinke auch eines, obwohl ich im Dienst bin. Da müssen wir jetzt einfach durch.«

Biedermann kippte das Glas in einem Zug hinunter. Der Alkohol hatte sofort eine enthemmende Wirkung auf ihn. Noch einmal fokussierte er vorsichtig den Schauspielertisch, dann begann er: »In meiner Präsentation ging es um meine alten Schwächen, das Spielen und das Geldausgeben. Es ist mir nie leicht gefallen, mit Geld umzugehen. Früher bin ich nächtelang am Pokertisch gesessen und habe davon geträumt, meine Mitspieler auszunehmen. Aber in Wirklichkeit war meistens ich der Gerupfte. Meine damalige Freundin war mit meinem Lebenswandel natürlich überhaupt nicht einverstanden. Ständig hat sie gemeckert und mir mit Liebesentzug gedroht.«

»Ja, ja, das mit dem Spielen haben die Frauen überhaupt nicht gern«, lächelte Leopold. »Die kaufen sich ein paar schöne Sachen und den Rest vom Geld halten sie zusammen. Das kennt man. Aber leider haben sie in den meisten Fällen recht.«

»Gisela – so hat sie geheißen – ist mir damals fürchterlich auf die Nerven gegangen«, sinnierte Biedermann.

Leopold spürte, wie sein Gegenüber immer redseliger wurde. Er beschloss, noch ein Schäuferl nachzulegen und füllte beide Gläser erneut mit Weinbrand. »Nur keine falsche Zurückhaltung«, forderte er sein Gegenüber auf. »Geht alles aufs Haus, das heißt, auf mich. Einmal muss sich der Mensch ja auch was gönnen.« Wieder trank Biedermann rasch aus. »Richtig gehasst habe ich sie, weil sie mich ständig kritisiert und heruntergemacht hat«, erzählte er weiter. »Irgendwie wollte ich sie bestrafen, das spukte mir ständig im Kopf herum. In einer Nacht hatte ich dann einmal besonders viel Geld verloren. Ich konnte nicht zahlen, musste es schuldig bleiben. Das war eigentlich öfters so, aber diesmal war die Summe eben sehr hoch. Es bestand die Gefahr, dass ich in meinen finanziellen Möglichkeiten für längere Zeit sehr eingeschränkt sein würde. Gerhard, bei dem ich die Schulden gemacht hatte, war unnachgiebig. Er ließ mir nichts nach. Spielschulden seien Ehrenschulden, sagte er.«

Leopold erinnerten diese Worte an manchen Gast aus früherer Zeit. Viele hatten gespielt, bis ihnen nur mehr das gehörte, was sie am Leib trugen. Rommé handglatt, um hohe Beträge. Nur wenige hatten es geschafft, rechtzeitig aufzuhören. Die meisten hatten das Glück zwingen wollen. Irgendwann verschwanden sie dann und tauchten nie wieder auf. Er wollte gar nicht wissen, wieviel Geld er dem einen oder anderen von ihnen geborgt hatte, nur bis zum nächsten Donnerstag oder Freitag, spätestens bis zum Monatsersten. Er hatte das Geld natürlich nie wiedergesehen. Wenn ihm einer von denen begegnete, zog der sofort den Kopf ein und wechselte die Straßenseite. Wahrscheinlich war dessen Existenz ein ständiges Davonlaufen vor seinen Gläubigern und vor sich selbst geworden.

»Gerhard machte mir dann aber ein Angebot, das ich damals sehr interessant fand«, hörte Leopold Biedermann weiterreden, während er an seinem Weinbrand nippte. »Wenn er sich mit Gisela einmal sexuell vergnügen dürfe und ich dabei zuschauen würde, würde er mir die Schuld komplett erlassen. Es war genau die Strafe, die ich Gisela schon lange gewünscht hatte, also willigte ich ein. Natürlich hatte mich der Teufel geritten, natürlich bekam ich in den nächsten Tagen Gewissensbisse. Aber versprochen war versprochen, und es war geradezu eine Ideallösung, um meine Schulden loszuwerden.«

»Gemein«, stellte Leopold trocken fest. »Einfach hundsgemein.«

»Betrachten Sie meine Äußerungen hier als kleine Präsentation, und Schuldzuweisungen haben bei einer Präsentation nichts verloren. Hat man Ihnen das nicht gesagt? Sie müssen im Klub schon vorsichtiger sein«, wies Biedermann ihn, schon leicht beschwipst, zurecht. »Ich finde auch, diese Kritik ist nicht gerecht. Immerhin habe ich mich hingestellt und meine Seele vor wildfremden Menschen ausgebreitet. Das müssen Sie mir erst einmal nachmachen! Na schön! Ich bin mir bewusst, dass ich etwas getan habe, was nicht ganz in Ordnung war. Zufrieden? Wir haben die Sache also schließlich durchgezogen. Gisela wurde mit reichlich Alkohol abgefüllt, damit sie benommen genug war, das Ganze wehrlos über sich ergehen zu lassen. Ich hielt sie an den Schultern fest, während er es ihr besorgte. Es war ein merkwürdiges Gefühl, meine Knie waren ganz weich, und richtig schlecht war mir auch.«

Leopold schwieg und dachte sich seinen Teil. So nebenbei hielt er es für sinnvoll, zwei weitere Stamperln Weinbrand einzuschenken. Man konnte nie wissen, was noch kommen würde.

»Der Rest ist schnell erzählt«, sagte Biedermann, der sofort wieder zu seinem Glas griff. »Gisela hat von da an kein Wort mehr mit mir gesprochen. Sie hat einfach ihre Sachen gepackt und ist gegangen. Ihren letzten Blick werde ich wohl nie vergessen. Er war so voll Hass und Abscheu, wie man es gar nicht beschreiben kann.«

So ein schmächtiges Manderl und gleichzeitig so ein mieser Charakter, dachte Leopold. Da musste es schön abartig zugehen bei diesen anonymen Bekennern, wenn ständig jemand mit einer solchen Geschichte daherkam. Leopold sah seine schlimmsten Theorien, die Menschheit betreffend, bestätigt. Das Verbrechen war die Regel, jederzeit konnte es sich unter so genannten ›normalen‹ Menschen ereignen. So viel war klar. »Und was war dann, als Sie Walters bei der ersten Theaterprobe gesehen haben?«, fragte er. »Hat er Sie erpresst?«

»Kennen Sie – Verzeihung, kannten Sie – Herrn Walters? Er hat zunächst einmal gespielt mit mir. Blöd herumgeredet hat er und Anspielungen gemacht, bis mir ein Licht aufging und ich am liebsten im Erdboden versunken wäre. Natürlich musste ich fürchten, dass er alles weitererzählen würde. Aber er erkundigte sich schließlich nur, wie es mir im Augenblick gehe und ob ich nicht Geld bräuchte. Zuerst wehrte ich ab, aber schließlich konnte ich der Versuchung nicht widerstehen. Die Präsentation war teuer gewesen, und auch sonst hatte ich noch die eine oder andere Rechnung offen.«

»Sie haben also Geld von ihm genommen?« Leopold lehnte jetzt in beinahe lässiger Haltung an der Theke, obwohl er im Dienst war, und prüfte, ob sich noch Reste von Flüssigkeit in seinem Glas befanden.

»Ja«, lallte Biedermann mit gelöster Zunge. »Natürlich hatte die Sache einen kleinen Haken. Walters bestellte mich zu einer Unterredung, während der er mich um einen kleinen Gefallen bitten würde. Das war mühsam. Draußen war der schönste Tag, und wir saßen in diesem Zwölfapostelkeller. Es war laut, die Luft war schlecht, und ich musste ihm zuhören, wie er mich belehrte, dass man sein Geld zusammenhalten müsse, damit man es für eine Weile hat. Dabei redete er zeitweise auch noch so leise und undeutlich, dass ich mir schwer tat, ihn zu verstehen. Und plötzlich kam er mit seiner Bitte daher: Ich solle der Friedl sagen, dass sie nach seinem Tod viel Geld bekommen würde, aber erst, wenn wir das Stück gespielt hatten und er wieder weg war.«

»Und Sie haben zugestimmt?«

»Ja! Die Geschichte war zwar mehr als merkwürdig, aber welchen Nachteil sollte ich daraus haben? Und das mit dem Geld war doch ein netter Zug, oder?«

»Ist er während der Proben noch einmal darauf zurückgekommen?«, wollte Leopold wissen.

»Nicht direkt«, überlegte Biedermann. »Es war mehr oder minder eine Frage der Ehre.«

»Aber die Versuchung war zu groß, und Sie haben nicht gewartet und es der betreffenden Dame recht bald gesagt«, schloss Leopold. »Weil Sie wahrscheinlich grundsätzliche Schwierigkeiten haben, Dinge für sich zu behalten, und weil Ihnen Frau Friedl sehr nahe steht.«

»Woher wollen Sie das wissen?«, reagierte Biedermann überrascht.

»Na, das ist doch nicht so schwer. Ich hab ja Augen im Kopf und sehe die vornehme Zurückhaltung, mit der Sie ihr ständig Aufmerksamkeiten erweisen: einen Blick, ein Lächeln, einen angedeuteten Kuss. Da wird das Schweigen nicht sehr lange angehalten haben, nehme ich an.«

»Geben Sie mir noch einen«, forderte Biedermann, während er erneut prüfte, ob auch ja niemand vom Rest der Schauspieler, vor allem seine Sonja Friedl, mitbekam, worüber er sich mit Leopold unterhielt. Aber die waren Gott sei Dank viel zu sehr mit sich selbst beschäftigt.

Leopold stellte zwei weitere Glas Weinbrand auf die Theke. »Sie wissen, dass es für Sie unangenehm werden könnte«, warnte er sein Gegenüber. »Die Aussicht auf Geld im Todesfall ist immer ein ausreichendes Motiv für einen Mord. Das brauche ich Ihnen doch nicht zu sagen, oder?«

*

»Meine Situation ist vertrackt«, sinnierte Biedermann.

»Sehr vertrackt«, nickte Leopold.

»Und mein Alibi …«

»Mit Frau Friedl?«

»Ja!«

»Können Sie sich in dem Fall in die Haare schmieren«, stellte Leopold fest. »Weil Sie beide der Tat verdächtig sind.«

»Noch zwei Weinbrand«, ordnete Sven Biedermann an. »Und dann fangen doch bitte einmal *Sie* zu erzählen an. Ich habe jetzt, glaube ich, genug geredet.«

»Was soll *ich* Ihnen denn erzählen?«, wollte Leopold, der den ungewohnten Einfluss des Alkohols spürte und mannhaft dagegen ankämpfte, wissen.

»Na, Ihre Geschichte, die Sie im Verein zu präsentieren gedenken, natürlich. Das sind Sie mir jetzt schuldig. Ich kann sie mir ja dort nicht anhören, ich bin nicht mehr dabei.«

»Ausgeschlossen! Wo bliebe denn da meine Anonymität«, wehrte Leopold sich.

»Sie haben gesagt, wir sind Leidensgenossen und wir sollten einander vertrauen. Daran kann ich mich trotz der paar Getränke noch deutlich erinnern«, blieb Biedermann hart.

»Außerdem ist es Ihre Chance auf eine kostenlose Probe. Es wird Ihnen sicher etwas von Ihrer Nervosität nehmen.«

Leopold wusste, dass er nicht trinken sollte und trank dennoch. Es schmeckte ihm einfach. Dabei machte ihn Alkohol immer melancholisch. Viele Dinge gingen in seinem Kopf herum, Dinge, die sich nicht mehr unbedingt um Herwig Walters und dessen Tod rankten. Er dachte an früher, wie er es nur mehr selten tat, an Zeiten, die weit, weit zurücklagen, beinahe noch weiter als die ersten Erinnerungen an seine Arbeit im Café Heller. Und auf einmal verspürte er den Drang, etwas darüber zu sagen. »Ich habe es nicht gewollt, und es ist dennoch so gekommen«, begann er.

»Das behaupten alle«, bemerkte Biedermann sarkastisch. Er war auch ganz schön angeschlagen und fühlte sich in seiner Rolle als Zuhörer sichtlich wohler.

»Lassen Sie mich jetzt reden oder nicht?«, fuhr Leopold ihn, gestärkt durch den Weinbrand, an. »Seien Sie ruhig, und unterbrechen Sie mich nicht! Sie wissen ja gar nicht, worauf ich hinauswill. Ich möchte vorausschicken, dass ich damals jung und dumm war. Ich arbeitete noch nicht hier im Heller, sondern in einem anderen Kaffeehaus, der Name spielt jetzt keine Rolle. Zu der Zeit hatte ich eine Freundin, wie man sie sich nur wünschen kann: hübsch, klug, fleißig, treu. Sie hatte immer einen Scherz oder ein aufmunterndes Wort auf den Lippen, war so richtig eine Frau fürs Leben. Für mich kam diese Beziehung leider viel zu früh. Meine Gedanken waren bei ihr, aber auch ganz woanders, nämlich bei meinen Spezi und beim Fortgehen. Lisi hat mir fast jeden Rausch verziehen, auf den sie draufgekommen ist – zum Glück hat sie nicht alle mitbekommen. Wenn sie wirklich einmal böse war, hat sie recht gehabt, obwohl ich mir's nie gefallen habe lassen, wenn sie mit mir vor meinen

Freunden darüber debattieren wollte. Schließlich gehört sich so etwas nicht.

Die Freunde haben bei mir überhaupt viele Rechte gehabt. Frei wollte ich halt sein und ungebunden. Eine ständige Freundin kommt einem da manchmal wie eine Fessel vor, da kann sie noch so verständnisvoll sein. Die meisten der anderen hatten jedenfalls keine, und dementsprechend haben sie auch auf mich eingeredet. Ob meine Lisi wirklich immer zu mir halten würde, ob ich mir da so sicher sein könne. Direkt in eine Opferrolle haben sie mich gedrängt. Die wollten uns natürlich auseinanderbringen. Heute weiß ich das, damals habe ich es nicht gewusst. He, hören Sie mir überhaupt zu?«

Biedermann sah jetzt ein bisschen so aus, als habe ihn der Schlaf übermannt. Er schüttelte seinen Körper kurz durch und murmelte: »Ich bin ganz Ohr!«

»Na hoffentlich!« Leopold schaute sein Gegenüber prüfend an und vernichtete gleichzeitig den letzten Rest in seinem Glas. »Jetzt kommt nämlich das Beste. Das heißt, jetzt kommt natürlich das Blödeste, das ich jemals in meinem Leben gemacht habe. Ich habe mir einreden lassen, dass ich Lisi auf die Probe stellen müsse. Meine Freunde meinten, es sei ja einfach, zu einem ganz offensichtlich treuen Mann zu halten. Die wahre Liebe beweise man erst, wenn man auch dann zu jemandem stehen würde, wenn es Zweifel an seiner Treue gebe. Ich sollte also quasi den Elchtest machen. Deshalb erfand ich eine Person, die gar nicht existierte, eine Art ideale Geliebte, und begann, Lisi ständig von ihr zu erzählen. Zuerst war es Spaß, aber dann wurde es Ernst, bitterer Ernst. Es gefiel mir, Lisi damit zu quälen und zu verunsichern.«

»Ich glaube, jetzt brauchen Sie noch einen«, riet Biedermann, der sah, dass sich Leopold in leichter Auflösung befand. »Im Klub ist Alkohol allerdings streng verboten, falls Sie das vergessen haben sollten.«

»Ja, ja«, grummelte Leopold und schenkte diesmal nur sich selber ein. »Ich sehe sie noch genau vor mir, diese Fantasiefrau«, sinnierte er. »Klein und blond. Ein bisschen mollig, nicht zu viel, aber gerade so, dass die Proportionen richtig herauskommen. Schmale Lippen, nie ganz trocken, sondern immer ein wenig feucht, zum Küssen besser geeignet als zum Reden. Zarte Hände, die einen immer wohlig erschauern lassen, wenn sie einen berühren. Nur die Waden waren etwas stärker, als es dem durchschnittlichen Schönheitsideal entsprochen hätte.«

Biedermann, der bei dieser Stelle richtig mitgelebt hatte, sackte wieder in sich zusammen. »Warum denn das?«, wollte er wissen.

Leopold zuckte mit den Achseln. »Na, irgendeinen Fehler musste sie ja haben, sonst wäre es nicht glaubwürdig gewesen«, meinte er gleichgültig. »Jedenfalls erreichte ich schließlich das, was ich in meinem selbstzerstörerischen Drang wollte. Lisi machte Schluss mit mir. Ich habe natürlich gemerkt, wie schwer es ihr gefallen ist, und das hat es doppelt hart für mich gemacht. Ich habe mir eingebildet, dass es besser so war, weil ich wieder ein freier Mensch sein würde. Dabei war ich nur dumm.«

»Und Ihre Freunde?«, fragte Biedermann.

»Da ist auch nicht viel Nachhaltiges daraus geworden«, resümierte Leopold. »Solche Leute gehen einem mit der Zeit auf die Nerven, aber leider oft erst, wenn oder weil es zu spät ist. Ich habe praktisch keinen Kontakt mehr mit ihnen. Eine Zeitlang habe ich damals noch ein ziemliches Lotterleben geführt, mit Mädchen für einsame Stunden und so. Dann ist ohnehin meine Arbeit hier im Kaffeehaus gekommen, und die hat sich als bewährter Ersatz für Beziehungen mit Frauen jeglicher Art erwiesen. So, das war meine Geschichte.«

Leopold fuhr sich kurz mit dem Ärmel über die Augen. Das Selbstmitleid hatte ihn übermannt, und er hatte ein kleines bisschen geweint, aber er ärgerte sich gleich wieder über seine Unbeherrschtheit. »Was geht denn da vor sich? Haben Sie getrunken, Leopold?«, riss ihn Frau Hellers forschende Stimme aus seiner Verletzlichkeit.

»Gewissermaßen, ja«, gestand er überrascht.

Frau Heller schüttelte den Kopf. »Schön langsam mache ich mir wirklich Sorgen«, seufzte sie. »Wie soll denn das weitergehen? Ich bin froh, dass morgen wieder der Herr Waldbauer kommt.«

»Ich auch«, stotterte Leopold.

»Ich will noch einmal über Ihre momentane Verfassung hinwegsehen, die wahrscheinlich wieder in weiß Gott was für einem Zusammenhang mit Ihren abgründigen Gedanken, das Verbrechen betreffend, steht. Aber in Zukunft möchte ich mich wieder mehr der künstlerischen Weiterentwicklung unseres Kaffeehauses widmen können und nicht ständig auf Sie aufpassen müssen«, tadelte sie ihn weiter. »Nun denn. Ich habe die Leute bedient, so gut es ging, während Sie hier Ihren Exzessen gefrönt haben. Sie brauchen nur mehr abzukassieren. Ich glaube, es ist das Beste, wenn wir jetzt Sperrstunde machen.«

»Wie Frau Chefin befehlen«, gluckste Leopold, sich jetzt artig verneigend. »Ich fang einmal mit dem Kassieren an, und zwar bei mir. ›Heute haben Sie aber ordentlich über die Stränge geschlagen, Herr Leopold, so kenn ich Sie ja gar nicht. Elf Weinbrand, das ist nicht von schlechten Eltern. Macht 39 Euro 50 wenn's leichtfällt. Der Rest ist für mich? Ergebensten Dank!‹« Er nahm umständlich die nötigen Münzen und Scheine aus seiner privaten Geldbörse und tat sie unter Verwendung von allerhand Gesten und Gebärden in seine große Kaffeehausbrieftasche.

»Lassen Sie die Faxen und gehen Sie zu unseren Gästen, die sind schon ganz ungeduldig«, herrschte ihn Frau Heller an.

»Jawohl!« Leopold spürte den Alkohol jetzt an allen Ecken und Enden. Mühsam war jeder Gedankengang, eine Plage jeder Schritt. Mit all der Routine, die er besaß, erledigte er das Abkassieren, ohne sich allzu viel anmerken zu lassen. Nur sein gequälter Gesichtsausdruck ließ ahnen, dass er mit Schwierigkeiten kämpfte.

Erst, als er fertig war, fiel ihm auf, dass er Thomas Korber gar nicht mehr gesehen hatte. »Der ist schon vor einer Weile gegangen«, klärte ihn Frau Heller auf. »Sehen Sie, nicht einmal das haben Sie bemerkt. Er hat übrigens anschreiben lassen.«

So war das also. Still und heimlich verdrückt hatte sich der liebe Freund. Nur eine weitere Aktion, die Leopold bewies, dass er nicht auf Hilfe aus dieser Richtung hoffen durfte. Und da es vorläufig nicht sehr wahrscheinlich war, dass er seinen neuen Bekannten Nestroy bald wiedersehen würde, war und blieb er auf sich alleine gestellt.

*

Auf dem Nachhauseweg versuchte Leopold, seine Gedanken zu ordnen, aber er hatte schon Mühe genug, sein Rad geradezuhalten und sich auf die Straße zu konzentrieren. Immerhin war in seinem Gespräch mit Biedermann viel von Geld die Rede gewesen: Geld, das Biedermann nicht hatte, Walters hingegen schon. Geld, das jetzt offenbar aus nicht näher bekannten Gründen in den Besitz von Sonja Friedl gelangen sollte. Sicher ein guter Grund für einen Mord, ein sehr guter sogar. Und Geld war eines der Dinge, auf die er besonders achten musste, das hatte ihm Nestroy geraten. Also musste er dieser Spur folgen.

Zwar hatte Biedermann nicht den Eindruck auf ihn gemacht, dass er ein Mensch war, der so ohne weiteres jemanden umbrachte, aber – und da dachte Leopold wiederum an Nestroy – er war ein Schauspieler, wenn auch nicht berufsmäßig. Vielleicht hatte er sich heute verstellt, den Alkohol hatte er ja mit Sicherheit besser als er selbst vertragen. Und Sonja Friedl? Aus der konnte man gar nicht recht klug werden. Jedenfalls zählte das Alibi der beiden für den Freitag so gut wie nichts.

All das waren Gedankenfetzen, in die Leopold an diesem Abend keine Ordnung mehr hineinbrachte. Als er zu Hause ankam, verrichtete er noch die allernotwendigsten Tätigkeiten, dann ließ er sich ins Bett fallen. Er hätte es sicher schön gefunden, wenn ihm wieder Nestroy erschienen wäre und ein bisschen mit ihm geplaudert hätte, aber er fiel in einen tiefen, traumlosen Schlaf.

16

»Die Falten der Seele sind früher gekommen als die des Gesichts.« (Nestroy: Reserve und andere Notizen)

In Leopolds Kopf summte und brummte es. Er durfte sich jedoch vor der Chefin nichts anmerken lassen, denn sonst konnte er sich gleich am frühen Morgen etwas anhören. Durchhalten hieß die Parole. Die Frage, die er sich während jeder kleinen Pause stellte, war: Wie hatte er es am Vorabend nur so übertreiben können? Ganz gegen seine gewohnte Art und gegen jede Raison? Ein Teufel hatte ihn geritten, ein Dämon, der ihn jetzt auslachte und ihm die Schamesröte ins Gesicht trieb. Er hatte einem Mann, den er nicht kannte, Dinge anvertraut, die nicht einmal sein bester Freund Thomas Korber in dieser Detailliertheit von ihm wusste. Er hatte möglicherweise eine entscheidende Episode seines Lebens vor einem Mörder ausgebreitet. Und – er traute sich beinahe nicht, es einzugestehen – dieser Seelenstriptease hatte ihm sogar Spaß gemacht.

Zum ersten Mal konnte sich Leopold vorstellen, dass es den Menschen etwas bedeutete, ihr Schicksal, ja mehr noch, dessen absoluten Tiefpunkt, öffentlich zu machen. Es arbeitete etwas in einem, das herausmusste. Hatte es auch in ihm gearbeitet, ein halbes Leben lang? Offenbar ja. Aber er hatte in all dem täglichen Trott, neben den vielen Dingen, die für den Augenblick wichtig sind, darauf vergessen.

Er war schon wieder mit seinen Kleinigkeiten des Lebens beschäftigt: Kaffee aus der Maschine rinnen lassen, die Schale auf das silberne Tablett stellen, dann noch ein Glas Wasser, den kleinen Löffel und zwei Stück Zucker. Das lockt einem keine großartigen Emotionen heraus. Aber es ist der liebgewordene Alltag, den man braucht, um sein Gemüt ohne große Schwankungen auf Trab zu halten. Nach ein paar hunderten solcher Handgriffe würde er sein ganz persönliches Drama wieder auf ein Abstellgleis in seinem Gedächtnis gerückt haben. Und ab und zu würden die kleinen Ausflüge ins Kriminalistische seine Stimmung aufhellen. Das Verbrechen hatte Gott sei Dank etwas Beständiges und war durch keine Entwicklung in den Zeitläuften gefährdet.

Leopold sah Herrn Otto zu, wie der wieder einmal auf intellektuell machte und mit tadellos gescheiteltem Haar, der dicken Hornbrille sowie einem eleganten, beigen Sommersakko, eingehüllt in eine Wolke billiges Rasierwasser, an der Theke lehnend die Zeitung las. Er wirkte ein wenig unruhiger als sonst, kratzte sich öfter am Kinn und hatte dann und wann schon einmal eine Schweißperle auf der Stirn. Wie einer, für den das ganze Herbeirufen des Weltunterganges bisher eine geballte Ladung Zweckpessimismus war und der schön langsam daran glaubt, dass seine eigenen Prophezeiungen eintreffen könnten, dachte Leopold. Immerhin lähmte es seine Sprechwerkzeuge, und das war doch schon ein kleiner Schritt in die richtige Richtung. »Nichts Neues«, registrierte er nur nachdenklich. »Es gibt überhaupt keine Neuigkeiten mehr. In der Zeitung steht so gut wie nichts. Das sind die ersten Anzeichen, dass es wirklich zu Ende geht. Das Neue wird schön langsam überflüssig. Die Bewegung lässt nach, der Stillstand regiert.«

Dann rückte er schweigend sein Glas zwei Zentimeter in Richtung Leopold, der es mit dem letzten Inhalt der Flasche auffüllte. »Der Wein wird auch schon leer«, half er Herrn Otto, seinen Trübsinn beizubehalten.

»Mit unseren Vorräten kommen wir bis zum Tag X durch«,

kommentierte der trocken. »Darauf habe ich bereits mehrfach hingewiesen.«

Gerade zur richtigen Zeit kam Thomas Korber zur Tür herein. Aber natürlich konnte Leopold das nicht zugeben. Er streifte ihn zunächst nur einmal mit einem grimmigen Blick.

»Schönen Tag allerseits«, grüßte Korber bester Laune. »Na, Leopold, warum schaust du denn gar so grantig drein? Ist dir etwa der Schnaps gestern nicht bekommen?«

»Mir bekommen ganz andere Sachen nicht«, erwiderte Leopold. »Zum Beispiel angebliche Freunde, die einen dauernd im Stich lassen, wenn's drauf ankommt.«

Korbers Gesicht verfinsterte sich kurz. »Red nur ja keinen Blödsinn«, sagte er. »Du hast nämlich unheimliches Glück, dass Geli Norbert und seine Freundin Nora kennenlernen wollte. Wir waren also noch zu viert beim Fuhrmann in Jedlersdorf. Und ob du es mir glaubst oder nicht, nach ein paar Gläsern habe ich dem lieben Norbert einige Neuigkeiten entlockt.«

»Welche Neuigkeiten?« Leopold war sofort ganz Ohr.

»Es gibt keine Neuigkeiten mehr«, grummelte Herr Otto, immer hastiger die Seiten der Zeitungen durchblätternd.

Korber zog genüsslich einen Zettel aus der Tasche. »Ich hatte 36 Euro Spesen«, erwähnte er. »Für nähere Auskünfte würde ich schon um eine Beteiligung deinerseits ersuchen.«

Leopold war das natürlich gar nicht recht. Die Schnapsorgie vom Vortag hatte nicht nur seinen Kopf, sondern auch seine Geldbörse in einem armseligen Zustand hinterlassen. Er wollte sich gar nicht ausrechnen, wie viel Trinkgeld er kassieren musste, um den Schaden wieder halbwegs gutzumachen, und er wollte auch nicht daran denken, dass er wegen der zu erwartenden Urlaubssperre im August auf diese zusätzliche Einnahmequelle eine Zeitlang gänzlich verzichten würde müssen. Er hatte sowieso keine Wahl. Zähneknirschend nahm er einen 20 Euro-Schein hervor und drückte ihn Korber in die Hand. »Du hast von gestern übrigens noch einen großen Braunen und ein kleines Bier offen«, machte er ihn aufmerksam.

»Alles zu seiner Zeit«, bemerkte Korber lächelnd.

»Jetzt fang endlich an!«

»Es war wirklich ein gelungener Abend«, zierte sich Korber noch ein wenig. »Geli und Nora verstehen sich schon recht gut. Und für Norbert sind ein paar unbeschwerte Stunden gerade das Richtige. Er kommt ganz schön dran in seinem Beruf ...«

»Willst du jetzt endlich zur Sache kommen? Ich habe nicht ewig Zeit. Schließlich bin ich zum Arbeiten da und nicht zum Zuhören«, unterbrach Leopold ungeduldig.

»Langsam, langsam. Noch nie etwas vom Aufbauen eines Spannungsbogens gehört? Na gut, ich will dich nicht länger auf die Folter spannen. Nachricht Nummer eins: Walters hat eine uneheliche Tochter, unsere Anette Riedl. Da nichts von weiteren Kindern bekannt und auch bis jetzt kein Testament aufgetaucht ist, das etwas Gegenteiliges besagt, wird sie wohl seine Erbin werden. Das Vermögen ist beträchtlich. Es geht um nicht weniger als 1,8 Millionen Euro.«

Leopold pfiff durch seine Zähne. »Hört, hört. Wie ist Walters denn zu dem vielen Geld gekommen?«

»Ganz einfach, durch einen Lottogewinn«, berichtete Korber. »Das ist auch der Grund, warum man so lange nichts von ihm gehört hat. Er hat sich einfach zurückgezogen, hat etliche Jahre in Italien gelebt, in Grado. Dort ist angeblich auch Anette Riedl entstanden. Ein Urlaubskind sozusagen.«

»Es wäre interessant, ob der Wondratschek davon gewusst hat«, überlegte Leopold.

»Kann ich nicht sagen! Vielleicht! Jedenfalls ist Walters immer zu seiner Tochter gestanden und hat brav die Alimente bezahlt. Für Frau Riedl ist die Situation dann auch leichter geworden, als sie ihr jetziger Mann trotz des unehelichen Kindes geheiratet hat. Angeblich kann er selbst keine zeugen. Tja, und Anette ist, wie es aussieht, bald eine reiche, junge Frau. Das kann der Familie nur nutzen. Die sind ganz schön verschuldet.«

Wenn du dich nur nicht täuschst, dachte Leopold. Es war seiner Meinung nach durchaus möglich, dass es ein Testament gab, in dem plötzlich Sonja Friedl zur Hauptbegünstigten wurde. Warum Walters ausgerechnet ihr alles vermachen wollte, war Leopold zwar schleierhaft, andererseits musste er seine Gründe für die Andeutungen Biedermann gegenüber gehabt haben. Eine komplizierte Sache, durch die jetzt auch Anette Riedl und ihre Eltern zu Verdächtigen wurden, noch dazu, wo sie das Geld anscheinend bitter nötig hatten.

»Das ist noch nicht alles«, erzählte Korber weiter. »Was glaubst du, weshalb Walters wieder zurückgekommen ist?«

»Interessante Frage«, konzedierte Leopold. »Die Marie dürfte ihm ja noch nicht ausgegangen sein.«

»Sein Allgemeinzustand hatte sich verschlechtert. Er fühlte sich nicht wohl. Er ist dann hier in Wien zu einem Arzt seines Vertrauens gegangen.«

»Und? Etwas Ernstes?«

»Wie man's nimmt. Die Polizei hat diesen Arzt gefunden und befragt. Der Gesundheitszustand von Walters war alles andere als optimal. Er hatte einen hohen Blutdruck und schlechte Blutwerte. Der Arzt hat ihm zu einer Durchuntersuchung im Krankenhaus geraten.«

»Walters hat aber peinlichst vermieden, eine solche durchführen zu lassen?«, mutmaßte Leopold.

»Richtig! War nicht schwer zu erraten, oder? Er hat lieber in Saus und Braus gelebt und sich eingeredet, dass es mit ihm ohnehin bald zu Ende geht. Deshalb war er auch immer so nachdenklich und unausgeglichen«, folgerte Korber.

»Und hat sich Gedanken darüber gemacht, was nach seinem Tod mit seinem Geld geschehen soll«, führte Leopold den Gedankengang fort.

»Das wird wohl Anette bekommen, wer sonst?«

»Dem Biedermann hat er jedenfalls erzählt, dass sich Sonja Friedl berechtigte Hoffnungen darauf machen darf«, teilte Leopold Korber mit und informierte ihn kurz darüber, was er am Vorabend erfahren hatte.

»Nicht schlecht«, schnalzte Korber mit der Zunge. »Das ist eben das Künstlerische, das Theatralische, der Sinn für die überraschende Wendung. Du meinst also, dass sich die Sache noch in eine ganz andere Richtung entwickelt?«

»Durchaus möglich. Wir müssen für alles offen bleiben«, antwortete Leopold. Er versuchte, sich in Walters hineinzuversetzen. Welche Gedanken hatte ein Mensch, der begonnen hatte, das Schlimmste zu befürchten? Verharrte er in trostloser Regelmäßigkeit wie Herr Otto? Dachte er an später, an die Hinterbliebenen, daran, wer sein Vermögen erben sollte? Ließ er sich dabei in irgendeiner Form beeinflussen?

Eine weitere unangenehme Überlegung zischte durch Leopolds Hirn. War es doch möglich, dass Walters in einem Anfall von Depressionen seinem Leben selbst ein Ende gesetzt hatte? Oder hatte sein schlechter Gesundheitszustand einen Unfall herbeigeführt? Es war leider nicht völlig auszuschließen. Leopold wehrte sich aber nach wie vor, derlei Dinge in Betracht zu ziehen. Es war besser, von einer anderen Annahme auszugehen: dass Walters ein Schauspieler war, einer von jenen Burschen, bei denen man auf alles gefasst sein musste, und denen man nicht trauen durfte, so wie Nestroy es gesagt hatte.

Leopold bedauerte, dass er so wenig vom Theater verstand. Er war auch noch nie dazugekommen, sich eine Probe des Hochlöblichen Floridsdorfer Welttheaters anzusehen, die ihm vielleicht mehr Aufschlüsse über das Verhalten der einzelnen Darsteller untereinander gegeben hätte. Als er Waldemar ›Waldi‹ Waldbauer unauffällig und lustlos zur Türe hereinschleichen sah, vergaß er deshalb auf das immer noch lästige Sausen in seinem Kopf, und sein Herz schlug schneller. Natürlich! Er hatte ja den heutigen Nachmittag frei und konnte tun und lassen, was er wollte. Das hätte er beinahe vergessen. Eine ausgezeichnete Gelegenheit, die sich ihm da auftat.

»Hast du gut gemacht, Thomas«, lobte Leopold. »Wann gehst du denn zur Probe?«

»Gleich, aber vorher gib mir bitte noch einen großen Braunen«, erwiderte Korber. »Wir müssen leider früher da sein, weil uns die Polizei wieder Fragen stellen möchte. Da wird's sicher um diese ominöse Erbschaft gehen. Ich bin gespannt, ob sie auch gleich den Biedermann und die Friedl verdächtigen werden so wie du, oder ob sie sich mehr um die kleine Anette kümmern. Wenn sie überhaupt rechtzeitig kommt. Sie ist in letzter Zeit so komisch.«

»Komisch?« Leopold horchte auf.

»Ja! Sie hat anscheinend Angst, allein nach Hause zu gehen, bildet sich ein, sie wird verfolgt. Gestern ist sie wahrscheinlich deshalb nicht ins Kaffeehaus mitgekommen, damit sie noch vor Einbruch der Dunkelheit zu Hause ist. Eigenartig, nicht wahr? Ob das mit ihrem neuen Reichtum zusammenhängt?«

Leopold servierte Korber den heißen Kaffee. »Das kann

man nicht wissen«, bemerkte er knapp. »Man kann vieles nicht wissen, und deshalb werde ich heute einmal eurer Probe beiwohnen.«

Korber fiel aus allen Wolken. »Der Probe? Aber Leopold ...«

»Keine Widerrede! Ich muss mir die Sache einmal als neutraler Beobachter ansehen«, beharrte Leopold. »Vielleicht komme ich dadurch zu neuen Erkenntnissen. Ich glaube, ich brauche den direkten Kontakt mit der Bühne. Die Theaterluft muss mich umwehen, verstehst du? Den Nestroy als Souffleur hab ich schon, jetzt fehlt nur noch die schöpferische Inspiration.«

Korber verstand überhaupt nichts. »Einen ungünstigeren Zeitpunkt hättest du dir nicht aussuchen können«, protestierte er nur. »Es ist nur mehr etwas über eine Woche bis zur Premiere.«

»Da sollten wir doch vorher wissen, wer Walters umgebracht hat, oder?«, erwiderte Leopold spitzbübisch und wieder bester Laune.

»Na schön, mach was du willst. Es ist ja leider nicht verboten«, gab Korber sich geschlagen. »Ich verlasse dich jetzt. Die polizeilichen Ermittlungen, du weißt ja. Ich hoffe jedenfalls, ich konnte deine Bedenken, meine Freundschaft betreffend, wieder ein wenig zerstreuen. Manchmal kannst du einem ganz schön auf die Nerven gehen.«

Er machte einen Blick auf seine Uhr, trank rasch den Kaffee aus und legte das Geld auf die Theke. »Danke für deine Informationen, ich glaube, sie waren sehr hilfreich«, zwinkerte Leopold ihm zu. »Lass mir deine Geli schön grüßen. Und den Herrn Inspektor Bollek natürlich auch.«

Kaum war Korber draußen, stand Waldi Waldbauer wieder in sorgsamst adjustierter Dienstkleidung vor ihm. »Na, hat sich in den paar Tagen was getan, wo ich weg war?« erkundigte er sich.

»Nicht allzu viel. Ab'gangen bist mir halt«, antwortete Leopold und machte sich zum Umziehen bereit.

»Wirklich?«, kam es ungläubig von Waldi. Doch Leopold hörte nicht mehr hin. Er tat, wie so oft, noch einen letzten prüfenden Blick in seine Lade. Da fand er wieder etwas, worauf er zuletzt völlig vergessen hatte: die Zigarre aus dem Probenraum. Jene Zigarre, die aller Wahrscheinlichkeit nach Herwig Walters gehört hatte.

*

»Hallo?«

»Hallo, ist dort Anette Riedl?«

»Ja!« Ihre Stimme stockte. Unbekannter Teilnehmer, offensichtlich männlich. »Wer spricht?«

»Das tut jetzt nichts zur Sache. Sind Sie schon eingeweiht? Wissen Sie bereits, welche Auswirkungen der Tod von Herwig Walters unter Umständen auf Sie hat?«

Natürlich wusste sie das. Ihre Mutter hatte ihr am Wochenende alles erzählt, und sogar ihr Stiefvater hatte sich etwas mehr Zeit als sonst zur Besprechung einer Familienangelegenheit genommen. Was sie manchmal geahnt und zwischenzeitlich auch gehofft hatte, war mit einem Mal Wirklichkeit geworden. Sie war die Tochter eines anderen, der, kaum hatte sie ihn kennengelernt, bereits wieder verstorben war. Es war zunächst ein komisches und lähmendes Gefühl, aber sie trug alles mit Fassung. Vielleicht deshalb, weil plötzlich eine erhebliche Summe Geld im Spiel war. »Ja«, kam es von ihr vielleicht einen Tick zu schnell. Da wäre wohl mehr gelassene Neugier angebracht gewesen.

»Sie sollen Geld bekommen. Aber wissen Sie auch, dass Sie Mitbewerber haben, die es Ihnen streitig machen wollen?«, fragte die Stimme.

Mitbewerber? Was sollte denn das heißen? Es war doch jetzt eindeutig bewiesen, dass sie das einzige Kind von Walters war. Es konnte nicht sein, dass die Erbschaft, die man ihr an einem Tag versprochen hatte, am übernächsten schon wieder fort war. Sie hatte eben erst realisiert, dass sie ein kleines Vermögen ihr Eigen nennen durfte und sich darüber zu freuen begonnen. Und jetzt wollte man ihr alles wieder wegnehmen?

»Sind Sie noch dran?«, klang es an Anettes Ohr.

»Ja! Wer will das Geld denn haben?«, erkundigte sie sich vorsichtig.

»Jemand, den Sie kennen! Leute aus Ihrer Schauspieltruppe. Sie werden es früher merken, als Ihnen lieb ist. Vielleicht heute schon«, redete der unbekannte Anrufer auf sie ein. »Aber lassen Sie sich nicht beirren. Setzen Sie keine unüberlegten Handlungen! Ich kann Ihnen helfen.«

Anette fühlte sich nicht wohl in ihrer Haut. Sie war es nicht gewohnt, mit ›Sie‹ angeredet zu werden. Überhaupt war das ein komisches Telefonat. Aber etwas in ihr war so neugierig, dass sie mehr über die Sache wissen wollte. »Sie können mir helfen? Wie denn?«, platzte es aus ihr heraus.

»Es ist zu kompliziert, um es am Telefon zu erklären. Wenn Sie mir vertrauen, können wir uns heute am Abend treffen«, kam die Antwort. Es hörte sich gefährlich und verlockend zugleich an.

»Wieso denn nicht gleich?«

»Normale Menschen, so wie ich, arbeiten untertags. Und Sie müssen ja heute auch noch zu Ihrer Theaterprobe.«

»Sie wissen ganz schön Bescheid!«

»Ich weiß vor allem, wie ich Ihnen behilflich sein kann. Heute Abend werde ich Ihnen alles auseinandersetzen.«

Anette überlegte kurz. »Ich möchte meine Mutter mitnehmen.«

»Ihre Mutter? Warum?«

Das wusste Anette auch nicht so recht. »Zur Sicherheit«, meinte sie.

»Sie vertrauen mir also nicht? Dann können wir es gleich bleiben lassen.«

»Nein, ncin«, lenkte Anette sofort ein. »Es war nur so eine Idee.«

»Aber keine gute«, sagte der Anrufer. »Es würde die Dinge unnötig verkomplizieren. Gewöhnen Sie sich daran, dass Sie die Begünstigte sind. Ihnen soll das Geld gehören. Und seit kurzem sind Sie auch schon 18. Hören Sie sich einmal an, was ich zu sagen habe. Sie können es Ihrer Mutter ja dann erzählen, wenn Sie wollen. Es dauert nicht lange, das verspreche ich Ihnen.«

»Und wo?«

»Bei der Tankstelle Ecke Floridsdorfer Hauptstraße und Jedleseer Straße. Um neun Uhr abends, früher kann ich nicht. Ich werde dort einen Kaffee trinken und auf Sie warten. Seien Sie bitte pünktlich, ich habe nicht ewig Zeit.«

»Bei einer Tankstelle? Können wir uns nirgendwo anders treffen?«, wurde es Anette ein wenig mulmig. Tankstellen waren so männlich dominiert.

»Es sollte niemand Bescheid wissen, vor allem Ihre Schauspielkollegen nicht«, klärte der Anrufer sie auf. »Die Sache ist doch relativ heikel. Deshalb habe ich einen Ort ausgewählt, den sicher keiner von ihnen frequentiert. Er ist von Ihnen aus bequem zu erreichen, und es ist immer etwas los dort. Sie brauchen also keine Angst zu haben.«

Anette hatte in letzter Zeit immer Angst, deshalb war es ihr egal. »Also gut«, stimmte sie zu. »Ich komme. Und was mache ich, wenn Sie nicht da sind?«

»Dann fragen Sie einfach nach Herrn Alfred«, antwortete die fremde Stimme und legte auf.

*

Gerade rechtzeitig wollte Leopold bei der Probe sein, jedoch keine Minute früher. Die Befragungen der Polizei interessierten ihn nicht. Genauer gesagt hatte er vor, Oberinspektor Juricek erst dann wieder gegenüberzutreten, wenn er den Fall gelöst hatte. Er konnte ihm noch immer nicht verzeihen, dass er ihn so abgeschasselt und von jeglichem Informationsfluss abgeschnitten hatte. Es war eine einseitige Aufkündigung der Zusammenarbeit aus mehr als fragwürdigen Motiven gewesen.

Dennoch spazierte Leopold schon vor Probenbeginn um das Haus der Begegnung herum und beobachtete, wie die Mitglieder des Floridsdorfer Welttheaters einer nach dem anderen eintrafen. Korber war wahrscheinlich schon drinnen und schwätzte mit Bollek über den gestrigen Abend. Na gut, der war ja auch nicht so wichtig. Die anderen interessierten Leopold mehr. Zuerst tauchte Peter Pribil, wie immer auf Pünktlichkeit bedacht, auf. Dann folgten in kurzen Abständen Ilona Patzak, Elfriede und Simone Bachmann, jede für sich mit kleinen, selbstbewussten Schritten herantanzend; Sven Biedermann und Sonja Friedl diesmal Hand in Hand, das Gemeinsame deutlich zur Schau stellend; Freddie Glomser, den Kopf unruhig hin- und herbewegend, in Gedanken ganz bei seinen künstlerischen Dispositionen; Anette Riedl, sich von Zeit zu Zeit nervös umschauend, ob Gefahr im Verzug war; und schließlich, den Blick mehr zu Boden gesenkt als nach vorne gerichtet, Fritz Stössl, der offenbar nur eins im Kopf hatte, nämlich den Satz, mit dem er seinen Auftritt beginnen sollte.

Irgendwann, um einiges später, knapp vor dem eigentlichen Anfang der Probe, erschien Toni Haslinger auf der Szene. Der ewige Zuspätkommer und Drückeberger sah gar nicht so aus, als ob er schon hineinwollte und zündete sich eine Zigarette an. Er war es, auf den Leopold gewartet hatte. Sofort ging er auf ihn zu. »Na, warum sind wir denn jetzt erst da? Und rauchen sogar noch eine?«, redete er ihn an. »Keinen Bock auf die Fragestunde mit der Polizei?«

Toni antwortete ein wenig genervt: »Ich habe Schule gehabt und dann war ich zu Hause essen. Das wird man doch wohl noch dürfen, oder? Überhaupt, was geht Sie das an?«

»Ich denke mir halt, man könnte das auch anders auslegen und sagen: Der hat was zu verbergen.«

»Wenn die was wollen, kommen sie ohnehin zu mir.« Toni zog kurz und heftig an seiner Zigarette.

»Früher oder später *werden* sie auch zu dir kommen«, prophezeite Leopold.

»Und wenn schon!«

»Ich wäre an deiner Stelle nicht so überheblich. Du weißt, wovon ich rede. Du bist trotz deines Alters schon ein ganz schön frecher Grapscher und Stibitzer. Um wie viel verscherbelst du zum Beispiel diese kleinen Dinger, die man für den Computer braucht, ich glaube, man nennt sie USB-Sticks?«

Toni Haslinger drehte sich zur Seite und wollte weg, aber Leopold hatte ihn bereits an der Schulter gefasst. »Lassen Sie mich los! Ich weiß überhaupt nicht, was Sie meinen«, forderte Toni mit einigen ungeschickten Handbewegungen, die ihm aber nichts nützten, im Gegenteil: Leopold packte noch fester zu, und er musste seine Zigarette fallen lassen.

»Ich meine die USB-Sticks, die vorige Woche in deinem Kostüm waren. Stiehlst du auch richtiges Geld, zum Beispiel wenn die Leute gerade in der Alten Donau schwimmen und ihre Sachen unbeaufsichtigt am Ufer liegen? Oder Zigaretten? Oder vielleicht gar – Zigarren?«

»Loslassen! Sofort!«, schrie Toni, dessen Befreiungsversuche nach wie vor von keinem Erfolg gekrönt waren.

»Erst wenn du mir sagst, woher du die Zigarre hast, die im Augenblick in der Innentasche meiner Jacke steckt«, forderte Leopold.

»Welche Zigarre?«

»Ich glaube, ich muss einmal deutlicher mit dir reden, Bürschchen«, sagte Leopold, ohne den Griff zu lockern. »Sie ist bei deinem Kostüm gelegen, so wie die USB-Sticks. Gehört hat sie Herrn Walters, es ist seine Marke. Du hast sie ihm entwendet. Die Frage ist nur, wie und wann.«

»Ich schreie, wenn Sie mich noch länger festhalten«, zeterte Toni.

»Ja, schrei nur! Dann kommt gleich die Polizei heraus, und der kannst du etwas darüber erzählen, wohin du die Ohrringe von Frau Friedl getan hast. Du hast sie doch noch nicht in der Schule verscherbelt, oder?«

Toni Haslinger wurde auf diese Worte Leopolds hin ruhiger und hörte auf, sich zu wehren. Leopold ließ ihn wieder los. »Du hast die Zigarre von Walters«, fuhr er ungerührt fort. »Du hattest eine Stinkwut auf ihn, weil er dich aus dem Ensemble hinausgeworfen hat. Nach eurem Jux hast du schon einiges an Alkohol getankt gehabt, bist früher aus dem Kaffeehaus weg, hin zur Alten Donau – hast vielleicht einen Tipp von Glomser bekommen, oder es war Zufall – und tatsächlich, Walters nimmt dort, schon reichlich beschwipst, ein Bad. Jetzt kommt er dir nicht aus. Du ziehst deine Sachen aus, schwimmst auf ihn zu, bei der seichten Stelle etwas weiter draußen erreichst du ihn und drückst seinen Kopf so lange unter Wasser, bis er tot ist. Das Gewand nimmst du mit, entsorgst es irgendwo, und behältst als Triumph – eine Zigarre, nämlich diese!« Leopold zog jetzt das edle, braune Stück aus seiner Jackentasche und hielt es Toni vor die Augen. Natürlich war diese Geschichte, die er sich rasch aus den Fingern gesogen hatte, ziemlich unglaubwürdig, aber sie zeigte Wirkung. Der sture Toni war erstmals zu sprechen bereit. »So war es nicht«, platzte es aus ihm heraus.

»Ach so? Wie war es denn?«, fragte Leopold mit Genuss.

»Natürlich war ich sauer auf Walters. Der hatte mich rausgeschmissen, einfach so, ohne Grund. Das konnte ich mir doch nicht gefallen lassen. Also wollte ich mit ihm reden. Aber nicht erst am Freitag, sondern gleich, am selben Abend. Ich bin auch nicht zur Alten Donau, das ist ja lächerlich. Warum hätte ich ihn dort suchen sollen? Ich bin in die Stadt, zum Zwölfapostelkeller. Dort hat er sich gerne herumgetrieben. Und wirklich, er war dort.«

»Alleine?«

Toni nickte. »Ja! Allein und ziemlich angeheitert. Er hat telefoniert, anscheinend mit seiner Flamme.«

»Woher weißt du das?«

»Ich wollte ihm sagen, was für ein gemeiner Kerl er war. Ich war fruchtbar wütend. Aber dann, als ich ihn gesehen habe, hat mich der Mut verlassen. Ich war auf einmal wie gelähmt. Ich bin dagestanden und habe mich nicht gerührt, nur zu ihm hingestarrt. Er hat mich nicht bemerkt, weil er mir fast vollständig den Rücken zugedreht hat. Wie ich so dagestanden bin, habe ich zwangsläufig etwas von dem Telefongespräch mitbekommen, das er gerade geführt hat. Er hat etwas von ›Schätzchen‹ gesagt, und dass er sie noch treffen wollte.«

»Und die Zigarre?«, fragte Leopold weiter.

»Er hat eine ganze Packung in einer Tasche auf dem Fußboden neben sich stehen gehabt. Ich habe sie mitgehen lassen. Wenigstens die sollten ihm abgehen. Ein Stück habe ich dann zu den Proben mitgenommen, ich wollte es einmal nachher rauchen. War wahrscheinlich nicht sehr gescheit von mir. Aber ich konnte ja nicht wissen, dass Walters sterben würde.«

Klang alles logisch und überzeugend. Toni Haslinger hatte am selben Tag, an dem Walters ihn aus dem Ensemble hinausgeworfen hatte, versucht, sich an ihm abzureagieren, es dann aber doch bleiben lassen und nur ein paar Zigarren stibitzt, während Walters ein vertrauliches Gespräch mit einer Dame führte. Mit Sonja Friedl? Oder mit einer anderen vom Floridsdorfer Welttheater? Hatte er sich dann wirklich mit ihr getroffen? Auch wenn der in Frage kommende Tag der Donnerstag und nicht der Freitag war, konnte das von größtem Interesse sein.

»Kann ich jetzt gehen?«, druckste Toni herum.

»Ach ja, du musst da hinein, deine Aussage machen und dann zur Probe«, nickte Leopold. »Soll ich mitkommen und etwas von deinen schlimmen Taten erzählen? Wie du dir aus Langeweile einfach etwas nimmst, das dir nicht gehört?«

»Ich will nicht ins Gefängnis«, platzte es plötzlich aus Toni heraus.

»Wer will das schon? Da heißt es eben gescheit sein und vorher nachdenken.«

»Es war doch alles nicht so schlimm«, verteidigte Toni

sich. »Die USB-Sticks habe ich zum größten Teil von den Lehrern. Da hat ein bisschen Geld rausgeschaut, wenn Schularbeitsangaben drauf waren und so. Hie und da habe ich auch einmal etwas von einem Mitschüler genommen, aber nur, wenn er sich vorher mit mir anlegen wollte und mich herausgefordert hat. Geld habe ich nie jemandem geklaut, das schwöre ich.«

Leopold sah, wie sich der sonst so unbeugsame Toni in ein Häufchen Elend aufzulösen begann. »Und was war mit den Ohrringen?«, wollte er wissen.

»Die Friedl hat ja ständig nur mehr davon geredet, wie sehr sie Angst hat, dass sie gestohlen werden, weil sie sie doch immer vor der Probe heruntergeben muss. Das hat mich gereizt. Sie hätte sie ja auch zu Hause lassen können, anstatt alle damit vollzuquatschen, wo es doch keinen interessiert hat.«

»Das ändert nichts an der Tatsache, dass du Dinge gemacht hast, die überhaupt nicht in Ordnung sind, dass du anderen Leuten Schaden zugefügt hast«, maßregelte Leopold den jungen Dieb. »Du gibst sofort alles zurück, was du noch hast, verstanden? Die Ohrringe gleich als Erstes. Du wirst es schon so einrichten können, dass es so aussieht, als seien sie verlegt worden. Dein Schauspielkollege, Herr Professor Korber, wird darüber wachen, dass das geschieht. Dann sehen wir weiter. Weißt du eigentlich, dass du wegen so etwas von der Schule fliegen kannst?«

Toni Haslinger nickte stumm. Was sollte Leopold tun? Ihn verraten, sodass alles aufflog und der Bursche Schwierigkeiten bekam? Für sein ganzes weiteres Leben vorbelastet war? Er hatte da und dort etwas gestohlen, das war gar nicht fein und gegen das Gesetz. Wahrscheinlich hatte er dem einen oder anderen geringfügig geschadet. Aber Leopold erinnerte sich an zahlreiche ebenso dumme, ebenso illegale Taten seiner Freunde aus der Schulzeit. Er hatte sie stets abgemahnt, nie verpfiffen. Meistens waren sie mit einem blauen Auge davongekommen. Leopold wollte auch Toni mit einem blauen Auge davonkommen lassen. »Hast du eigentlich jemals der Anette etwas gestohlen?«, fragte er noch.

Toni schüttelte den Kopf.

»Bist du ihr einmal aufgelauert? Hast versucht, sie zu erschrecken?«

Wieder verneinte Toni, ohne etwas zu sagen. Dann drehte er sich um und ging mit schleppenden Schritten ins Haus der Begegnung.

17

»So gibt's viel gute Mensch'n, aber grundschlechte Leut'.«
(Nestroy: Frühere Verhältnisse)

Leopold betrat das Halbdunkel des Veranstaltungssaales. Die Probe hatte bereits begonnen. Er nahm rasch auf einem der Sessel Platz, um nicht zu stören. Vor sich konnte er eine kleine Ansammlung von Schauspielern erkennen, die offenbar zwischen ihren Auftritten den Fortgang des Stückes verfolgten. Auch hinter ihm saß jemand. Er nahm die markanten Umrisse von Oberinspektor Juricek wahr, daneben in etwas verkrampfter Haltung in sichtlich ungewohnter Umgebung Inspektor Bollek. Juricek winkte Leopold kurz zu, der winkte gedankenverloren zurück. Die beiden erhofften sich wohl auch irgendwelche Aufschlüsse aus dem Ablauf der Probe.

Auf der Bühne ging es bereits flott zu. Leopold fand es interessant, dass mit nur wenigen Möbelstücken und kleinen Andeutungen einer Kulisse der gewünschte Effekt erzielt wurde. Der Mensch lässt sich eben gerne etwas vorgaukeln, dachte er. Man sagt ihm, das sei jetzt die Wohnung eines Gewürzkramers aus der Biedermeierzeit, und schon ist er bereit, es zu glauben. Schwupp, wird daraus mit ein paar Handgriffen der Gartensalon eines Gasthauses oder das Zimmer der Madame Knorr. So einfach geht das. Es muss nur etwas die Fantasie beflügeln, der Rest ist schnell geschehen.

Leopold nahm sich vor, die einzelnen Schauspieler in ihren Rollen zu studieren und zu sehen, ob er daraus irgendwelche Rückschlüsse ziehen konnte. Da war sein Freund Korber, der sich in der Rolle des beharrlich, aber nicht immer mit den geeigneten Mitteln um das Mündel Marie kämpfenden August Sonders sichtlich wohl fühlte. Anette Riedl, deren gekonntes Lispeln noch am ehesten hervorzuheben war, gab hingegen eine etwas farb- und temperamentlose Marie. Stössl improvisierte großteils, weil er seine Sätze noch immer nicht 100%ig unter Kontrolle hatte, erreichte aber gerade dadurch gute Teilerfolge. Pribil wiederum, obwohl nicht mehr der Jüngste und auch nicht gerade sportlich aussehend, wirkte als Zangler erstaunlich fit und agil. Ein Mann, der eine gewisse Strecke schwimmen und seinen Gegner dann ertränken konnte? Durchaus.

Freddie Glomser war ein Mann des Theaters mit Leib und Seele, das merkte man sofort. Er zog von Anfang an alle Aufmerksamkeit auf sich, riss die anderen mit. Wie er schalkhaft lächelte, wie er dreinschauen konnte, sodass man nie wissen konnte, ob sein Melchior tatsächlich so stupide war oder es nicht doch faustdick hinter den Ohren hatte. Einer, den Nestroy gemeint haben konnte, als er von Schauspielern gesprochen hatte, denen man nicht trauen konnte. Und einer, dem wohl, da konnte er behaupten, was er wollte, das Herz geblutet haben musste, als man Walters mit der Regie betraut hatte. Grund genug für einen Mord? Warum nicht?

Sonja Friedl zeigte so gar kein Talent für die Bühne. Ihr Glück war, dass das weder in ihrem Part als Gertrud noch als Lisette eine erhebliche Rolle spielte. War es möglich, dass sie im wirklichen Leben eine bessere schauspielerische Leistung erbrachte? Man musste sehen. Richtig neugierig war Leopold auf Sven Biedermann als Weinberl. Wie würde dieser Mensch, der ihm seit dem gestrigen Abend so richtig unsympathisch war, als Sympathieträger auf das Publikum wirken? Nun, er ging gar nicht so schlecht an die Sache heran. Ihm fehlte zwar das Volkstümliche eines Glomser oder Pribil, aber er zeigte durchaus Witz. Auch einer, der auf der Bühne einen ganz anderen Part als im Leben spielte. Und erst recht Toni Haslinger als Christopherl: pfiffig, aufgeweckt und umtriebig, ganz gegen seine sonstige eigenbrötlerische Zurückgezogenheit. Um den wär's schade, wenn er auf die schiefe Bahn geraten würde, dachte Leopold und fand sich wiederum in seiner Theorie bestätigt, dass sie einem alle etwas vorspielen konnten, wenn sie nur wollten.

Gut, beinahe professionell, schließlich Elfriede und Simone Bachmann als Frau von Fischer und Madame Knorr. Sie brachten die Kühle und zeitweise Überheblichkeit ihrer bürgerlichen Existenz beinahe im Verhältnis eins zu eins auf die Bühne. Lachen musste Leopold insgeheim, als Weinberl nicht so recht wusste, wie er sich Madame Knorr gegenüber vorstellen sollte und schließlich in seiner Verzweiflung behauptete, er sei der Gatte von Frau von Fischer, wo er doch schon wusste, dass die Fischer und die Knorr miteinander befreundet waren. Es war eine der zahlreichen Unwahrscheinlichkeiten, die man nirgendwo für bare Münze nahm, nur auf dem Theater. Alles hatte hier seine eigene Logik. Auf der Bühne konnte man den Leuten anscheinend vormachen, was man wollte, ohne dass es an Plausibilität verlor.

Vollends absurd schien Leopold dann die Szene, in der Zanglers Schwägerin, das Fräulein von Blumenblatt – überzeugend dargestellt von Korbers Kollegin Ilona Patzak – den in einen Burnus gehüllten Christopherl für ein ›strafbares Mädchen‹ hielt. Das strotzte doch wirklich vor Lächerlichkeit. Aber auch diese optischen Täuschungen waren ein als selbstverständlich akzeptierter Teil so mancher Dramaturgie. Woher das wohl kam? Vielleicht aus dem elisabethanischen England, als die Schauspieltruppen nur aus Männern und Knaben bestanden, die dann auch in alle Frauenrollen schlüpfen mussten? Vielleicht, vielleicht auch nicht.

Selbst von den deutschen Klassikern gab es allerhand Zweifelhaftes zu vermelden. Leopold erinnerte sich, dass es ihm schon als Schüler unlogisch vorgekommen war, dass in Schillers ›Die Räuber‹ der Held Karl Moor in einer Verkleidung weder von seinem Vater, dem alten Moor, noch von seiner Braut Amalie erkannt wird, Menschen also, die doch ein Nahverhältnis zu ihm haben. Nein, nein, es war schon so, dass die Zuseher geneigt waren, vieles für bare Münze zu nehmen, das einer genaueren Betrachtungsweise nicht standhielt. Die Illusion war ihnen wichtiger als sämtliche Gesetze der Logik.

Irgendwo hier musste Leopold ansetzen: bei Verwirrspiel und Jux, Lug und Trug, natürlich aber auch bei Neid und Geld. Ein wichtiger Punkt war Walters kleines Vermögen, das bald jemand anderem gehören würde, Anette Riedl oder Sonja Friedl. Ein weiterer wichtiger Punkt musste darin bestehen, was er soeben bei der Probe gesehen hatte. Allerdings musste er sich eingestehen, dass ihm hier noch der entscheidende Gedanke, das alles in die richtigen Bahnen lenkende Aha-Erlebnis fehlte. Leopold begann zu grübeln, während Herr Heller seinen Part als Einbrecher relativ trocken herunterspielte. Er grübelte immer noch, als die Probe zu Ende war und das Licht anging. »Die Kritik machen wir morgen«, hörte er Freddie Glomser sagen. »Heute ist es schon spät, und alle wollen nach Hause.«

Tatsächlich waren mehr als zwei Stunden vergangen. Leopold drehte sich um. Juricek und Bollek waren bereits gegangen. Gerne hätte er gewusst, ob sie bereits irgendeiner heißen Spur nachgingen. Aber wie es schien, tappten auch sie noch großteils im Dunkeln.

Beim Floridsdorfer Welttheater herrschte nun rege Betriebsamkeit. Alle waren bemüht, so schnell wie möglich wegzukommen. »Gehen wir noch auf einen Drink, Friedelchen?«, rief Peter Pribil Elfriede Bachmann brunftig nach. Er schien sich hier tatsächlich auf ein Abenteuer einlassen zu wollen. »Nein, in nächster Zeit nicht! Wirklich nicht! Nein, heute auch nicht«, redete Thomas Korber auf Simone Bachmann ein, die sich wie eine Klette an seine Fersen heftete. »Es hat eine kleine Veränderung meiner Situation in den letzten Tagen gegeben, das musst du verstehen.« Währenddessen versperrte Herr Heller Freddie Glomser den Weg, so gut er konnte. »So sagen S' mir doch schon heute, wie ich war«, flehte er. »Ich kann nicht bis morgen warten. Ich muss es unbedingt wissen, meine Göttergattin fratschelt mich sicher gleich aus, wenn ich heimkomme.« »Der Mohr hat seine Schuldigkeit getan, der Mohr kann gehen«, verkündete Fritz Stössl in alle Richtungen, hob die Hand zum Gruß und ließ dann sofort seinen Körper in sich zusammenfallen wie eine Marionettenpuppe nach getaner Arbeit. Dass er sich dabei an die Stirn griff und leise die Lippen bewegte, deutete an, dass er schon wieder seinen Text memorierte. Von den anderen war nichts mehr zu sehen.

Schön langsam dachte auch Leopold ans Gehen. Er wartete nur noch darauf, ob Thomas Korber mit ihm kommen würde. Zu zweit machte das Nachdenken mehr Spaß, und so halbwegs bekehrt schien sein Freund ja zu sein. Simone Bachmann schien er jedenfalls abgeschüttelt zu haben, denn er schlenderte alleine auf Leopold zu. »Ganz schön anstrengend«, teilte er ihm mit. »Im Augenblick will sie mich wieder. Am Wochenende war sie noch abweisend.«

»Pass nur auf, dass du nicht gleich wieder den nächsten Unfug machst«, warnte Leopold.

»Keine Sorge«, versicherte Korber. »Ich bin ja nicht blöd.

Aber ohne Geli war's zugegebenermaßen ganz schön einsam. Und in der Not hält man sich nun einmal an das, was gerade da ist.«

»Nicht ›man‹, sondern *du*«, verbesserte Leopold. »Immerhin zeigst du schon Ansätze zu einer Besserung. Kommst du noch auf einen Sprung mit ins Kaffeehaus?«

»Keine schlechte Idee. Ich muss nur noch Geli anrufen, dass es etwas später wird – und natürlich, dass ich mit dir unterwegs bin«, fiel Korber ein. »Du kannst dir inzwischen unser Programmheft anschauen und mir dann mitteilen, wie es dir gefällt. Wenn du nett bist, lässt du das Positive überwiegen, es hat ganz schön viel Arbeit gekostet.«

Leopold blätterte das Heft durch. Es war tatsächlich gut gemacht. Schönes, glänzendes Papier. Ein bisschen was über Nestroy, ein bisschen was übers Wiener Volksstück, eine kurze Inhaltsangabe, schließlich die Fotos und Lebensläufe aller beteiligten Personen und zuletzt die Werbeeinschaltungen.

Er stutzte. Dann blätterte er noch einmal, ganz sorgfältig und genau, Seite für Seite.

Plötzlich lag alles ganz klar und deutlich vor ihm. Die ganze Zeit hatte er es vor Augen gehabt, aber er war blind gewesen, richtiggehend blind. Dabei war die Lösung denkbar einfach. Er hatte nur viel zu kompliziert gedacht. Es war so, wie Nestroy gesagt hatte!

»Reiß dich von deinem Schatz los, wir müssen ins Kaffeehaus, aber rasch«, rief er Korber zu.

»Warum hast du es denn plötzlich so eilig?«, rief Korber zurück.

»Das erklär ich dir später!«

*

»Das Theaterspielen ist ja gar nicht so schwer. Wenn ich mehr Zeit hätt und mich der Sache ordentlich widmen könnte, würde ich schon bald einen Großteil des Ensembles in die Tasche stecken«, teilte Herr Heller seiner Frau gut gelaunt mit. »Na ja, vielleicht kehre ich noch einmal allen anderen Dingen den Rücken zu und werde Schauspieler.«

»Das wirst du schön bleiben lassen«, bremste Frau Heller seine Euphorie rasch wieder ein, während sie den Rauch einer Zigarette inhalierte. »Hier brauche ich dich, hier spielt die Musik, und in Zukunft hoffentlich auch die Kultur. Aber Herr Wondratschek und ich überlegen, ob wir dich nicht für kleine kabarettistische Einlagen heranziehen könnten.«

»Wenn man sich richtig in seine Rolle hineinversetzt, merkt man auch die ganzen Feinheiten, die so ein Text hat: ›Einen Kaffeelöffel sollten wir ihm liegen lassen – als Souvenir vom Silberkasten‹. Zuerst habe ich mir den Satz nicht und nicht merken können, jetzt finde ich ihn einfach genial!«, sinnierte Herr Heller. Er war offensichtlich auf den Geschmack gekommen.

Beide blickten irritiert zur Türe, als plötzlich Leopold mit Korber hereinstürmte, zu seiner heißgeliebten Lade eilte, sie aufriss und triumphierend ein Blatt Papier in die Höhe hielt. »Das ist der Beweis! Alles ist genauso, wie ich gedacht habe«, verkündete er. Dann setzte er sich, den nervösen Aufforderungen seines Kollegen Waldbauer folgend, zusammen mit seinem Freud an einen der hinteren Tische und bestellte ein Glas Apfelsaft aufgespritzt. Er war aber kaum mehr zu bremsen. »Ich habe gewusst, dass ich mich auf dich verlassen kann. Wirklich eine großartige Leistung«, lobte er Korber überschwänglich.

Der hatte keine Ahnung, worum es überhaupt ging. »Ich kenne mich nicht mehr aus«, gestand er. »Zuerst bist du fuchtig auf mich, weil ich dir angeblich meine Hilfe verweigert habe, und jetzt hebst du mich in den siebenten Himmel.«

»Du hast gerade im richtigen Zeitpunkt das Programmheft gebracht«, machte Leopold den Versuch einer Erklärung. »Das hat mir die Augen geöffnet. Sosehr ich auch geschaut habe, habe ich darin nicht gefunden, was ich gesucht habe.«

»Und was war das?«, wollte Korber, der es schon gar nicht mehr aushielt, wissen.

»Ein Foto von Walters. Natürlich ist es nicht mehr im Programm drinnen, weil Walters ja verstorben ist und nicht mehr Regie führt. Aber es hat mich daran erinnert, dass ich ja von dir ein Foto von Walters bekommen habe.«

»Ja und? Das ist alles nichts Neues«, stellte Korber, dem Leopolds umständliche Art zu erzählen schrecklich auf die Nerven ging, fest.

»Du verstehst mich nicht. Ich habe mir das Foto damals, als ich es dieser Rita Toth unter die Nase gehalten habe, nicht genau angeschaut. Eine schwere Nachlässigkeit von mir, genau genommen ein unverzeihlicher Fehler. Jetzt ist auf einmal ein furchtbarer Verdacht in mir aufgekeimt. Ich wollte das Foto noch einmal sehen, und der Verdacht hat sich bestätigt. Der Mann auf dem Bild ist gar nicht Walters. Das heißt, es ist nicht der Walters, den ich damals in der Früh bei uns im Kaffeehaus gesehen habe. Die Person, die ich damals gesehen habe, kann also nicht Walters gewesen sein, verstehst du?«

»Bist du sicher?«, fragte Korber jetzt neugierig.

»Zu 100 Prozent«, antwortete Leopold. »Ich war verblendet. Oh, wie war ich verblendet! Dabei habe ich nur getan, was Menschen für gewöhnlich zu tun pflegen: Ich habe das geglaubt, was ich gesehen habe. Das war natürlich völlig falsch. Man hat mich schändlich hinters Licht geführt, ausgehend von der Tatsache, dass ich Walters ja nie von Angesicht zu Angesicht gegenübergestanden bin. Also bediente sich der Mörder einer Verkleidung – unter Umständen sogar der Kleidungsstücke von Walters – um mich zu täuschen. Und ich bin darauf hereingefallen. Schauspielerpack, elendes!«

»Es ist also um das Alibi gegangen«, dämmerte es Korber.

Leopold pflichtete ihm bei: »Erraten. Wenn Walters am Freitagmorgen hier im Kaffeehaus war, dann konnte er noch nicht tot sein. Er ist aber offensichtlich schon am Vorabend oder in der Nacht umgebracht worden. Der Mörder ist hierher gekommen, um uns in die Irre zu führen. Er hat erreicht, dass wir uns alle in der Todeszeit um etliche Stunden geirrt haben, auch weil der Zustand der Leiche kein eindeutiges Urteil zuließ. Für die angenommene Tatzeit am Abend hat er sich dann ein Alibi verschafft.«

»Und dir ist wirklich überhaupt nichts aufgefallen?«

»Nein, nicht das Geringste. Ich bin ja kein Mister Allwissend. Dabei hätte mich eine Sache stutzig machen müssen, nämlich dass ich die Leiche nicht als Walters identifizieren konnte.«

»Ich habe ihn ja auch nicht erkannt«, winkte Korber ab. »So ohne Perücke und mit der aufgedunsenen, verschrumpelten Haut hat er einfach kaum mehr Ähnlichkeit mit dem lebenden Walters gehabt.«

»Dass du ihn nicht erkannt hast, ist normal«, desillusionierte Leopold seinen Freund. »Dir hat gegraust, dein Liebesabenteuer war verpatzt, und über deine Fähigkeit, zu den verwesenden Wesenszügen eines menschlichen Wesens etwas Wesentliches festzustellen, breiten wir lieber den Mantel des Schweigens. Aber dass es mir nicht gelungen ist, hätte mir zu denken geben müssen. Leider habe ich erst jetzt den Tipp von Nestroy richtig deuten können.«

»Von Nestroy?« Korber verstand wieder einmal Bahnhof.

»Ja, von dem Herrn, der das Stück geschrieben hat, in dem du gerade mitspielst. Der ist dir doch ein Begriff, oder?«

Korber nickte verlegen. In Augenblicken wie diesen war es besser, Leopold einfach weiterreden zu lassen. Der tat das auch mit Genuss: »Schon immer war ich der Gruppe der Schauspieler gegenüber misstrauisch. Nestroy hat mir dann die Augen geöffnet. Ich habe begonnen zu ahnen, welche Möglichkeiten der falschen Vorspiegelung und Manipulation so ein Komödiant hat. Aber ich habe die Zusammenhänge nicht gleich durchschaut. Selbst heute bei eurer Probe sind mir zu viele Gedanken im Kopf herumgeschwirrt. Mit deinem Programmheft bin ich plötzlich auf den Kern der Sache gestoßen. Die Schauspielerei wurde als Waffe eingesetzt, um den wahren Hergang der Tat zu verschleiern.«

»Weißt du schon, wer der Mörder ist?«, fragte Korber ungeduldig.

»Langsam, langsam. Ich bin mir ziemlich sicher, aber mir fehlt noch der Beweis. Lass mich lieber nachdenken. Das Tatmotiv muss das Geld gewesen sein, das heißt die 1,8 Millionen von Walters. Der Neid, würde Nestroy sagen.« Leopold überlegte kurz. »Um Gottes willen, weißt du, wo sich Anette Riedl zurzeit aufhält?«, wollte er dann wissen.

»Keine Ahnung«, meinte Korber achselzuckend. »Wahrscheinlich ist sie nach der Probe nach Hause gefahren. Ist das wichtig?«

»Und ob! Das Mädchen schwebt vermutlich schon seit einiger Zeit in Gefahr.«

»Du meinst …«

»Ich meine Folgendes: Anette ist aller Voraussicht nach die Erbin einer beträchtlichen Geldsumme. Wenn jemand aus Neid und Enttäuschung darüber Herwig Walters umgebracht hat, dann hat er es vermutlich auch auf sie abgesehen. Ihre Angst in letzter Zeit, dass sie verfolgt wird, ihre Bitte an dich, sie zu begleiten: Du hast es für Überspanntheit gehalten, aber ich denke, dass tatsächlich jemand hinter ihr her ist. Bis jetzt hat sich für denjenigen nur noch nicht die richtige Gelegenheit ergeben, zuzuschlagen. Aber es kann jederzeit so weit sein. Gestern war sie ja nicht mit im Kaffeehaus, hatte wahrscheinlich zu Hause genug zu besprechen. Das war ihr Glück. Aber heute …«

»Ich rufe sie gleich am Handy an, dann wissen wir Bescheid.« Korber wählte die Nummer, stellte dann aber enttäuscht fest: »Es ist abgeschaltet. Klar, bei der Probe müssen wir es alle abdrehen. Offenbar hat sie noch nicht daran gedacht, es wieder einzuschalten.«

»Hast du ihre Festnetznummer? Dann probier es bei ihr zu Hause«, ordnete Leopold an.

Frau Claudia Riedl meldete sich. »Anette ist nicht zu Hause, Herr Professor Korber«, gab sie Auskunft. »Sie hat sich nach der Probe nur kurz frischgemacht und ist dann wieder fort. Sie hat mir erzählt, dass sie sich noch einmal mit Ihnen und den anderen im Café Heller trifft, um ein paar Kleinigkeiten zu besprechen. Ist irgendetwas nicht in Ordnung?«

»Nein, nein, ganz im Gegenteil, Frau Riedl. Wir wollten nur schauen, ob sie auch ja nicht darauf vergessen hat«, log Korber, um Claudia Riedl nicht zu beunruhigen. »Sie ist nicht da! Was jetzt?«, fragte er Leopold dann aufgeregt.

»Die Sache ist fatal. Ich habe so etwas Ähnliches befürchtet«, konstatierte Leopold kopfschüttelnd. »Wenn sie eine Ausrede gebraucht hat, um noch einmal von daheim wegzukommen, stimmt ganz sicher etwas nicht. Wir müssen davon ausgehen, dass der Täter heute seine Chance sucht und Anette fortgelockt hat, wahrscheinlich an einen Ort, der für einen Anschlag wie geschaffen ist. Wenn uns nicht schnell etwas einfällt, haben wir verloren.«

»Hoffentlich ist es nicht schon zu spät«, machte sich Korber mit einem Mal große Sorgen.

Leopold schaute zum Fenster hinaus. »Wir könnten Glück haben«, befand er. »Es ist noch einigermaßen hell. Vor Einbruch der Dunkelheit kann der Mörder nicht viel anfangen. Und ich glaube nicht, dass er sie allzu weit von ihr zu Hause treffen möchte, weil sie vorsichtig geworden ist und keine unnötige Weltreise machen wird. Denk nach, Thomas, denk an ihren normalen Heimweg. Wo könnte es sein?«

»Und wenn man sie mit dem Auto entführt?«

»Dann haben wir sowieso keine Chance. Du sollst dir ein bisschen den Kopf zerbrechen, habe ich gesagt, und nicht irgendwelche Szenarien entwickeln.«

Korber überlegte. Kombinationsgabe war Leopolds Stärke, nicht seine, vor allem nicht unter Zeitdruck. »Irgendwo entlang der Jedleseer Straße«, mutmaßte er. »Moment einmal, da ist doch …«

»Der Spitzerpark, mittlerweile Floridsdorfer Aupark genannt«, führte Leopold den Satz zu Ende. »Ein abends einsam daliegender Rest ehemaliger Aulandschaft. Ein Weg, der rasch abseits der belebten Straße führt. Ein malerisches Juwel, aber zugleich das ideale Umfeld für ein Gewaltverbrechen. Dort müssen wir hin!«

»Was gibt dir die Sicherheit, dass es dort passieren wird?«

»Was spricht dagegen? Los, komm! Wir haben keine Zeit für stundenlange Grübeleien.«

»Augenblick! Wir sollten vorher noch Juricek und Bollek verständigen«, forderte Korber.

»Warum denn das?«, fragte Leopold entgeistert.

»Glaubst du nicht, dass wir die Polizei einschalten müssen, weil sie einfach mehr Möglichkeiten hat? Wir laufen einer Vermutung nach, die wir durch nichts beweisen können. Die Sache kann sich ganz anders und vor allem woanders abspielen, als wir uns das denken.«

»Ja, glaubst du, der Richard wird vor Freude in die Höhe springen und alle seine Leute alarmieren, wenn ich anrufe? Der hat mir doch seine Freundschaft aufgekündigt«, rechtfertigte Leopold sich. »Da ist nicht viel zu erwarten, der wird mich nicht ernst nehmen, erst recht, wenn ich nichts beweisen kann. Und selbst wenn er etwas auf unsere Ahnungen hält, kann er nicht auf Verdacht ganz Floridsdorf nach Anette absuchen lassen. Nein, nein, wir müssen das schon selbst in die Hand nehmen.«

»Wie soll das nur klappen?«, gab Korber zu bedenken.

»Ich bin Gott sei Dank mit dem Auto da, es steht vorne auf dem Parkplatz«, erklärte Leopold. »Das ist immerhin etwas. Und du wirst Anette einmal eine SMS schreiben und dann in regelmäßigen Abständen versuchen, sie anzurufen. Vielleicht schaltet sie ihr Handy doch wieder einmal ein. So, und jetzt: rasch, rasch und Augen auf!«

Unter den ebenso erstaunten wie neugierigen Blicken von Herrn und Frau Heller, Waldi Waldbauer und den übrigen Gästen des Café Heller stürmte er zusammen mit Thomas Korber zur Türe hinaus. »Wie meine Flucht im Theaterstück«, raunte Herr Heller seiner Frau zu. »Nur halt um einiges schneller.«

*

Anette Riedl ging in gebührendem Abstand zur Tankstelle auf und ab. Sie sondierte sozusagen das Gelände. Autos fuhren zu, tankten und fuhren wieder ab, Menschen gingen hinein um zu zahlen oder sich im Shop zu bedienen und kamen wieder heraus. Aber sie konnte niemanden ausmachen, dem sie sofort das Prädikat ›Herr Alfred‹ verliehen hätte, niemanden, der so aussah, als wäre er extra hierher gekommen, um sich auf einen Kaffee mit ihr zu treffen.

Sie schaute auf ihre Uhr. Es war gleich neun. Die Sonne hatte einen langen Tag lang auf Floridsdorf herab geschienen und machte sich daran, hinter dem Bisamberg zu verschwinden. Anette spürte ein flaues Gefühl im Magen. Sollte sie wirklich da hineingehen? Sich mit einem wildfremden Mann treffen, den sie vorher nie gesehen hatte? Er würde ihr zwar etwas über ihre Erbschaft verraten, und wenn es da Probleme gab, war es gut, wenn sie Bescheid wusste. Aber er würde es nicht umsonst machen, dessen war sie sich trotz ihres jungen, an Erfahrungen noch nicht reichen Lebens sicher. Wahrscheinlich wollte er einen Teil des Geldes. Und wie sollte sie dann reagieren, verdammt noch einmal?

Hätte sie doch ihre Mutter mitnehmen sollen? Nein! Sie war jetzt 18, musste lernen, auf eigenen Beinen zu stehen. Außerdem hatte der Mann gesagt, dass er sich ihr nicht mitteilen würde, wenn sie das täte. Sie musste nur geschickt sein und kühlen Kopf bewahren.

Sie ging an den Zapfsäulen vorbei hinüber in den Shop. Sofort suchten ihre Augen die Ecke mit den Stehtischen, wo man Kaffee und auch anderes trinken konnte. Die Leute dort tranken auch meist anderes, nämlich Bier und Wein. Nur ein großer, ungepflegter Mann mit schmierigem, schwarzem Haar, Brille und grauem Stoppelbart nippte an einem großen Schwarzen. Anette Riedl musste ihren ganzen Mut zusammennehmen, um ihn anzusprechen: »Entschuldigen Sie, sind Sie Herr Alfred?«

»Wie bitte?« Er schien schlecht zu hören.

»Sind Sie Herr Alfred, der mich angerufen hat? Ich bin Anette Riedl.«

»Ich versteh di ned, Madl, musst deutlicher reden.« Er kaute etwas Undefinierbares zwischen seinen gelben Zähnen.

Der Diskurs erregte schön langsam die Aufmerksamkeit der anderen. »He, Hansi, hast du dir was ausg'macht mit der Kleinen? Brauchst dich nicht genieren vor uns, kannst ihr ruhig zeigen, was du noch so drauf hast«, bemerkte einer der Biertrinker.

»Gemma, Hansi! Vernasch's«, sagte ein Zweiter. »Prost!«

»Wennst ein Kavalier bist, zahlst ihr ein Achtel«, lachte ein Dritter.

»Sei ned feig, Hansi«, spornte ihn wieder der Zweite an. »Vernasch's!«

»Ich weiß ned, was des Madl von mir will«, verteidigte sich der Herr namens Hansi. »Sie red't so undeutlich.«

»Zahl ich der Kleinen halt ein Achtel, wenn du so knausrig bist«, bot sich der Erste an.

»Komm, Mädchen, stell dich zu uns, mit dem Hansi ist sowieso nichts mehr los«, forderte der Zweite Anette auf. »Aber von uns kannst was lernen. Bei uns wird dir nicht fad.« Dabei grinste er ordinär über das ganze Gesicht, sodass man die Lücken zwischen seinen Zähnen sehen konnte.

Anette wurde rot übers ganze Gesicht und lief zur Kassa. Hinter sich hörte sie lautes, ungeniertes Lachen. »So was lässt man doch nicht laufen, Hansi! Wer weiß, wann sich wieder einmal so ein junges, hübsches Ding nach dir erkundigt«, krakeelte der Erste.

»Ich suche Herrn Alfred. Warum ist er nicht gekommen?«, fragte Anette den Mitarbeiter hinter der Kassa.

»Welchen Herrn Alfred?«, wollte der wissen.

»Den Herrn Alfred, der sich hier mit mir treffen wollte«, erklärte Anette, der mittlerweile zum Heulen war.

»Das war unser Hansi, der Schlingel. Der macht das immer so. Und dann weiß er von nichts. Gib's zu, Hansi«, rief der dritte Biertrinker.

»Ich kenne keinen Herrn Alfred. Aber Sie können ja warten, ob er noch kommt«, schlug der Mann hinter der Kassa vor.

»Ihr geht's mir alle so was von auf den Geist«, wehrte sich Hansi in der Zwischenzeit gegen seine Kollegen.

»Nein, danke«, sagte Anette höflich, aber bestimmt. Nichts wie raus, dachte sie. Ihre schlimmsten Befürchtungen hatten sich bestätigt. Einmal Tankstelle, nie wieder Tankstelle. Mit dem Geld, das sie jetzt wohl hoffentlich von ihrem Vater erben würde, konnte sie die Fahrschule machen und sich ein Auto kaufen. Nur zu blöd, dass sie dann während des Fahrens immer wieder tanken würde müssen.

Als sie zurück auf der Straße und etliche Meter weit weg war, versuchte sie, wieder einen klaren Kopf zu bekommen. Sie überlegte. Weshalb war der unbekannte Anrufer nicht gekommen? Hatte er sie absichtlich zum Narren gehalten? Andererseits kannte er ihre Telefonnummer und wusste über die Geschichte mit der Erbschaft Bescheid. Irgendetwas musste also an der Sache dran sein. Aber was steckte dahinter? Sollte sie noch ein bisschen warten? Nein! Die vereinbarte Zeit war überschritten, und besondere Lust, noch einmal in den Tankstellenshop zu gehen, verspürte sie sowieso nicht.

Da fiel ihr ein, dass ihr Handy nach wie vor abgeschaltet

war. Vielleicht hatte der Unbekannte sie in der Zwischenzeit angerufen. Vielleicht hatte er keine Zeit gehabt und das Treffen verschoben. Vielleicht war er auch misstrauisch geworden und hatte seinen Plan kurzfristig geändert. Sie kannte das von den Kriminalfilmen im Fernsehen.

Während sie sich über derlei Dinge den Kopf zerbrach und dabei ihr Handy wieder einschaltete, stand plötzlich jemand vor ihr, den sie sehr gut kannte. »Was machst du denn da?«, fragte sie.

*

»Ich habe noch ein paar Erledigungen nach der Probe gehabt. Jetzt bin ich gerade auf dem Heimweg hinüber in den 20. Bezirk. Bei halbwegs schönem Wetter gehe ich gerne das kurze Stück durch den Aupark und dann auf der Fußgängerbrücke über die Donau. Man kann in der lauen Abendluft gut nachdenken.«

Anette Riedl hatte ihr Handy wieder eingesteckt. »So weit gehst du zu Fuß?«, fragte sie ungläubig.

»Was glaubst du, wie oft ich das schon getan habe, Schätzchen. Irgendwann habe ich aufgehört zu zählen. Außerdem ist es gar nicht so weit. Du kannst mir ja ein wenig die Zeit verkürzen. Es wäre nett, wenn du mich ein paar Schritte begleiten würdest.«

Anette mochte nicht in den mittlerweile dunklen Park. Sie mochte auch die großspurige Elfriede Bachmann nicht, die sie da wieder einmal von oben herab behandelte.

»Hast du Angst?«

»Nein«, log Anette. Sie konnte es Elfriede gegenüber einfach nicht zugeben, dass ihr in solchen Situationen mulmig zumute war.

»Dann geh doch ein Stück mit mir«, forderte Elfriede sie auf. Es klang sehr, sehr bestimmend.

Wenn sie nicht mitging, dann würde Anette als feige verspottet werden, würde sie in den nächsten Tagen hunderte kleine Sticheleien von Elfriede und ihrer Schwester Simone ertragen müssen. Sie war feige, und ihre Feigheit äußerte sich darin, dass sie sich nicht traute, Elfriede Bachmanns Angebot auszuschlagen. »Na gut«, gab sie nach.

»Entschuldige, wenn ich dich darauf anspreche, aber es pfeifen ja schon die Spatzen von den Dächern. Du bist bald ein reiches Mädchen. Wie fühlt man sich denn da?«, wollte Elfriede wissen, als sie in den Park einbogen.

Niemand möchte wissen, wie ich mich gefühlt habe, als man mir gesagt hat, dass mein Vater nicht mein richtiger Vater und mein richtiger Vater jetzt tot ist, dachte Anette. Sie sagte: »Ich kann das alles noch gar nicht richtig glauben. Wer weiß, stimmt es.«

»Es wird schon stimmen. Eine Zeitlang habe ich mich auch reich gefühlt«, erzählte Elfriede. »Ich habe nämlich geglaubt, dass ich Herwigs Geld bekomme, musst du wissen. Ich habe ihn schon von früher gekannt, als ich noch in die Schauspielschule gegangen bin. Er hatte sich schon damals an mich herangemacht. Und jetzt? Du kannst dir nicht vorstellen, wie liebestoll die Männer werden, wenn sich ihr Aussehen erst einmal zu ihrem Nachteil verändert hat. Es war nicht schwer zu verstehen, was Herwig von mir wollte. Und ich habe ihn gewähren lassen.«

Sie ist es, die sich mein Geld unter den Nagel reißen will, schoss es Anette durch den Kopf.

»Ich fürchte, das ist jetzt ein wenig zu hoch für dich Schätzchen«, fuhr Elfriede Bachmann ungerührt fort. »Aber ich möchte es dir erzählen, weil es sich um deinen Vater handelt. Ich hatte also so etwas wie ein Verhältnis mit ihm. Es war rein sexueller Natur. Er wolle sich noch einmal ausleben, hat Herwig gesagt, weil er spüre, dass es mit ihm bald zu Ende sein werde. Es ging ihm oft nicht gut, und er hatte Angst vor dem Tod.«

Anette fühlte sich bestätigt. Elfriede war so gewöhnlich und vulgär, wie sie es immer schon vermutet hatte. Eine Pietätlosigkeit sondergleichen, ihr jetzt derlei Dinge anzuvertrauen.

»Was glaubst du, warum ich das alles ausgehalten habe?«, fragte Elfriede, während sie sich immer weiter von der Straße entfernten. »Seine ständigen Launen und Jammereien? Seine ekligen Perversitäten, wenn er betrunken war? Weil ich ihn geliebt habe? Oh nein! Ich hatte die Hoffnung, dass ich eines Tages sein Geld bekomme, und angeblich war das ziemlich viel.«

»Du widerst mich an«, sagte ihr Anette ins Gesicht. »Wieso hättest du sein Geld bekommen sollen? Und von wo hast du gewusst, dass mein Vater reich war?«

»Nun beruhige dich wieder, Schätzchen. Simone hat es mir erzählt, und sie hatte es von ihm. ›Sag der Friedl, sie bekommt einmal viel Geld, wenn ich tot bin‹, hat er ihr im Reisebüro geheimnisvoll mitgeteilt, noch bevor unsere Proben so richtig begonnen hatten. Sie sollte es für sich behalten, bis das Theater mit dem Stück vorüber und er wieder weg war, aber das hat sie natürlich nicht fertiggebracht. Wie ich mich damals gefreut habe! Ein unappetitliches, eingebildetes altes Miststück, habe ich gedacht, aber wenigstens nicht knauserig. Du kannst dir meine Enttäuschung vorstellen, als ich erfahren musste, dass alles ganz anders war, und zwar von ihm selber.«

Elfriede Bachmann war stehen geblieben. Anette stand

daneben und wusste nicht so recht, was sie tun sollte. Am liebsten wäre sie schnell weggelaufen, aber die Geschichte interessierte sie einfach brennend. Also hörte sie schweigend weiter zu.

»Natürlich hat er alles gewusst«, zischte Elfriede. »Hat gewusst, dass ich gewusst habe, was gar nicht für mich bestimmt war. An diesem Abend war er schwer betrunken, als wir uns trafen. Er war aus der Innenstadt gekommen. ›Liebst du mich wirklich? Oder tust du mir nur schön, damit ich dir mein Geld hinterlasse?‹, wollte er wissen. ›Hat Simone mit dir gesprochen? Sei ehrlich! Ich bin auch ehrlich zu dir. Wenn sie dir etwas über mein Geld gesagt hat, hat sie mich falsch verstanden. Das bekommt die Anette Riedl. Die ist nämlich meine Tochter.‹ Was für ein verlogenes Schwein! So ausgenützt bin ich mir in meinem ganzen Leben noch nicht vorgekommen. Gott sei Dank hatte ich die Idee, ihm ein nächtliches Bad vorzuschlagen.«

»Du hast ihn umgebracht«, platzte es aus Anette heraus. »Du hast meinen Vater getötet!«

»Erraten, Schätzchen! Woher nimmst du bloß so viel Fantasie?«, lächelte Elfriede. Anette konnte in der Dunkelheit ein schwaches Blitzen ihrer Zähne erkennen. In diesem Augenblick läutete ihr Handy. Instinktiv griff sie danach. »Wirst du die Hand weglassen?«, ereiferte sich Elfriede. Sie packte Anette unsanft am Arm.

»Lass mich los, du tust mir weh«, schrie Anette.

»Ich lasse dich erst los, wenn du mir zugehört hast, verstanden? Du hast deinen Vater ja nur von den Proben her gekannt. Du hast ja nur in Ansätzen erlebt, was für ein präpotenter Kerl er sein konnte. Kannst du dir vorstellen, wie diebisch er sich gefreut hat, als er mir sagen konnte, dass ich nichts bekommen würde? ›Ich habe es Simone deutlich gesagt: Die *Riedl* macht das große Glück, nicht die *Friedl.* Sie hätte eben besser aufpassen müssen, und vor allem mit Anette reden, nicht mit dir.‹ Wie ich ihn in diesem Augenblick gehasst habe!« Elfriede atmete tief durch. »Es hat nicht lange gedauert. Er konnte sich nicht wehren. Er war gleich tot«, sagte sie dann.

»Ich verachte dich«, schluchzte Anette. Tränen standen in ihren Augen.

»Was glaubst du, wie sehr ich dich verachte, Schätzchen?«, kam es mitleidlos von Elfriede. »Du sollst jetzt das ganze Geld bekommen, auf das ich mich so gefreut habe? Ausgerechnet du! Du kleines, vorlautes, besserwisserisches Stück! Aber du wirst es nicht kriegen! Ich kann dich nämlich gar nicht am Leben lassen, nachdem ich dir alles erzählt habe.«

Anettes Handy läutete noch einmal. In diesem Augenblick ergriff Elfriede Bachmann sie an beiden Armen und schleuderte sie unsanft gegen einen Baum. Anette prallte mit dem Kopf auf und fiel zu Boden. Sofort kniete Elfriede sich auf sie und bekam dadurch ihre Hände frei. Sie nahm ein kleines Fläschchen und ein Tuch aus ihrer Handtasche.

»Du … hast mich angerufen«, stöhnte Anette mit schwacher Stimme.

»Du liegst wieder einmal richtig, Schätzchen. Du bist nämlich verdammt schwer einzufangen. Also musste ich es mit diesem Trick versuchen. Das ist Psychologie: Wenn man das Fremde erwartet und man trifft dabei plötzlich auf das Vertraute, verliert man für einen Augenblick die Angst vor dem Ungewissen. Und jetzt wirst du gleich einschlafen und nicht mehr aufwachen. Ich muss dir leider noch etwas antun, nachdem ich dich erwürgt habe, damit es so aussieht, als seist du vergewaltigt worden, aber davon wirst du nichts mehr merken«, redete Elfriede immer leiser auf Anette ein, die sich noch einmal mit der letzten Kraft, welche die Todesangst ihrem benommenen Körper verlieh, zur Wehr setzte. Sie presste ihr ein mit Chloroform getränktes Tuch auf Nase und Mund, doch Anette gelang es, noch einen erstickten Schrei in die Dunkelheit loszulassen.

Plötzlich hörte man Stimmen: »Da vorne sind sie!« – »Los, schnell!« – »Polizei! Lassen Sie sofort das Mädchen los, und heben Sie Ihre Hände in die Höhe!« Taschenlampen blitzten auf, Männer hasteten näher. Es waren Leopold, Korber, Juricek und Bollek. Aus der Dunkelheit kam noch ein weiterer Beamter.

Elfriede machte kurz Anstalten wegzulaufen, aber schließlich verharrte sie regungslos und ließ sich widerstandslos festnehmen. Der Beamte kümmerte sich um Anette. Die Mobiltelefone begannen zu arbeiten, ein Rettungswagen und weitere Polizeiautos wurden verständigt. Mit einemmal wurde es hektisch und betriebsam in dem kleinen Aupark.

Kurze Zeit später lag er wieder so ruhig und verlassen da, dass niemand ahnen konnte, welches Drama hier soeben stattgefunden hatte.

18

»Wer sein Glück nur in Träumen findet, passt nicht zu wirklichen Freuden.« *(Nestroy)*

Wie so oft im Sommer um diese Zeit nahe der Sperrstunde war das Café Heller nur mehr spärlich besetzt. Die Kartentische waren verlassen, die Billardtücher bereits gereinigt und abgesaugt, die Zeitungen lagen schön zusammengefaltet auf einem Stapel. Die letzten Gäste machten sich auf den Heimweg. Nur das leise Surren der Kaffeemaschine erinnerte daran, dass das Kaffeehaus noch geöffnet war.

Waldi Waldbauer blickte leicht genervt nach hinten. Dort hatten es sich Leopold und Korber gemütlich gemacht, um sich von den Aufregungen der letzten Stunden zu erholen und die Ereignisse des Abends noch einmal Revue passieren zu lassen. Keine gute Idee, fand Waldbauer. »Leopold, mach keinen Terror«, murrte er. »Wir machen gleich zu, und ich möchte auch gerne ins Bett. Gerade wie ich überall abkassiert habe, schneist du bei der Tür herein.«

»Jetzt hab dich nicht so und bring uns noch zwei Bier«, gab Leopold gut gelaunt zurück. »Bist den ersten Tag wieder im Geschäft und willst schon einen Wickel produzieren?«

»Was heißt Wickel? Als Oberkellner solltest du über unsere Öffnungszeiten besser Bescheid wissen«, raunzte Waldbauer.

»Ist noch fast eine halbe Stunde Zeit«, versuchte Leopold, ihn zu beruhigen.

»Ja, aber es ist praktisch nichts mehr los und da sperren wir auch nicht mit dem Sekundenzeiger zu!«

Frau Heller, die mittlerweile alleine am Cheftisch saß, blickte von ihrer Patience auf und mischte sich schlichtend in den Disput ein: »Sie können sich schon umziehen und nach Hause gehen, Herr Waldbauer. Lassen Sie die beiden Herren noch ein wenig zusammensitzen, ich muss ohnehin auf Doris warten, damit wir uns anschauen, wie wir den hinteren Teil des Lokals kulturell optimal nützen können.«

Waldi Waldbauer zischte mit einer leichten Verbeugung ab. Als Leopold und Korber jeder ein von Frau Heller höchstpersönlich gezapftes und mit prächtigem Schaum gekröntes Bierglas vor sich stehen hatten, prosteten sie einander zu. »Knapp war's, aber es ist Gott sei Dank gut ausgegangen«, freute Leopold sich.

»Weil wir im entscheidenden Augenblick doch noch die Polizei verständigt haben«, betonte Korber.

»Sie haben sich also eines Besseren besonnen und Ihre eigensinnige Haltung aufgegeben? Interessant«, kommentierte Frau Heller von ihrem Tisch aus.

»Ich hab dem Richard halt den entscheidenden Hinweis gegeben, damit er nicht mehr böse ist«, tat Leopold großspurig.

»Tatsache ist, dass wir dann doch gemeint haben, es könnte nicht schaden, wenn die Polizei im Bilde ist«, erzählte Korber in Richtung Frau Heller. »Und das war gut so. Juricek hat Anette zwar beobachten lassen, nachdem er von ihrer Erbschaft erfahren hatte, aber Anette hat den Beamten bemerkt und ganz schön ausmanövriert, weil sie sich wieder einmal verfolgt gefühlt hat. Dadurch war er kurzfristig nicht im Bilde.«

»Wie das halt bei Polizeibeamten so der Fall ist«, konnte sich Leopold nicht verkneifen zu sagen.

»Jedenfalls ist er durch unsere Vermutungen wieder auf die richtige Spur gebracht worden und hat Anette mit Elfriede im Park verschwinden gesehen. Dadurch wussten wiederum wir, dass unsere Theorie gestimmt hat«, fuhr Korber fort. »Jetzt wurde die Sache jedoch erst richtig schwierig und unübersichtlich. Wir sind ziemlich zur selben Zeit wie die Polizei eingetroffen. Aber wie konnten wir uns unauffällig nähern, um herauszufinden, was los war? Wo waren sie überhaupt? Wir hofften auf ein Zeichen des Beamten. Dazwischen habe ich immer wieder versucht, Anette anzurufen. Schließlich der Schrei, und dann ist alles irgendwie automatisch abgelaufen.«

»Wenn man bei so einer Aktion zu früh zuschlägt, hat man unter Umständen keine Beweise in der Hand, aber zu spät kommen darf man auf keinen Fall«, erklärte Leopold.

»Schön, dass Sie geholfen haben, das Mädchen zu retten, es wäre wirklich schade um das junge Ding gewesen«, kommentierte Frau Heller vom Cheftisch aus. »Das entschuldigt einige Ihrer sogenannten ›Zimmerstunden‹. Ich hoffe, Sie werden sich dafür jetzt wieder ein bisschen mehr anstrengen und uns helfen, zu einer wesentlichen Kulturinstitution im Bezirk zu werden.«

Leopolds gute Laune wurde durch das Wort ›Kulturinstitution‹ wieder leicht getrübt, und so war er froh, als ihn Korber nach einem kräftigen Schluck Bier fragte: »War Elfriede wirklich deine Hauptverdächtige? Das würde mich brennend interessieren.«

»Nachdem ich dieses kolossale Täuschungsmanöver mit dem falschen Herwig Walters entdeckt hatte, war es eigentlich gar nicht mehr so schwer«, erläuterte Leopold mit Genuss. »Erstens musste das natürlich das Werk eines geübten Schauspielers sein, und Elfriede Bachmann hatte ja die Schauspielschule besucht. Zweitens brauchte ich jetzt nur einen Tag zurück denken. Ich habe von Toni Haslinger erfahren, dass er Walters am Donnerstagabend im Zwölfapostelkeller mit einer Frau telefonieren gehört hat, die er offenbar intimer kannte und mit der er sich noch treffen wollte. Also war es sehr wahrscheinlich, dass dieses weibliche Wesen auch der Mörder war. Und wer hatte sich da für den Freitag, also die vermutete Mordnacht, ein Alibi zurechtgezimmert, das nicht zu schlagen war? Richtig: Simone und Elfriede Bachmann. Drittens habe ich mich noch an jenen Abend erinnert, als Elfriede mit Peter Pribil hier im Café Heller war und unter dem Vorwand, ich solle aufpassen, dass du dich nicht in ihre Schwester verknallst, das Gespräch mit mir suchte. Wie provokant sie mich da angeschaut hat, wie sie ihre Überlegenheit beweisen wollte! Ein Spiel mit dem Feuer! Schau mir in die Augen, Kleiner, du erkennst mich doch nicht, sollte es heißen. Ich wurde als Opfer einer teuflisch geplanten Intrige im Nachhinein noch erniedrigt. Mir ist das in Sekundenschnelle alles eingeschossen und mir war klar: Elfriede Bachmann war die Mörderin!«

»Sie konnte als Frau auch einen Mann darstellen?«

»Sicher! Wahrscheinlich hatte sie einen Teil der Sachen von Walters an, war gut geschminkt und hielt zu mir die nötige Distanz. Mit der Stimme hat sie später auch Anette in die Irre geführt. Und Walters hatte weiche Gesichtszüge, die er manchmal noch betonte.«

»Verraten hättest du mir schon etwas können«, zeigte Korber sich enttäuscht.

»Nein und nochmals nein! Letztlich war alles Theorie, ein unumstößlicher Beweis hat gefehlt. Stell dir vor, du hättest auch nur eine Kleinigkeit meiner Vermutungen weiter erzählt, und dann hätte sich herausgestellt, dass es nicht stimmt! Nicht auszudenken!«

»Leopold verrät nie so leicht etwas, das ist leider so seine Art«, erklang da die wohlbekannte Stimme von Oberinspektor Juricek, der mittlerweile hereingekommen war. »Ich begrüße die Herren. Darf ich mich noch ein wenig zu euch setzen? Das Wichtigste für den heutigen Tag ist Gott sei Dank erledigt. Von Elfriede Bachmann haben wir ein vollständiges Geständnis. Und Anette Riedl bleibt über Nacht zur Beobachtung im Spital, wird aber morgen früh mit ziemlicher Sicherheit nach Hause können.«

»Komm nur, Richard, für dich haben wir immer noch ein Platzerl«, lud Leopold seinen Freund ein, wirkte dabei aber etwas verkrampft und schmähstad. »Letztendlich haben wir es wieder einmal gemeinsam geschafft.«

Juricek bestellte einen großen Braunen. »Das mit der Gemeinsamkeit ist so eine Sache, Leopold, das weißt du genau«, ließ er sich dann nicht nehmen, zu sagen. »Seien wir froh, dass du dich noch von Herrn Korber hast überzeugen lassen. Diesmal bist du ganz schön auf meinen Nerven herumgetrampelt. Aber was soll's, ich vergesse leider viel zu oft, dass ich dich nur allzu gut kenne. Ich bin dir nicht mehr böse, mitgeholfen hast du ja letztendlich, den Mörder zu stellen. Vielleicht sollte ich mich weniger aufregen und einfach strenger zu dir sein. Das bringe ich halt dann auch nicht so richtig fertig. Eins muss man dir immerhin lassen: Du hast die ganze Geschichte beinahe lückenlos durchschaut, während ich gehofft habe, dem Täter dadurch auf die Spur zu kommen, dass ich Anette beschatten ließ. Damit bin auch ich richtig gelegen, wenngleich uns Anette selbst mit ihrer Hypersensibilität am Schluss beinahe einen Strich durch die Rechnung gemacht hätte. Der Fall ist jedenfalls so gut wie abgeschlossen. An den Zusammenhängen werde ich noch ein bisschen feilen müssen, aber dazu ist morgen auch Zeit.«

»Die Zusammenhänge liegen klar auf der Hand«, meldete sich Leopold da wieder bester Stimmung zu Wort. »Ich habe alles von Nestroy.«

»Von Nestroy?«, reagierte Juricek überrascht.

»In letzter Zeit weiß er immer alles von Nestroy. Das ist sein neuer Spleen«, klärte Korber den Oberinspektor auf.

»Es ist zunächst einmal völlig klar, dass man sich an einen Stückeschreiber halten muss, wenn man den Mord an einem Regisseur aufklären will«, holte Leopold aus. »Nestroy hat mir wichtige Tipps auf den Weg mitgegeben, und er hat recht behalten: Schauspielerei, Geld und Jux waren die entscheidenden Punkte bei diesem Fall. Punkt eins, *Schauspielerei*: geklärt. Man hat mich auf schändlichste Weise zum Narren gehalten und dadurch ein völlig falsches Bild vom Zeitpunkt und Ablauf des Mordes entstehen lassen. Punkt zwei, *Geld*: auch geklärt. Es ging letztendlich um das Geld des verstorbenen Walter Kalbfleisch, den ich der Einfachheit halber weiterhin Herwig Walters nennen möchte, und um den Neid betreffend seine Alleinerbin Anette Riedl. Punkt drei, *Jux*: von mir so gut wie geklärt. Denn so, oder zumindest so ähnlich, hat es sich abgespielt:

Fangen wir beim Anfang an. Walters kommt aus Italien zurück nach Wien. Er ist in einer seltsamen Stimmung. Es geht ihm körperlich nicht besonders. Vermutlich hat ihn der Arzt zu einschneidenden Maßnahmen seine Gesundheit betreffend zu überreden versucht, vielleicht sogar zu einem mehrtägigen Check im Spital. Aber Walters hört nicht darauf. Statt sich die Sache zu Herzen zu nehmen, trinkt er mehr, als für ihn gut ist und sucht eine Beschäftigung, um sich nicht ganz in Selbstmitleid zu ertränken.

Er erfährt – wahrscheinlich über diesen Wondratschek – von einer Theatertruppe, die vom Floridsdorfer Gymnasium organisiert wird. Er weiß, dass seine Tochter in dieses Gymnasium geht, und das mag sentimentale Gefühle in ihm wachrufen. Also nimmt er den Job an, zunächst möglicherweise nur in der Hoffnung, dass sie ihm während der Probenarbeit einmal über den Weg läuft und er sie sehen kann. Aber nein, sie spielt sogar mit! Unter Umständen fasst er nun den Plan, sie irgendwie, ohne sich ihr gegenüber zu erkennen zu geben, wissen zu lassen, dass sie ihn nach seinem Tod, den er nicht allzu weit entfernt sieht, beerben wird.

Jetzt kommen auch Elfriede Bachmann und Sven Biedermann ins Spiel. Die Bachmann kennt er von ihrer Zeit als Schauspielschülerin, wo er wahrscheinlich schon ein Auge auf sie geworfen hat. Sie wird zur idealen Gefährtin für ein lockeres Sexabenteuer. Aber natürlich will sie bald etwas von ihm dafür, erhofft sich vielleicht ein lukratives Engagement als Schauspielerin auf sein Betreiben – oder Geld. Wahrscheinlich liegt sie ihm ständig damit in den Ohren. Biedermann ist er in dem Verein für anonyme Bekenntnisse begegnet, wo er für den Fall seines Ablebens mit einer prächtig inszenierten Lebensbeichte vorsorgen möchte. Dieser Mensch ist ihm sofort unsympathisch, außerdem hält er ihn für dumm. Genauso dumm wie seine Flamme, Sonja Friedl.

Der Wunsch, sich seiner Tochter anonym mitzuteilen, wird fallen gelassen und plötzlich zum Ausgangspunkt für einen teuflischen, für Walters schließlich tödlichen Jux. Ihm fällt die zufällige Namensgleichheit auf: *Riedl* und *Friedl*. Und er spinnt die Sache weiter. Elfriede Bachmann nennt sich auch ›Friedl‹. Mir ist aufgefallen, dass Peter Pribil sie bei uns im Kaffeehaus und auch heute nach der Probe ›Friedelchen‹ gerufen hat. Walters kommt die Idee, einmal Simone

Bachmann und einmal Sven Biedermann zu sich zu zitieren. Er tut recht geheimnisvoll. Er habe ihnen etwas Wichtiges zu sagen, das sie einer bestimmten Person mitteilen mögen, aber erst, nachdem das Stück aufgeführt worden sei und er mit der Truppe nichts mehr zu tun habe. Und dann sagt er so etwas Ähnliches wie: ›Die Riedl wird viel Geld bekommen, wenn ich einmal tot bin.‹ Er sagt *Riedl*, aber er ist Schauspieler und spricht das Wort so aus, dass es wie *Friedl* klingt, etwa, indem er nuschelt oder den Anlaut kurz behaucht. Alles läuft so ab, wie er sich das vorstellt. Weder Sven Biedermann noch Simone halten sich an die Abmachung und erzählen die Geschichte brühwarm an die ihnen nahestehenden Personen weiter: an Sonja Friedl und Elfriede Bachmann.

Damit geht sein Jux auf. Elfriede lässt Walters natürlich weiter an sich heran, weil sie glaubt, dass sie dadurch das große Glück machen wird, und Sonja Friedl ist heillos verwirrt und verunsichert. Aber er bleibt launisch, und nachts zerfrisst ihn immer mehr der Alkohol. Eines Abends nach einer Zechtour erzählt er Elfriede, dass sie sich geirrt habe, wenn sie glauben würde, sie bekäme sein Geld. Wahrscheinlich tut er es auf eine entsprechend provokante und entwürdigende Weise. Elfriede lädt ihn kurz entschlossen zu einem erotischen Bad in der Alten Donau ein – die Bachmann-Schwestern scheinen ja eine besondere Vorliebe für nächtliche Wasserspiele zu haben. Der Rest ist klar: Aufgrund seines angetrunkenen Zustandes ist es für Elfriede ein Leichtes, ihn zu beseitigen.«

Leopold blickte erwartungsvoll in die Runde. »Klingt durchaus einleuchtend«, nickte Juricek anerkennend. »Es deckt sich auch mit dem, was ich soeben von Elfriede Bachmann gehört habe und hat geholfen, einige Lücken bei mir zu schließen. Wie du wirklich hinter das alles gekommen bist, darüber breiten wir am besten den Mantel des Schweigens. Schwamm drüber.«

»Und warum wollte sie Anette umbringen? War es wirklich nur der Neid?«, versuchte Korber, seine letzten Lücken im Ablauf der Ereignisse zu schließen.

»Ja, selbstverständlich«, antwortete Leopold. »Elfriede konnte es schon nicht verkraften, dass sich ihre Million, von der sie geträumt hatte, sozusagen in Luft aufgelöst hatte. Wie konnte sie es da zulassen, dass ausgerechnet die junge, naive, rechthaberische Anette auf einmal glückliche Nutznießerin ihrer Tat wurde?«

»Elfriede Bachmann hat die Sache ja äußerst schlau eingefädelt«, ergänzte Juricek. »Sie hat Anette angerufen und die Stimme dabei so verstellt, dass sie für einen Mann gehalten werden musste. Damit hat sie sie zu der Tankstelle gelockt, gerade zur richtigen Uhrzeit nach Sonnenuntergang. Der Park, um diese Zeit ein idealer Ort für einen Anschlag, war nicht weit entfernt. Da Anette ja auf einen Mann wartete, war es zunächst unverdächtig, dass plötzlich *sie* auftauchte. Und wenn wir nach dem Mord in der Tankstelle nachgeforscht hätten, hätten wir erfahren, dass Anette einen Herrn Alfred gesucht hatte – ein Hinweis auf Freddie Glomser, den Elfriede schon bei ihrem verkleideten Auftritt hier im Heller belastet hatte.«

»Dabei hat sie Anette vorher schon ein-, zweimal erfolglos aufgelauert. Und ich habe geglaubt, das arme Kind ist überspannt«, rekapitulierte Korber. »Hat eigentlich Simone ihrer Schwester irgendwie geholfen?«, schoss ihm dann ein.

»Im Gegenteil, ich kann dich beruhigen«, versicherte Leopold ihm. »Die hat nichts gewusst und ihre Schwester auch nie verdächtigt. Wäre sie sonst mit dir genau dort baden gegangen, wo Walters eine Woche zuvor ertränkt worden ist? Nein, nein, es ist schon alles so gewesen, wie wir es uns gerade ausgemalt haben – und Nestroy es prophezeit hat!«

»Du immer mit deinem Nestroy«, wunderte sich Korber. »Möchte wissen, wo du das herhast.«

Juricek ging nach vor zu Frau Heller, um seinen Kaffee zu bezahlen. »Scheint im Augenblick eine fixe Idee von ihm zu sein, das mit dem Nestroy«, raunte er ihr dabei zu.

»Was heißt fixe Idee?«, erklärte sie ihm. »Der Mann ist durch seine ständigen G'schaftlhubereien einfach überfordert. Glauben Sie mir, die paar Wochen Urlaub im August werden ihm äußerst gut tun!«

*

An diesem Abend gelang es Leopold zunächst nicht einzuschlafen. Die Eindrücke des Tages, die zuletzt sich überstürzenden Ereignisse wirkten noch lang auf ihn ein. Und im Unterbewusstsein hoffte er, Nestroy auf dieselbe Art wie schon einmal im Traum zu begegnen. Im Kaffeehaus sollte es wieder sein, in dieser Grauzone zwischen Nacht und Tag, bei einem Kaffee und einem Buttersemmerl. Obwohl er wusste, dass sich solche Dinge nicht einfach herbeiwünschen ließen, dachte er immer wieder daran, versuchte, sich zu konzentrieren und wälzte sich im Bett herum.

Er träumte vorerst von ganz anderen Dingen: Er saß in einem Flugzeug, wusste nicht, wohin er flog, und ihm war übel. In Panik rief er die Stewardess zu sich. »Wohin fliegen wir? Wann landen wir?«, fragte er. Die Stewardess lächelte ihn auf die charmanteste Art und Weise an und antwortete: »Wohin wir fliegen, wissen wir nicht. Und wann wir landen auch nicht. Aber das kann Ihnen doch egal sein. Sie haben ja jetzt so viel Zeit, bis das Kaffeehaus wieder aufsperrt.« Er spürte ein Würgen im Hals als müsse er sich jeden Moment übergeben und – wachte auf.

Er ging ins Bad, trank ein Glas Wasser und legte sich erneut nieder. Einige Minuten später fand er sich neben Herrn Otto wieder. Sie stießen beide mit einem Glas Sekt auf den Weltuntergang an. Es war wie zu Silvester. »Prost«, sagte Herr Otto. »Nur noch wenige Sekunden. Als Beamter darf ich Ihnen versichern, dass der Komet mit äußerster Pünktlichkeit einschlagen wird.« – »Das freut mich«, erwiderte Leopold. »Ich hab schon immer gewusst, dass Sie recht haben. Prost!« – »Soso, aha, naja! Uijegerl, uijegerl«, brummte Herr Roland dazu im Hintergrund. Dann machte es ›Bumm‹, Leopold glaubte, sein Kopf würde zerplatzen und – wachte auf.

Er lag ein paar Minuten wach, dann fielen ihm erneut die Augen zu und er landete im neu gestalteten Kulturcafé Heller, wo er missmutig seinen Dienst versah. Auf der Bühne stand eine schwergewichtige Operettendiva und sang lauthals, sodass das gesamte Kaffeehaus erbebte. Ihr gewaltiger Busen wogte dabei hin und her. Zwischen ihr und der ersten Reihe war so wenig Platz, dass Leopold mit seinem kleinen Braunen nicht durchkam und bei dem Versuch, es dennoch zu wagen, mit dem Kopf zwischen ihrem Bauch und ihren zwei Brüsten stecken blieb. Es würgte ihn so gewaltig, dass sein Kopf erst rot, dann blau wurde. Er bekam keine Luft mehr und – wachte auf.

Mein Gott, warum konnte man nicht das Einfachste auf der Welt tun, nämlich in Ruhe schlafen? Leopold lag jetzt lange da, sehr lange. Dann schien plötzlich die Sonne, es war angenehm warm und er flanierte in einem altmodischen Anzug, mit Spazierstock und Zylinder eine Straße entlang, von der er überzeugt war, dass es sich um die Jägerzeile*

* heutige Praterstraße im zweiten Bezirk

handelte. Er schaute sich ein wenig unter den zahlreichen lustwandelnden Menschen um, da bemerkte er auch schon die große, hagere Gestalt, die er suchte. Er fuchtelte wie wild mit seiner linken Hand und rief: »Hallo, Nestroy!« – »Ah, Leopold«, rief Nestroy zurück. »Wie geht's? Hat Er schon seinen Mörder?« – »Natürlich, dank Ihrer großartigen Hilfe. Darum würd' ich gern einen Kaffee mit Ihnen trinken geh'n.« – »Ausgeschlossen, ich muss leider g'rad zur Prob' ins Leopoldstädter Theater und hab's schon ziemlich eilig. Lumpazivagabundus! Aber spazier' Er zur Erbauung doch ein wenig in den Prater, es ist so ein schöner Tag heut'.« Damit zog Nestroy zum Abschied seinen Hut, wandte sich wieder um und entfernte sich zügigen Schrittes.

Doch Leopold wollte sich nicht geschlagen geben. Er verfolgte Nestroy, lief ihm nach, suchte, ihn zu erhaschen. Schon war er dicht hinter ihm, meinte, ihn an der Schulter fassen zu können. Aber im nächsten Moment befand sich Nestroy mit seinen langen Beinen schon wieder 100 Meter vor ihm. Es entwickelte sich eine richtige kleine Verfolgungsjagd, bei der Nestroy ständig die Oberhand behielt. Er änderte plötzlich die Richtung, und auf einmal befanden sich beide im Prater. Leopold verlor Nestroy aus den Augen, suchte ihn zwischen den Bäumen, lief weiter und weiter und weiter …

Im nächsten Augenblick fand er sich auf dem Dach einer der Kabinen des Riesenrades wieder, ohne zu wissen, wie er dorthin geraten war. Die Kabine bewegte sich auf den Scheitelpunkt des Riesenrades zu. Während Leopold sich in seiner Verzweiflung bemühte, das Gleichgewicht zu halten, hörte er deutlich die Stimmen von unten: »Da oben springt einer!« – »Na so was! Ist ja furchtbar!« – »Kann man denn gar nichts machen?« – »Man muss das Ding anhalten!« – »Das nützt jetzt auch nichts mehr. Man muss die Feuerwehr verständigen!« – »Warum tut jemand so etwas bloß?« – »Ich hab g'hört, er springt aus Verzweiflung, weil das Kaffeehaus, in dem er arbeitet, für einen ganzen Monat zusperrt.« Leopold begann zu rutschen, versuchte verzweifelt, einen Absturz zu verhindern, aber es gelang nicht. Er taumelte, fiel und – wachte auf.

Jetzt war es endgültig aus mit dem Schlafen. Leopold setzte sich kerzengerade in seinem Bett auf und schüttelte den Kopf, um sämtliche bösen Traumgeister zu verscheuchen. Der Pyjama klebte an seinem Körper wie ein nasser Vollkörperbadeanzug. Draußen lachte die Sonne und versprach einen heißen Sommertag.

Nestroy ist tot, dachte er. Den kann man nicht einfach so herzaubern, wann man es gerade möchte. Schön, dass er dieses eine Mal für mich Zeit gehabt hat, als es wichtig war. Jetzt muss ich mich eben wieder von ihm verabschieden, so schwer es auch fällt.

19

»Jenseits is ja eine bessere Welt; man blamiert entweder jene bessere Welt oder seinen Glauben dran, wenn man um Verstorbene lamentiert.« (Nestroy: ›Nur keck!‹)

Frau Pohanka sah aus, als habe man ihre Mundwinkel mit einem Faden in die Höhe gezogen und dann fixiert. Ihr Lächeln hatte sich dermaßen von jeglicher Natürlichkeit entfernt, dass das Allerschlimmste zu befürchten stand. »Frau Professor Patzak und Herr Professor Korber, bitte dringend zum Direktor«, verkündete sie in die Geschäftigkeit des Lehrerzimmers hinein und wirkte dabei so diskret wie der Mitarbeiter eines Begräbnisinstitutes.

In der Direktionskanzlei sahen Korber und seine Kollegin dann auch sofort, was los war. Direktor Marksteiner ging unruhig auf und ab, Freddie Glomser saß mit hochrotem Gesicht vor dem dadurch verlassenen Schreibtisch, und Fritz Stössl stand wie ein ungezogener Schulbub in der Ecke und sinnierte: »Ist das Spiel wirklich aus? Sind Träume nur Schäume?«

»Da sind Sie ja endlich, liebe Kollegin Patzak, lieber Kollege Korber«, grüßte Marksteiner nervös die Eintretenden. »Ich habe eine Art Krisensitzung einberufen. Sie können sich ja denken, worum es geht. Unser schönes Theaterstück, für das wir als Schule die finanzielle Betreuung und die künstlerische Verantwortung übernommen haben, steht, noch dazu zum Jubiläum des Todesjahres Nestroys, kurz vor dem Aus. Herr Glomser, bitte erläutern Sie uns noch einmal die Situation.«

»So etwas habe ich in meinem ganzen Leben noch nicht

mitgemacht«, begann Glomser ohne Umschweife. »Ich soll in einer Woche eine Aufführung auf die Bühne zaubern und weiß noch nicht einmal, wer heute alles zur Probe kommt! Anette Riedl ist erst heute früh aus dem Spital entlassen worden. Von ihr habe ich eine Absage bekommen, von Simone Bachmann ebenfalls. Über Elfriede Bachmann brauchen wir gar nicht mehr zu reden, die ist ja … nun, Sie wissen alle, was ich meine. Bei Toni Haslinger kann man nie sagen, was ihm gerade einfällt, und Sonja Friedl hat mit dem Aufhören gedroht, weil ihre Ohrringe verschwunden sind. Selbst als Kunstverehrer und Idealist kann ich nur eines sagen: Ich kapituliere.«

»Eine Blamage! Eine einzige, große Blamage!«, machte Marksteiner seinem Ärger Luft.

»Ich sehe die Sache nicht so schlimm«, warf Korber ein. »Wenn sich Anette erholt hat, macht sie sicher wieder mit, sie spielt die Marie sehr gerne. Ich glaube, auch Simone Bachmann wird wieder dabei sein, wenn sie den Schock, dass ihre Schwester eine Mörderin ist, verkraftet hat. Das Theaterspielen ist da eine gute Therapie. Toni Haslinger ist ein bisschen schwierig und unzuverlässig, du hast ihn aber gut im Griff, Freddie. Und bei Sonja habe ich das Gefühl, als könnten ihre Ohrringe schon bald wieder auftauchen. Bleibt Elfriede, auf die wir leider wirklich verzichten werden müssen. Ersatz ist, soweit ich mich erinnern kann, Gerda Geißler.«

»Die Nämliche fehlt heute vorsichtshalber auch«, zeterte Marksteiner, der sein sonst ruhiges Wesen ganz und gar verloren hatte. »Das mit Elfriede Bachmann hat sich wohl schnell bis zu ihr herumgesprochen, und es schaut nicht so aus, als habe sie vor, jetzt noch einzuspringen. Die bleibt so lange zu Hause, bis die Sache endgültig gelaufen ist. Das heißt, wir sind wieder die Dummen. Es ist doch Ihre Schülerin aus der 6B, Korber. Was hat sie in Deutsch?«

»Ein Genügend«, gab Korber wahrheitsgetreu Auskunft.

»Ein Genügend«, lachte Marksteiner sarkastisch. »Da scheinen Sie ja wieder einmal recht großzügig gewesen zu sein. Sie sieht ganz nett aus, glaube ich. Aber auch bei solchen Schülerinnen heißt es, Strenge zu wahren! Sie sehen ja, wie sie uns jetzt auf der Nase herumtanzt.«

Korber enthielt sich der Worte. Gerda Geißler zählte zu jenen Schülerinnen, denen er aufgrund der von Marksteiner geforderten Behaltequote eine relativ leichte Prüfung zukommen hatte lassen. Dadurch hatte sie sich noch einmal aus dem ärgsten Schlamassel befreien können. Dass sie eine strengere Behandlung verdient hätte, stand außer Frage.

»Es geht also nur um diese eine Rolle. Da muss doch was zu machen sein«, versuchte Ilona Patzak, die anderen aufzumuntern.

»Es geht wirklich nur um diese eine Rolle?«, meldete sich da Fritz Stössl aus dem Hintergrund. »Immer wenn du glaubst, es geht nicht mehr, kommt von irgendwo ein Lichtlein her, kann ich dazu nur sagen. Das Lichtlein heißt in diesem Fall Friederike Stössl. Ich hab' eine Tochter so zart, die würd' gerne spielen den Part.«

»Ich kenne die Friederike. Die stellt sich bestimmt nicht so ungeschickt an. Auf jeden Fall geschickter als der Vater«, raunte Patzak Korber zu.

»Trotzdem: Sie müsste die Rolle erst lernen, und dazu ist jetzt absolut keine Zeit mehr«, gab Korber zu bedenken.

»Hindernisse sind dazu da, um überwunden zu werden«, erklärte Stössl. »Friederike ist doch zurzeit arbeitslos. Da habe ich ihr gesagt, sie soll nicht den ganzen Tag auf der faulen Haut herumliegen, sondern etwas Vernünftiges tun, zum Beispiel eine Rolle in einem Theaterstück lernen, zum Beispiel im ›Jux‹.«

»Und sie hat zufällig gerade die eine Rolle gelernt, Fritz? Das kannst du jemand anders erzählen«, blieb Korber skeptisch.

»Was heißt *die eine* Rolle«, triumphierte Stössl. »*Alle* hat sie gelernt, alle weiblichen Rollen. Du hast genug Zeit, hab ich gesagt, knie dich hinein. Einmal hat sie mich abgeprüft, dann wieder ich sie. Vor lauter Monologen haben wir vor dem Schlafengehen immer einen richtigen Dialog gehabt.«

»Damit wir dich richtig verstehen, Fritz: Deine Friederike kann den Text? Und sie könnte ab morgen einspringen?«, dämmerte es Korber langsam.

»Was heißt ab morgen? Ab heute schon, ein Anruf genügt. Denn was du heute kannst besorgen, das verschiebe nicht auf morgen«, gab Stössl, der die Situation in vollen Zügen genoss, bekannt.

»Die Statur ist auch ähnlich. Vielleicht passt ihr sogar das Kostüm«, frohlockte Ilona Patzak.

Freddie Glomser wusste noch nicht, was er von der neuen Situation halten sollte. »Herr Direktor, haben Sie vielleicht …? Ich meine, darf ich …?«, fragte er vorsichtig.

»Einen Schnaps trinken? Das wollte ich ohnehin gerade vorschlagen«, sagte Marksteiner, öffnete einen Schrank und nahm eine Flasche Weinbrand mit fünf Gläsern heraus. »Ich glaube, wir vertragen jetzt alle einen kräftigen Schluck. Auf jeden Fall müssen wir auf unseren lieben Herrn Stössl und seine reizende Tochter anstoßen.«

»Ein Wagnis wird es in jedem Fall«, gab Glomser zu bedenken. »Eine Umbesetzung so knapp vor der Premiere, und das mit jemandem, der noch nie in seinem Leben auf der Bühne gestanden ist …«

»Wer nicht wagt, gewinnt nicht«, deklamierte Stössl, dann kam ihm in der ganzen Aufregung ein ziemliches Bäuerchen aus.

»Stössl!«, mahnten ihn Patzak und Korber wie aus einem Mund, aber keiner der beiden meinte es wirklich böse.

*

Premieren gelingen immer, vor allem, wenn die Zeit davor von Katastrophen geprägt war. Der ›Jux‹ wurde trotz der schlechten Vorzeichen ein voller Erfolg. Friederike Stössl hatte bis zum Schluss mit Textunsicherheiten gekämpft – kein Wunder bei den vielen Rollen, die sie gelernt hatte und nun zeitweilig durcheinander brachte – ihre Sache dann aber schließlich großartig gemacht. Abgesprungen war niemand mehr, und jeder brachte im entscheidenden Augenblick die nötige Konzentration auf die Bühne.

Nun saß man im Café Heller beisammen und genoss es, den Ballast langsam von sich abfallen zu lassen. Man aß und trank in beschwingter, gemütlicher Runde. Sonja Friedl zeigte jedem, der es wollte, ihre Ohrringe, die sich schließlich seltsamerweise doch genau bei ihrem Kostüm wieder gefunden hatten. Freddie Glomser lobte das gesamte Ensemble über den grünen Klee und gestand: »Ich war so nervös, dass ich mir tatsächlich Schnaps in meinen Flachmann eingefüllt habe. Ich hab die ganze Zeit darauf gewartet, dass irgendwas passiert, aber nix is g'wes'n. Am Ende hab sogar ich aufpassen müssen, dass ich mich nicht verplappere, das war klassisch!« Und Herr Heller fügte, selig vor Glück, hinzu: »Der Kaffeelöffel, den ich am Schluss in die Höhe g'halten hab, war diesmal ein Original aus unserem Kaffeehaus! Und niemand ist draufgekommen! Das war erst recht klassisch!« – »Komm, Liebling, trink nicht so viel. Ich habe in nächster Zeit noch einiges mit dir vor«, neckte ihn seine Gattin stolz und stieß mit ihm an.

»Was du alles kannst, wenn du eine Betätigung findest, die

dich ausfüllt und dir Spaß macht«, staunte Geli Bauer über Thomas Korber. »Daraus ergibt sich, dass deine Dummheiten nur aus Langeweile geschehen. Man muss dich also beschäftigen.«

»Jetzt redest du schon wie der Leopold«, scherzte Korber und drückte ihr dabei einen Kuss auf die Stirn. »Aber ich nehme dich beim Wort! Wenn du mich beschäftigen willst, muss ich doch in deiner Nähe sein, oder? Was hältst du davon, wenn ich meine Sommerferien heuer in Salzburg verbringe?«

Geli lächelte, blieb jedoch vorsichtig. Es war vieles gut geworden in den letzten Tagen, aber noch nicht alles eitel Wonne. »Ich werde arbeiten müssen und auch abends nicht ständig für dich Zeit haben, Thomas«, machte sie ihm klar. »Ich würde mich wirklich freuen, wenn du kommst, aber tu mir den Gefallen und bleib nicht die ganzen Ferien. Zwei, drei Wochen wären ideal, am besten noch vor den Festspielen, da ist es nicht so teuer. Denn wohnen wirst du in einer Pension müssen. Meine Wohnung ist ein bisschen klein, und fehlender Platz macht Streit. Ist dir das so recht? Dann werden es sicher wunderschöne Tage.« Und Korber stimmte schließlich zu, weil er ganz einfach wusste, dass er sich noch nicht viel mehr erwarten durfte.

Leopold bekam Teile dieses Gespräches zufrieden mit, während er die Gäste bediente. Er versah seinen Dienst diesmal zusammen mit Doris Heller, damit Frau Heller ein wenig mit ihrem Gatten feiern konnte. »Wissen Sie schon das Neueste?«, fragte Doris ihn, als er gerade eine Melange bei ihr bestellte. »Wir werden gar keine so großartigen Umbauarbeiten durchführen. Es wäre ja dumm, wenn wir alles nur auf unser neues Kulturprogramm ausrichten würden und dieses dann nicht angenommen würde. Ein kleines Podium als

Bühne, zusätzlich malen wir neu aus und machen die Tischordnung flexibler. Das reicht doch vorerst, oder?«

»Und ob«, antwortete Leopold. Er konnte nicht verbergen, dass er vor lauter Freude rot im Gesicht anlief.

»Dadurch müssen wir auch nicht den ganzen August geschlossen halten«, führte Doris weiter aus. »Mama und Papa dürfen ruhig einmal einen längeren Urlaub machen, aber wir beide, Sie und ich, könnten doch in der zweiten Augusthälfte aufsperren. Wir schaffen das sicher. Was meinen Sie?«

»Mit links«, behauptete Leopold überglücklich.

»Vielleicht bekommen wir sogar Hilfe von einem netten jungen Mann, meinem Freund«, stellte Doris in Aussicht. Dabei lief auch ihr Gesicht rot an.

»Hauptsache offen«, jubilierte Leopold. »Sie, Ihr Freund und ich schupfen den Laden hier – das ist der wahre Jux!«

*

Wer um die Zeit Anfang August über das riesige Areal des Wiener Zentralfriedhofs spazierte, konnte in der Reihe der Ehrengräber ein wenig versteckt rechts neben Nestroys nunmehrigem Grab* eine Vase mit Blumen finden, die, so schien es, beinahe jeden Tag erneuert wurden. An der Vase war mit einem Gummiringerl ein Zettel angebracht, der zum Schutz vor Wind und Wetter in einer Plastikhülle steckte. Auf dem Zettel stand zu lesen:

* Die Gebeine des Dichters wurden 1881 am Währinger Ortsfriedhof exhumiert und in einem Ehrengrab der Stadt Wien auf dem Zentralfriedhof beigesetzt.

»Lieber Herr Johann Nestroy,

entgegen Ihrem recht lebendigen Auftritt unlängst bei uns im Kaffeehaus sind Sie offenbar wirklich tot. Das ist sehr schade, und ich kann Ihnen daher nur auf diesem Weg meinen Dank dafür erweisen, wie glänzend Sie mich auf der Suche nach einem raffinierten Mörder unterstützt haben. Ich wünsche Ihnen für die Zukunft nur das Allerbeste, denn irgendwo treiben Sie sich sicher noch herum.

Für mich sind die Spaziergänge hier heraus zu Ihnen eine willkommene Abwechslung. Am Montag muss ich allerdings wieder in unserem neu hergerichteten Kaffeehaus zu arbeiten anfangen und habe dann leider keine Zeit mehr dafür.

Herzliche Grüße von Ihrem ergebenen

Leopold, Oberkellner im Café Heller

P.S.: Den Kaffee und das Buttersemmerl brauchen Sie selbstverständlich nicht zu bezahlen, die Rechnung geht aufs Haus!«

GLOSSAR DER WIENER AUSDRÜCKE

abgangen = abgegangen (in Österreich häufige Partizipverkürzung)
abgfrettn = herumärgern
abkrageln = erwürgen, umbringen
brennen wie ein Luster = viel Geld zahlen
abschasseln = kurz abfertigen
aufgespritzt = mit Soda
ausfratscheln = intensiv ausfragen
derstessen, sich = stolpern, hinfallen
dreinpfuschen, jemandem = sich ungefragt einmischen
einfahrn lassen = blamieren
faschiertes Laibchen = Hacksteak
Früchterl = Schlingel, Lausejunge
gamsig = geil, versessen
Gschaftlhuberei = wichtigtuerische Aktion
gemma = vorwärts
keinen Genierer haben = sich nicht genieren
gesteckt = erzählt, verraten
gnä Frau = gnädige Frau
granteln = grantig sein
Grapscherei = Diebstahl
Häferl = Tasse
Kracherl = Limonade, Erfrischungsgetränk
Lazzi = (sehr oft derbe und vulgäre) Witze
Marie = Geld
Mascherl = Fliege
Pantscherl = Affäre
pflanzen = necken, täuschen, an der Nase herumführen
Plauscherl = Plausch, gemütliches Privatgespräch

Schanigarten = kein richtiger Gastgarten, sondern ein kleiner Behelfsgarten vor dem Lokal in der schönen Jahreszeit
schiach = hässlich
schmähstad = verlegen, nicht weiter wissend
Schnoferl = beleidigter Gesichtsausdruck
Schrocken = Schrecken
sein Lebetag = immer, stets
Semmel = Brötchen
Spechtler = Voyeur
Spezi = Freund
spüln = spielen
stageln = die Schule schwänzen
stecken = mitteilen
Teuxelei = Teufelei
Tschocherl = kleine Kneipe, meist nur zum Trinken
uijegerl = oh weh!
Wams = Tipp, Hinweis
Weh = Schwächling
weißer Spritzer = Weißweinschorle
wennst = wenn du
Wickel = Streit

Hermann Bauer
Philosophenpunsch
978-3-8392-1192-2

»Ein ebenso stimmungsvoller wie spannender Kaffeehauskrimi – präzise Beschreibungen der kleinbürgerlichen Wiener Gesellschaft inklusive.«

Weihnachtszeit in Wien. Im Café Heller finden zeitgleich die Weihnachtsfeier der Bekleidungsfirma Frick und die Debatte eines Philosophenzirkels statt. Die ganze Aufmerksamkeit gilt der offenherzigen Veronika Plank, die mit mehreren Männern auf die eine oder andere Weise verbandelt zu sein scheint. Nach einigen Gläsern Punsch kommt es zum Streit und Veronika verlässt das Kaffeehaus. Kurz darauf wird ihre Leiche im frischen Schnee entdeckt, offenbar wurde sie mit einem Schal erwürgt. Ganz klar, dass dieser delikate Fall auch Chefober Leopold nicht kalt lässt …

Hermann Bauer
Fernwehträume
978-3-89977-750-5

»Ein Chef-Ober als Ermittler? Ein ungewöhnlicher Ermittler betritt die Krimibühne: Leopold in seinem ersten Fall.«

Ruhig liegt das Kaffeehaus »Heller« im nebligen Wien nördlich der Donau. Dies ändert sich schlagartig, als ein Stammgast, die pensionierte Susanne Niedermayer, erschlagen aufgefunden wird. Die Polizei vermutet einen Betrunkenen als Täter, doch Chef-Ober Leopold mag nicht an diese Version glauben …

GMEINER

Wir machen's spannend

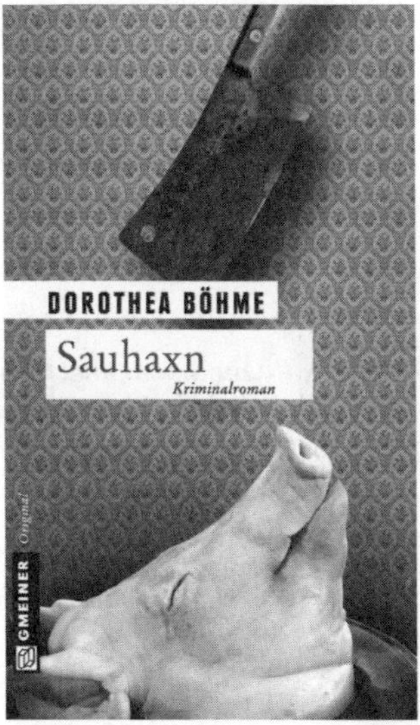

Dorothea Böhme
Sauhaxn
978-3-8392-1328-5

»Dorothea Böhme stürzt ihren Helden von einer Misere in die nächste. Große Unterhaltung ganz im Zeichen des schwarzen Humors!«

Johann Mühlbauer ist Kochlehrling in Lendnitz, einem idyllischen Dorf in Kärnten. Sein Leben könnte viel einfacher sein, wenn er nur ein bisschen so wäre wie sein großes Vorbild Bruce Willis. Doch leider meint es das Schicksal nicht gut mit ihm. Johann stolpert über Leichen wie andere über Steine. Erst findet er seinen enthaupteten Chef, dann folgt eine Leiche auf die andere. Eigentlich kann ihm jetzt nur noch Bruce Willis helfen.

GMEINER

Wir machen's spannend

Unsere Lesermagazine

2 x jährlich das Neueste aus der Gmeiner-Bibliothek

24 x 35 cm, 32 S., farbig; inkl. Büchermagazin »nicht nur« für Frauen

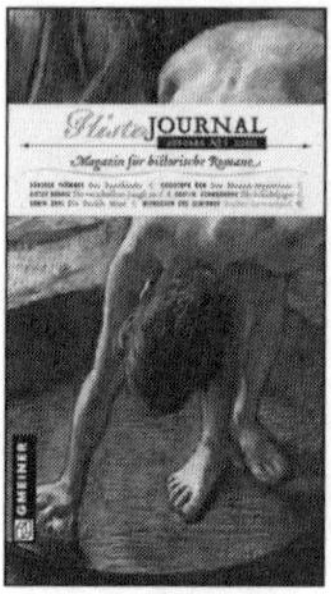

10 x 18 cm, 16 S., farbig

Alle Lesermagazine erhalten Sie in Ihrer Buchhandlung oder unter www.gmeiner-verlag.de.

GmeinerNewsletter

Neues aus der Welt der Gmeiner-Romane

Haben Sie schon unsere GmeinerNewsletter abonniert?

Monatlich erhalten Sie per E-Mail aktuelle Informationen aus der Welt der Krimis, der historischen Romane und der Frauenromane: Buchtipps, Berichte über Autoren und ihre Arbeit, Veranstaltungshinweise, neue Literaturseiten im Internet und interessante Neuigkeiten.

Die Anmeldung zu den GmeinerNewslettern ist ganz einfach. Direkt auf der Homepage des Gmeiner-Verlags (www.gmeiner-verlag.de) finden Sie das entsprechende Anmeldeformular.

Ihre Meinung ist gefragt!

Mitmachen und gewinnen

Wir möchten Ihnen mit unseren Romanen immer beste Unterhaltung bieten. Sie können uns dabei unterstützen, indem Sie uns Ihre Meinung zu den Gmeiner-Romanen sagen! Senden Sie eine E-Mail an gewinnspiel@gmeiner-verlag.de und teilen Sie uns mit, welches Buch Sie gelesen haben und wie es Ihnen gefallen hat. Alle Einsendungen nehmen automatisch am großen Jahresgewinnspiel mit attraktiven Buchpreisen teil.

GMEINER

Wir machen's spannend